Hans Pfeiffer

Mörder in Weiß

W0327640

Hans Pfeiffer

Mörder in Weiß

und dreizehn weitere Fälle

Bild und Heimat

ISBN 978-3-95958-010-6

1. Auflage dieser Sonderausgabe
© 2015 BEBUG mbH / Bild und Heimat, Berlin
© 2006 Militzke Verlag e. K., Leipzig
Umschlaggestaltung: capa
Umschlagabbildung: Chris Keller / bobsairport
Druck und Bindung: GGP Media GmbH, Pößneck

SUPERillu

In Kooperation mit der SUPERillu
www.superillu-shop.de

FSC
www.fsc.org
MIX
Papier aus verantwortungsvollen Quellen
FSC® C014496

Inhalt

Vorwort 7

I. Kapitel
Wenn Liebe den Verstand verwirrt

Mörder in Weiß 9
Der Quecksilber-Mord 27
Pfeilgift 46
Tote Strombahnen 73

II. Kapitel
Wenn Geld der höchste aller Werte wird

Roter Fingerhut 91
Rätsel der »Leichenalkaloide« 103
Ein Fehlurteil? 120

III. Kapitel
Wenn der Affekt allein das Handeln lenkt

Der Mann mit den zwei Gesichtern 141
Lebendig verbrannt 156
Das Zyklopenauge 172
Mitleid unerwünscht 180

IV. Kapitel
Wenn die Karriere das Gewissen tötet

Traumfrau: reiche Erbin 198
»Mörderische Wissenschaft« 213
Ein Arzt als Serienkiller 231

Nachbemerkung 256

Vorwort

Eine unheilvolle Welt gebiert die Sehnsucht nach einem heilen Leben. Eine kranke Menschheit sucht nach Heilern, Rettern, Lichtwesen. Zu solchen Heilands-Symbolen gehört der Arzt. Seine uralte mystische Aura umgibt ihn auch heute noch. Da jeder Mensch sich vor Krankheit fürchtet oder krank ist, wird der Arzt im kollektiven Bewusstsein zu einem Leitbild der Hoffnung.

Diese Rolle spiegelt sich folgerichtig auch in der Literatur wider. Romane, Kino- und Fernsehfilme zeigen den Arzt als Heldenfigur, die Zuversicht ausstrahlt und damit Lebenshilfe geben soll.

Umso härter sind Ärzte zu verurteilen, die dieses Idealbild zerstören, die wissentlich töten, statt zu helfen. Von solchen Ärzten – nicht von göttlichen, sondern von diabolischen – wird hier berichtet. Ob sie im Affekt, ob sie aus sexuellem Trieb oder aus reiner Geldgier mordeten, ob sie ihre Verantwortung sträflich vernachlässigten oder als beauftragte Killer durch Mord Karriere machten, sie verrieten ihr Berufsethos, den hippokratischen Eid, der von ihnen fordert, niemandem bewusst Schaden zuzufügen.

Morde, von Ärzten begangen, wiegen deshalb doppelt schwer.

So zeigt dieser Bericht die Kehrseite ärztlicher Macht, ihren Missbrauch zum Mord. Aber die Ironie des Schicksals will es, dass solche Ärzte meistens von ihresgleichen, von Rechtsmedizinern, ihres Verbrechens überführt werden.

So entstand ein Buch erregender Duelle: zwischen Ärzten, die mordeten, und Ärzten, die die Mörder entlarvten.

I. Kapitel

WENN LIEBE DEN VERSTAND VERWIRRT

Mörder in Weiß

Die Mordtat des Dr. Crippen im Jahre 1910 gilt noch heute als das klassische Verbrechen eines Arztes. Von Anbeginn beschäftigte der Fall Dr. Crippen die Weltpresse und erregte die Menschen in Europa und Amerika.

Dabei war weder die Person des Täters, eines Londoner Arztes, noch die des Opfers, seiner Ehefrau, besonders bemerkenswert. Auch das Motiv des Mordes barg keine Überraschung: Ein Mann entledigt sich seiner Ehefrau, um für immer mit seiner Geliebten zusammenleben zu können. Aber selbst wenn man vielleicht Verständnis dafür finden sollte, warum Crippen aus seiner Ehe zu einer Geliebten flüchtete, gab das dieser Geschichte noch nicht ihren sensationellen Reiz.

Es waren vielmehr zwei naturwissenschaftliche Neuerungen, die die Ergreifung und Überführung des Täters ermöglichten und seitdem in unzähligen Mordfällen ihre kriminologische Bedeutung bewiesen. Wobei auch hier – man möchte es zwangsläufige Ironie nennen – der mörderische Arzt von einem Arzt überführt werden konnte.

Dr. Crippen, zur Zeit der Tat 48 Jahre alt, besaß in keiner Weise die hintergründige Dämonie, die ihm der Schauspieler Fernau im Film »Dr. Crippen an Bord« einst verliehen hatte. Crippen war klein und schmächtig, ein Schnauzbart glich die beginnende Kahlköpfigkeit etwas aus, die Augen blickten melancholisch hinter einer goldgeränderten Brille. Seine leise Stimme, seine sparsamen Bewegungen, sein gleichmütiges Benehmen, seine duldsame Friedfertigkeit deuteten auf einen Mann, der sich zu keinen Affekten hinreißen ließ.

Dr. Crippen war in den USA geboren. Sein Vater besaß einen Laden für Haushaltwaren und hatte den Sohn Medizin studieren lassen. Nach dem Studium war Crippen in verschiedenen Großstädten als Arzt tätig gewesen, hatte geheiratet und war nach dem frühen Tod seiner Frau nach New York gegangen. Auch hier hatte er als Arzt gearbeitet, den damaligen Verhältnissen entsprechend vielseitig, als Ohren-, Augen- und Zahnarzt.

In New York hatte er ein siebzehnjähriges Mädchen kennengelernt, die Geliebte eines andern Mannes. Ihr Name wies auf ihre Herkunft: der Vorname Kunigunde auf die deutsche Mutter, der Familienname Mackamotzki auf den polnischen Vater. Kunigunde glaubte, eine gute Stimme zu haben. Sie hielt sich für eine begnadete Künstlerin, der eine ruhmvolle Zukunft als Opernsängerin bestimmt war. Verständlicherweise hätte der Name Kunigunde Mackamotzki in der Kunstwelt mehr Heiterkeit als heilige Ehrfurcht erzeugt. Deshalb nannte sie sich Cora Turner.

Cora soll damals eine erotisch und exotisch wirkende Schönheit gewesen sein, leidenschaftlich und kapriziös. Der stille gutmütige Dr. Crippen verliebte sich rettungslos in sie, und Cora sah in dem elf Jahre älteren Doktor eine Sicherheitsgarantie für ihre ehrgeizigen Zukunftspläne.

So heirateten die beiden, und Cora wurde in ihren Erwartungen nicht getäuscht. Der verliebte Doktor erfüllte ihr jeden Wunsch. Sie sagte, ich will Sängerin werden, und er stimmte ihr begeistert zu. Sie sagte, ich brauche Geld für Gesangsunterricht, und der Doktor zahlte. Sie wohnten jetzt in Philadelphia. Cora sagte, in New York gibt es bessere Gesangslehrer, und der Doktor mietete ihr eine Wohnung in New York. Dann behauptete sie, in London hätte sie als Sängerin mehr Chancen, und Crippen gab seine gutgehende Praxis auf und zog mit ihr nach London.

Für Crippen erwies sich die Übersiedlung nach England durchaus als glücklich. Er praktizierte in London weiter als Arzt. Die kostspieligen Ansprüche seiner Frau zwangen ihn, sich einen Nebenverdienst zu suchen. Er übernahm eine Vertretung von Artikeln der Pharmaindustrie. So verdiente er recht gut und kaufte in einem Londoner Vorort ein Haus. Seine Praxis lag im Zentrum, er fuhr mit dem Bus dorthin. Seine Frau gab das Geld mit vollen Händen aus, für Gesangskurse, für Theater- und Varieté-Agenten, die ihr Engagements versprachen, ihr aber nie welche verschaffen konnten, weil Coras Talent dafür nicht ausreichte.

Aber wer es sich wie Cora in den Kopf gesetzt hat, Künstlerin zu werden, gibt nicht auf, selbst wenn ihn die Beweise seiner Untauglichkeit erdrücken müssten. Der Glaube an sich selbst ist stärker als die Realität, und bei manchem setzt er sich durch, und der scheinbare Versager wird zum Star. Cora war dieses Glück nicht beschieden. Aber sie klammerte sich hartnäckig an ihre Hoffnung, hielt sich mit ihrer Freigebigkeit in Restaurants und Cafés einen kleinen Hofstaat von Freunden und Freundinnen aus der Welt des Varietés – immer überzeugt, einst als Kollegin zu ihnen zu gehören.

Dieses Leben gefiel anfangs auch dem kleinen Doktor ganz gut. Die Atmosphäre der Künstler hatte ihren eigenen Reiz für ihn. An der Seite seiner jungen extravaganten Frau fühlte sich seine unscheinbare Persönlichkeit aufgewertet. Dass Cora, wie jedermann wusste, auch andere Männer nicht verschmähte, ahnte er wohl, verdrängte es aber. Er liebte die »Schöne Elmore«, wie sie sich jetzt nannte, noch immer.

Die Jahre vergingen, und mit ihnen vergingen Belle Elmores Schönheit und ihre Hoffnung auf eine Star-Karriere. Sie fand Trost im Alkohol und bei dem Varietékünstler Bruce Miller. Je mehr ihre Enttäuschung wuchs, desto hektischer suchte sie sich durch immer neue Freundschaften und lärmige Partys zu betäuben.

Das alles half ihr nicht über die innere Leere hinweg, vertiefte sie nur noch. Sie geriet in eine permanente seelische Katerstimmung. Weil sie sich nach außen noch immer charmant zu geben wusste, kehrte sie ihren Frust gegen den Menschen, der sie bisher – wie es damals hieß – »auf Händen getragen hatte«. Die Kleinigkeiten des Alltags wuchsen sich zu Riesenproblemen aus, veranlassten Cora zu Zorn und Wutausbrüchen.

Allmählich wurde dem Doktor ihr zänkisches Wesen immer unerträglicher. Sein Heim verwahrloste, war zu einer Rumpelkammer voll ungewaschenen Geschirrs, schmutziger Wäsche und staubiger Möbel geworden. Er fühlte sich nur noch in den Räumen seiner Praxis wohl. Hier sorgte Ethel le Neve, seine 20-jährige Sekretärin, für Ordnung, Sauberkeit und Frieden. Ethel war keine beunruhigende Schönheit wie einst Cora. Aber sie hatte Cora eines voraus: sanftmütige Ergebenheit gegenüber dem Doktor. Und wenn Coras exaltiertes Wesen Grippen einstmals fasziniert hatte – nun, nachdem es in Hysterie umgeschlagen war, sehnte er sich nach Anerkennung, Ruhe und Geborgenheit.

Crippens Liebe zu Ethel erwachte nicht plötzlich wie damals bei Kunigunde. Sie wuchs, wie es beiden stillen Charakteren entsprach, langsam, aber stetig. Bis Crippen dann zum ersten Mal mit Ethel schlief und niemals mehr mit Cora.

Es mag sein, dass Cora das auffiel. Und dass sich ihr Gefühl, verkannt zu werden von aller Welt, nun noch durch den Zorn verstärkte, auch von ihrem Mann zurückgestoßen, aufgegeben worden zu sein.

Die Entfremdung der Eheleute, die Spannung zwischen ihnen vertiefte sich, wurde zum Dauerzustand.

Wahrscheinlich erörterten die beiden unter diesen Umständen eine Scheidung. Aber der Preis, den Cora für ihre Einwilligung forderte, war für Crippen anscheinend zu hoch, hätte ihn ruiniert. So blieben sie weiter aneinandergekettet.

Was Dr. Crippen in der Nacht des 31. Januar 1910 veranlasste, Cora zu töten, ist sein Geheimnis geblieben und wohl nur aus der Gesamtsituation der letzten Zeit seiner Ehe zu erklären. Dass er ihre Ermordung kühl vorausgeplant hatte, scheint sicher. Warum er die Tat gerade in dieser Nacht beging, ob ihr vielleicht ein neuer Streit vorausging oder ihm einfach die Gelegenheit günstig erschien, ist niemals geklärt worden.

Nur so viel steht fest: An jenem Abend hatten der Doktor und Cora ein befreundetes Ehepaar, die Martinettis, eingeladen. Wie immer hatte der Doktor selbst die Speisen zubereitet, hatte sie aufgetragen, hatte den Tisch abgeräumt und das Geschirr abgewaschen. Gegen ein Uhr verließen die Gäste das Haus, ohne dass ihnen etwas Ungewöhnliches aufgefallen wäre.

Danach muss es dann geschehen sein.

Schon vor einiger Zeit hatte sich Crippen Hyoscincyanid, ein Pflanzengift, verschafft, das sofort nach Einnahme tödlich wirkt.

Crippen schleppte die Leiche in den Keller und legte sie auf einen Tisch, holte sein chirurgisches Besteck und begann, den Leichnam zu zerlegen. Er trennte Kopf, Arme und Beine vom Rumpf ab, zerteilte dann auch den Torso und schnitt alle Körperteile heraus, die zur Identifizierung geeignet waren, vor allem Haut- und Gewebestücke im Unterleib.

Auch die nächsten Tage erforderten Crippens ganze Kraft, um die Leiche zu beseitigen. In verschiedenen Geschäften kaufte er dafür Werkzeug und gelöschten Kalk. Dann hob er im Keller die Ziegelschicht ab, die den Erdboden bedeckte, schaufelte eine Grube, wickelte die Teile des Rumpfes in Kleidungsstücke und warf sie in die Vertiefung. Diese bedeckte er wieder mit Erde und setzte die Ziegel so sorgfältig wieder ein, dass keine Spur des Begräbnisses zurückblieb.

Die abgetrennten Arme und Beine und den Kopf verpackte er zu Bündeln und warf sie wahrscheinlich ins Wasser. Sie wurden nie gefunden.

Nun endlich war Crippen frei für Ethel. Freudig teilte er ihr mit, seine Frau habe ihn verlassen und sei mit ihrem Liebhaber Bruce Miller nach Amerika gegangen. Ethel nahm diese Nachricht beglückt auf. Sie wunderte sich nicht, dass Cora all ihre Kleidung und ihren Schmuck zurückgelassen hatte.

Bald fragten Coras Freundinnen den Doktor, wo Cora sei, sie hätten sie schon seit Wochen nicht mehr gesehen. Sie musste plötzlich nach Kalifornien reisen, erklärte der Doktor, um einen erkrankten Verwandten zu pflegen. Noch gaben sich die Leute damit zufrieden. Aber Anfang März erschien Crippen mit Ethel auf einem Ball, und Ethel trug Coras Pelz und Schmuck. Da wuchs in Coras Freundeskreis das Misstrauen, und die Fragen an Crippen wurden drängender. Crippen wies zwei Briefe Coras aus, die sie geschickt hatte. Aber die Briefe trugen nicht ihre Handschrift.

Unter dem Druck von Coras Freunden erklärte Crippen Anfang März plötzlich, seine Frau sei in Los Angeles an Lungenentzündung verstorben.

Mit dieser Mitteilung hoffte Grippen, sich Ruhe verschafft zu haben und damit die Sicherheit für sein künftiges Glück mit Ethel.

Aber die Beweise für Coras Tod in Los Angeles blieben aus,

und so blieb auch der Verdacht gegen den Doktor, er könnte seiner Frau etwas angetan haben. Ende Juni entschlossen sich Coras Freundinnen, ihren Verdacht der Polizei mitzuteilen. Sie beauftragten einen Bekannten namens Nash, er solle Scotland Yard von Coras mysteriösem Verschwinden berichten und eine Vermisstenanzeige aufgeben.

Scotland Yard nahm die Anzeige entgegen, ließ sich aber Zeit, sie zu überprüfen. Täglich verschwinden Menschen, und die meisten kehren reumütig wieder zurück. Erst eine Woche später begab sich Chefinspektor Dew zum Ehemann der Vermissten.

Dew machte Crippen mit der Anzeige bekannt und forderte von ihm Auskünfte, wo und wie seine Frau verstorben sei. Während des Gesprächs stellte Dew fest, dass sich der Doktor völlig unverdächtig verhielt. Gelassen und bereitwillig gab er Auskunft und beantwortete alle Fragen des Chefinspektors zu seiner Person und zur Ehe mit Cora. Dew verließ ihn zufrieden und forderte Crippen auf, ihm noch Beweise für Coras Tod zu besorgen.

Einige Tage später übergab Crippen dem Chefinspektor einen Brief seines Sohnes aus erster Ehe, der noch in den USA wohnte. Auch diesen Brief hatte Crippen selbst geschrieben. Er enthielt die Mitteilung, Cora habe wohl das kalifornische Klima nicht vertragen und sei an Lungenentzündung gestorben. Als Dew erneut den Totenschein forderte, sagte Crippen, sein Sohn habe ihn mitgeschickt, aber er habe ihn verloren. Nun wurde der Chefinspektor allmählich misstrauisch. Er zog jetzt selbst Erkundigungen am angeblichen Sterbeort Coras ein und erhielt von den zuständigen Behörden die Bestätigung, dass hier niemals eine Cora Crippen verstorben und beerdigt worden sei. Als Dew daraufhin Crippen erneut aufsuchte, sagte der Doktor zu Dews Überraschung: »Ich muss Ihnen ein Geständnis machen, Sir, unter Männern. Ich bin sicher, Sie werden mich verstehen. Meine Frau ist nicht tot. Sie hatte bis zu ihrem Weggang ein Liebesverhältnis mit dem Amerikaner Bruce Miller. Mit ihm ist sie in die USA gegangen. Das ist für einen Mann wie mich eine peinliche Angelegenheit, nicht wahr? Deshalb habe ich Coras Tod erfunden. Aber ich versichere Ihnen, sie lebt, gesund und munter, bei ihrem amerikanischen Freund.«

Dew glaubte, Menschenkenntnis zu haben. Dieser stille freundliche Doktor mochte ein miserabler Liebhaber gewesen sein, der den Ansprüchen seiner exaltierten Frau nicht genügte. Ein Mörder war er nicht. Pflichtgemäß besichtigte Dew alle Räume des Hauses bis hinunter in den Keller, er fand nichts Verdächtiges. Er setzte ein kurzes Protokoll über Crippens Aussage auf, das der Doktor unterschrieb. Dew erklärte, damit sei für ihn der Fall erledigt, er werde den Abschlussbericht anfertigen.

Kaum hatte der Chefinspektor das Haus verlassen, fiel die Maske unschuldiger Gelassenheit von Crippen ab. Konnte er Dew glauben, die Ermittlung würde eingestellt? Wenn er das nur gesagt hatte, um ihn in Sicherheit zu wiegen, damit er weiteres Belastungsmaterial sammeln konnte?

Habe ich vielleicht doch Spuren im Keller hinterlassen, fragte sich Crippen, oder die Briefe zu ungeschickt gefälscht? Und wenn Dew nun Ethel verhören würde? Und Ethel unwissend eine verräterische Bemerkung machte?

Er eilte in den Keller und überprüfte sorgfältig den Ziegelfußboden. Saß ein Stein locker? Hatte er in einer Ecke Reste ausgeschaufelter Erde übersehen? Alles schien in Ordnung. Aber nur so lange, bis die Polizei gründlicher als Dew nachforschen würde.

Crippen war sich bewusst, wie ihn Panik ergriff. Er fürchtete, eine weitere Hausdurchsuchung und Vernehmung nicht mehr durchstehen zu können.

Angst ist ein schlechter Ratgeber in einer Krisensituation.

Und Crippen reagierte unter dem Druck der Angst so unüberlegt, als hätte er sich selbst die tödliche Falle aufgestellt, in die er schließlich lief.

Crippen beschloss, mit Ethel zu fliehen, am besten nach Kanada. Fliehen: das hieß, alles aufgeben, seine Praxis, sein Haus, sein Vermögen. Und hieß, mit der Geliebten in eine ungewisse Zukunft flüchten. Und hieß wohl zuletzt und zu allermeist auch: sich durch die Flucht verdächtig zu machen und die Verfolgung auszulösen.

Was Crippen in den nächsten Stunden tat, kann nur vermutet werden. In der späteren Verhandlung hat er jede Aussage verweigert. Möglicherweise hat er Ethel nun alles gestanden. Die Polizei verdächtige ihn bereits, sie müssten nach Kanada fliehen. Nur so erklärt sich Ethels Bereitschaft, mit ihm zu gehen. Denn sie musste fürchten, der Mitwisserschaft bezichtigt zu werden.

Crippen nahm so viel Geld an sich, wie er flüssig machen konnte. Er besorgte für Ethel passende Herrenkleidung. Er verschaffte sich – wie in so kurzer Zeit? – falsche Pässe.

Unter den Namen Mr. Robinson und Sohn reisten beide nach Rotterdam, blieben dort einige Tage und fuhren dann nach Antwerpen weiter. Dort mieteten sich Mr. Robinson und Sohn auf dem Schiff *Monterose* ein, das Quebec in Kanada zum Ziel hatte.

Als das Schiff den Hafen verließ, atmeten die Robinsons auf. Nun glaubten sie sich endlich in Sicherheit.

Aber ihre Freude währte nicht lange.

Scotland Yard war ihnen längst auf der Spur.

Wenige Tage nach dem letzten Besuch bei Crippen wollte der Chefinspektor seinen Abschlussbericht verfassen. Er brauchte noch einige unwichtige Angaben. Deshalb begab er sich nochmals zu Crippens Haus und musste erfahren, dass Crippen und Ethel Hals über Kopf abgereist seien. Wohin, wusste niemand.

Das kam für einen Kriminalisten einem Schuldeingeständnis gleich. Dew ließ Crippens Haus öffnen und untersuchte es nun sehr gründlich.

Im Keller entdeckte er das Grab. Und im Grab Stücke verwesenden Fleisches, die in Kleidungsstücke eingewickelt waren.

Dew zweifelte nicht daran, dass er hier die Überreste von Cora Crippen gefunden hatte. Aber er bezweifelte, das bei dem Zustand der Leichenteile auch beweisen zu können.

Für diesen Zweifel hatte er Gründe. Andere entwickelte Länder wie Deutschland, Frankreich, Italien besaßen damals bereits eine hoch spezialisierte Gerichtsmedizin, die beispielsweise auch bei der Untersuchung unklarer Todesfälle Beachtliches leistete. In England hingegen herrschte noch immer das traditionelle Coroner-System. Bei unnatürlichen Todesfällen nahm der Coroner die Leichenschau vor. Da aber der Coroner lediglich ein für dieses Ehrenamt gewählter Bürger war, besaß er kaum medizinische Kenntnisse und erst recht kein Spezialwissen wie ein Gerichtsmediziner. So konnte er zwar feststellen, ob jemand durch einen Schuss oder Beilhieb zu Tode gekommen war, doch einen Mord, bei dem äußerlich sichtbare Spuren fehlten, konnte er meist nicht mehr erkennen. Den Nutzen von diesem System hatten die Mörder, die raffiniert genug waren, einen Mord als natürlichen Tod zu tarnen. Erst gegen Ende des 19. Jahrhunderts begann die englische Polizei, sich bei der Aufklärung unnatürlicher Todesfälle der Hilfe von Ärzten zu bedienen. Das waren meist Pathologen großer Kliniken Diese hatten zwar die notwendige Erfahrung in der Obduktion, aber über die komplizierten physiologischen Vorgänge, die etwa bei einer Vergiftung abliefen, wussten auch sie wenig.

So hatte Chefinspektor Dew auch nicht viel Hoffnung, den des Mordes verdächtigen Crippen überführen zu können. Für eine Mordanklage musste er ein Opfer vorweisen, eine identifizierte Leiche. Und er musste nachweisen, auf welche Weise das

Opfer getötet worden war. Wie aber sollte man diesen Haufen faulenden Fleisches, dem Kopf, Arme und Beine fehlten, zweifelsfrei als Cora Crippen erkennen?

Scotland Yard hatte nur eine einzige Chance, den Leichentorso zu identifizieren. Es musste Dr. Pepper hinzuziehen. Dr. Pepper hatte nicht nur eine langjährige Erfahrung als Klinikpathologe. Darüber hinaus hatte er sich mit gerichtsmedizinischer Forschung beschäftigt und schon mehrmals scheinbar hoffnungslose Mordfälle aufgeklärt.

Dr. Pepper erklärte sich sofort bereit, Scotland Yard zu helfen. Er begab sich mit Dew zum Kellergrab und besichtigte den Leichenfund. Diesen ließ er dann in eine Totenhalle bringen und nahm am nächsten Tag die Obduktion vor.

Pepper schätzte, dass der Tod der betreffenden Person mindestens vor acht Wochen erfolgt war. Soweit die inneren Organe noch überprüfbar waren, konnte Pepper keine organische Schädigung feststellen. Doch identifizieren konnte Pepper die Reste des Leichnams nicht. Da mit den Armen auch die Hände fehlten, ließ sich kein Fingerprint abnehmen. Alle Knochen, aus denen man auf das Lebensalter schließen konnte, waren ebenfalls entfernt worden. Da es keinen Kopf gab, war auch die Identifizierung durch das Gebiss ausgeschlossen. Es war sogar schwierig, das Geschlecht der Leiche zu bestimmen. Die primären und sekundären Geschlechtsmerkmale waren ebenfalls herausgeschnitten worden. Nur die Beschaffenheit einiger Körperhaare ließen vermuten, dass es eine weibliche Leiche war.

Auch die Todesursache ließ sich nicht mehr feststellen. Dr. Pepper konnte nicht sagen, ob das Opfer erdrosselt, erstochen oder erschlagen worden war. Vielleicht war es auch vergiftet worden. Pepper übergab einige der inneren Organe dem Toxikologen Dr. Willcox zur weiteren Untersuchung. Nach der Obduktion stand für Pepper also lediglich fest, dass ein chirurgisch erfahrener Mann eine vermutlich weibliche Leiche zerstückelt hatte.

Das genügte natürlich nicht, um Dr. Crippen des Mordes zu überführen. Doch es reichte für Scotland Yard erst einmal aus, eine steckbriefliche Fahndung nach Crippen und Ethel auszulösen, die auch auf dem Kontinent verbreitet wurde. Denn Dew war überzeugt, dass sich die Gesuchten nicht mehr in England aufhielten.

Dr. Pepper konnte sich nicht damit abfinden, dass er die Tote bisher nicht hatte identifizieren können. Auch Staatsanwalt Muir drängte nach Beweisen. Zwar hatte man inzwischen festgestellt, dass die Kleidungsstücke, in die die Leichenteile eingewickelt gewesen waren, von Cora stammten. Aber was der Staatsanwalt brauchte, war die Identifizierung der Leiche.

Schließlich war Dr. Peppers unermüdlicher Kleinarbeit doch ein Erfolg beschieden. Er isolierte ein Hautstück, an dem sich noch einige Haare befanden. Ihrem Aussehen nach konnten es Schamhaare sein, das Hautstück gehörte also zum Unterleib. Auf dem Hautstück ließ sich eine Veränderung erkennen, die der ehemalige Chirurg Pepper für eine Operationsnarbe hielt.

Staatsanwalt Muir hatte inzwischen die Leitung der weiteren Ermittlung übernommen. Er ließ nachforschen, ob an Cora Crippen einmal eine Unterleibsoperation vorgenommen worden war. Bald erhielt er die Bestätigung: Cora war vor Jahren am Unterleib operiert worden.

Der Staatsanwalt triumphierte. Auch wenn der Täter noch verschwunden blieb, sein Opfer schien tatsächlich identifiziert zu sein.

Doch Dr. Pepper war nicht so optimistisch wie Muir. Jahrzehntelange Erfahrung als Pathologe hatte ihn skeptisch gemacht. Oft trügt der erste Augenschein, spätere Untersuchungen können ihn widerlegen. Pepper konnte nicht mit absoluter Sicherheit sagen, dass das Hautstück aus dem Unterleib stammte und die Hautveränderung tatsächlich eine Operationsnarbe war. In einer solchen Situation letzten Zweifels war es für einen ehrbaren Mediziner wie Pepper selbstverständlich, einen Kollegen hinzuzuziehen, der über Gewebestrukturen mehr wusste als er.

Dieser Kollege war Dr. Spilsbury, ein Schüler Peppers. Spilsbury beschäftigte sich schon lange mit histologischen Untersuchungen, die er – damals noch mit Hilfe allein des Mikroskops – als einer der ersten englischen Forscher betrieb. Spilsbury galt damals bereits auch als Spezialist für Narben.

Gemeinsam begannen Pepper und Spilsbury, das Hautstück Millimeter um Millimeter, besonders aber die vermutliche Narbe, zu untersuchen. Sie mussten unwiderlegbar beweisen, dass das Hautstück aus der Bauchdecke stammte und die Veränderung eine Operationsnarbe war. »Ein Beweis ließ sich nur so führen«, schrieb J. Thorwald in seinem Bericht über den Fall Grippen, »dass man an der Haut Muskel- oder Sehnengewebe fand, das bezeichnend für die Bauchdecke des Unterleibs zwischen Scham und Nabel war. Es handelte sich vor allem um den Rectus-Muskel der Bauchdecke, um einige breitflächige Sehnen … sowie kleinere Muskel, die mit dem Rectus-Muskel in Verbindung standen. In tagelangem Präparieren, Mikroskopieren und Vergleichen mit Schnitten durch normale Bauchdecken konnte Spilsbury tatsächlich den Beweis führen, dass das Hautstück den mittleren Teil des Unterleibs bedeckt hatte.«

Noch komplizierter war es, die Hautveränderung als Teil einer Operationsnarbe am Unterleib zu bestimmen. Im Unterschied zu normalem Hautgewebe, das Haarbälge und Talgdrüsen besitzt, finden diese sich an einer Narbe nicht mehr. Die mikroskopische Untersuchung der Hautveränderung bestätigte das. Es war also die vermutete Operationsnarbe. Doch dann entdeckte Spilsbury am Rand der Narbe dennoch einige Talgdrüsen. Schon fürchtete Pepper, die Bestimmung sei damit in Frage gestellt. Doch Spilsbury beruhigte ihn: »Sie wissen doch, vernähen wir eine Operationswunde, wird oft ein Stück Haut umgeschlagen und mitvernäht, es verwächst dann mit der Narbe.«

Tatsächlich fanden sich dann an dieser Stelle noch Spuren der Nadel, die die Wunde vernäht hatte.

Auch der Toxikologe Dr. Willcox konnte nach langwierigen Tests schließlich mit einem Ergebnis aufwarten. Die Analyse der betreffenden inneren Organe ergab eine Vergiftung durch das Pflanzengift Hyoscincyanid. Die kriminalpolizeilichen Ermittlungen brachten den Beweis, dass Crippen kurz vor Coras Tod bei einer pharmazeutischen Firma das Hyoscin gekauft hatte, und zwar weit mehr als eine tödliche Dosis.

Während die modernsten chemischen und medizinischen Erkenntnisse die Ermordung Cora Crippens bewiesen hatten, sollten auch die Fahndung nach dem Täter und seine Ergreifung durch eine neue technische Erfindung erfolgen. Auf der Entdeckung der Radiowellen durch Hertz 1880 fußend, entwickelten französische, britische, russische und italienische Physiker die Übermittlung dieser Wellen ohne Kabel, die drahtlose Telegraphie. Zu Crippens Pech und zum Glück für die Polizei besaß der Passagierdampfer *Monterose*, mit dem das flüchtige Paar nach Kanada reiste, bereits ein Funkgerät. Und so empfing der Kapitän die von Scotland Yard auch telegraphisch verbreitete Suchmeldung nach Dr. Crippen und Ethel le Neve. Dem Kapitän waren die beiden »Robinsons« schon zuvor aufgefallen. Ethels Tarnung als Mann musste sehr unvollkommen sein, denn der Kapitän war sich ziemlich sicher, der junge Robinson sei eine Frau. Die beiden schienen ein Liebespaar zu sein. Der Kapitän funkte seinen Verdacht an seine Londoner Reederei, die Scotland Yard informierte. Dew forderte über Funk den Kapitän auf, die beiden festzunehmen und getrennt einzusperren.

Mit einem Mitarbeiter begab sich Dew auf einen Schnelldampfer, der noch vor der *Monterose* Quebec erreichte. Dort verhaftete Dew den Doktor und seine Geliebte und brachte sie nach London zurück.

All diese Tatsachen – ein Arzt als Mörder, der raffinierte Giftmord an seiner Frau, die Einmauerung der Leiche und ihre Identifizierung, die junge Geliebte des Mörders, ihre gemeinsame Flucht und die sensationelle Ergreifung mit Hilfe der drahtlosen Telegraphie – all diese Tatsachen wurden von der Weltpresse in immer neuen Versionen verbreitet. Das machte den Prozess gegen die zwei Angeklagten schon vor Beginn zu einer Sensation.

Im Oktober war die Voruntersuchung abgeschlossen. Am 18. Oktober 1910 wurde der Prozess gegen Crippen – das Verfahren gegen Ethel wurde vorerst abgetrennt – eröffnet.

So hoffnungslos Crippens Situation auch erschien, so ungünstig war sie in Wirklichkeit nicht. Außer einigen kriminalistischen Indizien waren die Hauptbeweise gerichtsmedizinischer Natur. Und da die Gerichtsmedizin in England damals sozusagen noch in den Kinderschuhen steckte, stand man ihr in weiten Kreisen einer ohnehin konservativen Bevölkerung skeptisch, wenn nicht gar feindlich gegenüber. Noch war in England die Erinnerung an jene verbrecherischen Anatomen wach, die wissentlich Ermordete von ihren Mördern aufgekauft hatten, um an ihnen die damals noch verbotenen anatomischen Forschungen vorzunehmen. Eine tief verwurzelte Abneigung gegen jegliche Obduktion eines Toten sah in den Pathologen und Gerichtsmedizinern eine Art Leichenschänder.

Diese Stimmung hofften Crippens Anwälte Newton und Robin für ihre Verteidigung nutzen zu können. Sie waren entschlossen, bei den Geschworenen Misstrauen und Zweifel gegen die gerichtsmedizinischen Beweise zu wecken. Ihr Hauptargument war deshalb: Die Tote im Kellergrab sei nicht Cora Crippen, sondern irgendeine Tote, die schon vor Crippens Einzug in das Haus vor fünf Jahren von irgendjemandem verscharrt worden war.

Das entscheidende Kettenglied im Kampf zwischen Anklage und Verteidigung waren also die Identifizierung der Leichenreste und der Nachweis der Todesursache.

Natürlich wussten die Verteidiger, dass sie den Beweisen der Anklage nicht nur vage Behauptungen entgegensetzen konnten. Auch sie brauchten Sachverständige, von denen sie hofften, sie könnten die gerichtsmedizinischen Beweise bezweifeln oder sogar widerlegen. Zu diesem Zweck engagierten sie Dr. Turnbull und Dr. Wall, zwei Londoner Pathologen, die als Konkurrenten und Gegner von Dr. Pepper und Dr. Spilsbury galten. Rechtsanwalt Tobin ermöglichte es seinen beiden Gutachtern, das wichtigste Beweisstück, die Hautpartie mit der Narbe, zu besichtigen.

Erwartungsgemäß bestätigten ihm die beiden, Pepper und Spilsbury hätten sich geirrt. Die Haut entstamme nicht der Bauchdecke, sondern einem Oberschenkel. Die angebliche Narbe sei nichts als eine Hautfalte.

Daraufhin forderte Tobin von Dr. Turnbull, seine Erkenntnis schriftlich niederzulegen. Turnbull nahm nun eine genaue Untersuchung vor und musste erkennen, dass Spilsbury recht hatte. Er hatte jedoch nicht den Mut, seinen Irrtum einzugestehen. Deshalb hoffte Tobin, mit Turnbulls falscher Aussage Spilsbury widerlegen zu können.

So wurde die Auseinandersetzung der medizinischen Gutachter auch der Höhepunkt des Prozesses. Von Anfang an hatte die Presse Dr. Crippen bereits vorverurteilt und ihn zum Monster des Jahrhunderts erklärt, zu einem teuflischen und entsetzlichen Ungeheuer. Ein Arzt als Mörder, die Liebe zu seiner Sekretärin als Tatmotiv – das war für die prüde Londoner

Gesellschaft von besonders pikantem Reiz. Crippen selbst entsprach durchaus nicht dem Bild eines blutgierigen Monsters. Er hatte sich zu Beginn des Prozesses für nicht schuldig erklärt und verfolgte die Verhandlung mit stoischer Gelassenheit.

Staatsanwalt Muir bemühte sich, Crippens Schutzbehauptungen und Lügen zu widerlegen. Die meisten seiner Beweise waren Indizienbeweise. Und ein geschickter Anwalt kann leicht Zweifel an Indizien wecken. Rechtsanwalt Tobin konzentrierte seine Verteidigungsstrategie auf das heikelste Indiz: War die Tote im Keller wirklich Cora Crippen?

Deshalb war für die Anklage unter den Dutzenden von Belastungszeugen nur ein einziger wichtig: Dr. Spilsbury.

Der 33-jährige Pathologe, der zehn Jahre später bereits zu den berühmtesten englischen Gerichtsmedizinern gehören sollte, dessen Name aber 1910 in der Öffentlichkeit noch unbekannt war, legte in diesem Prozess die erste Probe seiner profunden Kenntnisse und seiner überragenden Beweisführung ab. Zusammen mit seinem Lehrer Dr. Pepper bewies er an dem Hautstück die Identität Cora Crippens.

Am nächsten Tag schickte Tobin seine zwei Gutachter in die Arena. Wider besseres Wissen bestätigte Dr. Turnbull seine Zweifel an Spilsburys Beweisen. Aber Spilsbury, der elegante Gentleman mit der Nelke im Knopfloch, ließ sich von Turnbulls und Tobins Argumenten nicht beeindrucken. Sie verstärkten nur seine Angriffslust. Einen Tag später erschien er mit einem Mikroskop im Gerichtssaal. Er scharte die Geschworenen um sich und erklärte in einer auch ihnen verständlichen Weise, wie sich ein Narbengewebe von normalem Gewebe unterscheide. Er ließ die Geschworenen im Mikroskop die zahlreichen Gewebeschnitte betrachten, die er angefertigt hatte.

Spilsburys Demonstration war überwältigend. Unter den drängenden Fragen des Richters mussten Dr. Turnbull und Dr. Wall schließlich zugeben, dass sie sich geirrt hatten.

Nach kurzer Beratung sprachen die Geschworenen Dr. Crippen des Mordes schuldig. Grippen wurde zum Tode verurteilt. Vor seiner Hinrichtung wiederholte er, er sei unschuldig. Deshalb habe Ethel ihm auch geglaubt, seine Frau sei zu ihrem Geliebten nach Amerika gegangen.

Ethel le Neve hatte inzwischen ihren eigenen Prozess bekommen, war aber freigesprochen worden.

Am 23. November 1919 wurde Crippen hingerichtet.

Obwohl die Indizien, vor allem aber die gerichtsmedizinischen Beweise, Crippen überführt hatten, zweifeln bis heute einige Berichterstatter an Crippens Schuld. So nennt A. Ries in seinem Report »Der raffinierte Dr. Crippen« den Fall ungelöst, da der Schuldspruch aufgrund widersprüchlicher medizinischer Gutachten gefällt worden sei. J. Thorwald zeigte jedoch mit seiner detaillierten Darstellung des Gutachtens von Spilsbury eindeutig, wo im Duell der Gutachter die wissenschaftliche Wahrheit stand: auf Seiten Spilsburys, was schließlich auch seine Gegner anerkennen mussten.

Und der englische Schriftsteller Emlyn Williams ist überzeugt, dass Crippen seine Frau nicht vorsätzlich getötet habe. Crippen könne nicht so dumm gewesen sein, »dass er sich ... in eine bekannte Apotheke begibt, auf seinen eigenen Namen ein tödliches Gift kauft und dann 12 Tage später einen vorsätzlichen Mord in seinem eigenen Haus begeht.« Williams nimmt an, Cora sei durch einen Unfall ums Leben gekommen. Sie habe das Gift mit einem Herzmittel verwechselt.

Der Quecksilber-Mord

Ein Arzt tötet den Ehemann seiner Geliebten. Der Mord ist klar. Sein Motiv bleibt verdunkelt.

Der Täter selbst verlieh seiner Tat einen unausgesprochen heroischen Anstrich, sodass sie wie die moderne Version eines Archetyps erscheinen musste: die Befreiung der Jungfrau aus der Gewalt des Drachen.

Nur war der Drache im Gegensatz zur Sage kein menschenfressendes Ungeheuer, sondern ein arbeitsloser verbitterter Mann. Und die Jungfrau war keine Jungfrau mehr, sondern die Angetraute des Drachen – eine Frau, die höhere finanzielle und sexuelle Ansprüche stellte, als ihr viel älterer Ehemann sie erfüllen konnte. Und der sie deshalb, angezogen von ihr und zugleich abgestoßen, anbetete und manchmal schlug.

Und der edle Ritter, leidenschaftlich in diese Frau verliebt, erfüllte jahrelang ihre materiellen und erotischen Forderungen und schließlich auch ihren größten Wunsch: vom Drachen befreit zu werden.

Und er tötete den Drachen. Nicht mit dem Speer, nicht mit dem Schwert, sondern mit einer Giftspritze. Immer wieder, Tag um Tag, stach er zu, bis der Drache verschied.

So leicht sich diese verfremdete Deutung anbietet – der Liebhaber einer Frau erlöst sie aus einer verhassten Ehe – so viel mehr Fragen gibt das wirkliche Mordgeschehen auf. Nicht alle Fragen lassen sich beantworten. Und manche Antwort wird nur Vermutung bleiben müssen.

Als Dr. Joseph Bröcher im März 1927 den Mord beging, praktizierte er als Arzt in Köln. Der 41jährige sah jünger aus, als er war, fast kindlich noch. Ein wenig prägnantes glattes Allerweltsgesicht, bartlos entgegen der Zeitmode. Kühl blickende

Augen. Der Mund mit den fülligen Lippen gab Bröcher einen amüsiert-mokanten Ausdruck.

Bröchers Vater war Oberpostsekretär gewesen. Als kleiner Beamter hatte er seinen drei Kindern eine gesicherte Zukunft zu schaffen versucht. Josephs Bruder und Schwester waren Lehrer geworden, Joseph hatte Medizin studiert, während des Krieges sein Examen abgelegt und 1922 eine Anstellung als Assistenzarzt im Kölner Marienhospital erhalten.

Bröcher zeichnete sich nicht durch außergewöhnliche ärztliche Leistungen aus. Aber er war beliebt. Die Kollegen schätzten seinen gutmütigen, wenn auch manchmal burschikosen Charakter, die Krankenschwestern sein offenherziges Wesen, die Patienten seine Fürsorglichkeit. Da sich Bröcher wegen der knappen elterlichen Hilfe seine Berufsausbildung hart erkämpfen musste, besaß er ein natürliches soziales Mitgefühl und behandelte mittellose Patienten umsonst. Er selbst lebte bescheiden und hatte deshalb etwa zehntausend Mark erspart.

Bröcher war noch Junggeselle. Er hatte eine Beziehung zu einer Lehrerin, die er heiraten wollte. Obwohl dieses Verhältnis schon Jahre bestand, beließ es Bröcher beim Eheversprechen. Es war wohl beiderseits keine rechte Liebe vorhanden. Außerdem hatte eine andere Frau begonnen, Bröcher in ihren Bann zu ziehen, und eine Leidenschaft in ihm erweckt, wozu seine Verlobte nicht fähig gewesen war.

Diese Frau, die später von den einen als Lady Macbeth und Messalina, von andern als Madonna bezeichnet wurde (einmal auch als Lady Macbeth mit dem Madonnengesicht), war die 28-jährige Emilie Oberreuter. Nun mag in den gegensätzlichen Bildern von dieser Frau kein Widerspruch liegen. Das eine kennzeichnet ihre Rolle in der Tragödie, das andere ihr äußeres Aussehen. Aber selbst über ihr Erscheinungsbild gab es widerstreitende Ansichten. Nannten einige sie unansehnlich und unscheinbar, schwärmten andere von ihrer weiblichen

Ausstrahlung. Priesen die einen Männer ihre erotische Anziehungskraft, verachteten andere sie wegen ihrer schauspielerischen Gefallsucht.

Mit Männern schien sie bisher wenig Glück gehabt zu haben. Ihr Verlobter fiel im Krieg. Ihr erster Mann verstarb bald nach der Heirat. Anfang der 20er Jahre schloss sie ihre zweite Ehe. Ihr Mann, Bruno Oberreuter, war sechzehn Jahre älter als Emilie. Anfangs sollen sich beide geliebt haben. Es ist aber nicht ausgeschlossen, dass Emilie auch materielle Gründe hatte, den Architekten Oberreuter zu heiraten. Zur Zeit der Eheschließung war er bei der Reichsbahn angestellt und bot seiner Frau als Beamter eine gesicherte Existenz.

Aber dieses sichere Leben zerbrach bald. Mitten in der schweren wirtschaftlichen Nachkriegskrise, während der galoppierenden Inflation, setzte es sich Oberreuter in den Kopf, sich selbständig zu machen. Er gründete ein Bauunternehmen, das ihm mehr Verlust als Gewinn brachte.

Emilie litt unter diesen ständigen Sorgen. Mit wachsendem Unmut machte sie ihren Mann dafür verantwortlich. Der verteidigte sich, er habe nur das Beste für seine Frau gewollt. Manchmal hatte er ihren Vorwürfen nichts anderes mehr entgegenzusetzen, als dass er sie schlug. Bei einem dieser wüsten Streits erlitt Emilie einen Herzanfall und musste ins Marienhospital eingeliefert werden.

Und an diesem Sommertag 1923 begann die schicksalhafte Begegnung zwischen Emilie Oberreuter und Dr. Joseph Bröcher, der in dieser Klinik als Assistenzarzt tätig war und Emilies Behandlung übernahm.

Vielleicht war es der Kontrast zwischen der gewittrigen häuslichen Atmosphäre und der wohltuenden Ruhe im Hospital, der Gegensatz zwischen dem cholerischen Ehemann und dem verständnisvollen Arzt, dieser jähe Wechsel der Lebensumstände also, die Emilies Interesse für Bröcher weckte und das sie ihm auch mit ihrem anerkannten Talent zum Flirten deutlich zeigte.

Bröcher reagierte, wie Emilie es erwartet hatte. Diese Frau, die seiner Eitelkeit zu schmeicheln wusste, war anders als seine zurückhaltende Verlobte. Hier fand er Anerkennung, hier ahnte er instinktiv ihm unbekannte Abenteuer.

Was anfangs bei beiden eine noch nur angedeutete Erwartung war, verwirklichte sich bald. Als Emilie die Klinik verließ, hatten die beiden bereits vereinbart, sich wieder zu sehen. Wieder daheim, bewog Emilie ihren Mann, diesen so tüchtigen Arzt doch einmal zu sich einzuladen und ihm für seine Hilfe zu danken. Der Bauunternehmer hatte nichts dagegen; bald, als sich die Besuche wiederholten, fand er es angenehm, dass ein Arzt Eingang in sein Haus fand. Und schließlich, als er merkte, wie sich durch die immer öfteren Besuche Bröchers die gespannte Beziehung der Eheleute beruhigte, entwickelte Oberreuter sogar ein freundschaftliches Gefühl für den Arzt. Zu dritt ging man ins Theater oder ins Kino, zu dritt ins Restaurant, zu dritt fuhr man sonntags aus. Und während Oberreuter den Wagen steuerte, merkte er nicht, dass es auf dem Rücksitz zwischen seiner Frau und dem Hausfreund zu intimen Vertraulichkeiten kam. Oder er wollte es einfach nicht bemerken, denn wenn Oberreuter wieder einmal in finanzielle Schwierigkeiten kam, half ihm Bröcher großzügig aus.

Bröcher hatte inzwischen eine erfolgreiche Privatpraxis gegründet. Und als Oberreuters Unternehmen in Konkurs ging und er arbeitslos wurde, war er für jegliche materielle Hilfe des Arztes umso dankbarer, zumal ihm Bröcher hin und wieder einen Auftrag verschaffte.

Was Oberreuter aber nicht wusste: Bröcher hatte für seine Geliebte ein Sparbuch über 5000 Mark angelegt, und das war nach dem Ende der Inflation viel Geld.

So vergingen zwei Jahre einer Beziehung, die durch die Dauer nicht lockerer, sondern immer enger geworden war. Emilie sah in zweifacher Hinsicht keine Zukunft an der Seite ihres Mannes. Charakter, Temperament und Lebenserwartung waren zu verschieden.

»Emilie jung und lebenslustig, er alt und verdrossen« – so brachte Emilies Schwager es auf eine prägnante Formel. Auch materiell sah es für Emilie düster aus. Der arbeitslose Mann konnte ihr nicht viel bieten, um ihre Wünsche nach Vergnügen und bescheidenem Luxus zu erfüllen. Heiratete sie dagegen Bröcher, wäre ihre Existenz gesichert.

Und Bröcher war dazu auch bereit. Seine noch immer bestehende Verlobung mit der Lehrerin konnte er lösen, eine tiefere Bindung war sowieso nicht vorhanden. Eine wirkliche Bindung hatte er nur an Emilie, und die glich schon einer Fesselung, einer sexuellen und emotionalen Hörigkeit. Ob Emilie den Doktor tatsächlich liebte oder nur als Werkzeug für die Sicherung ihrer Lebensbedürfnisse nutzte, wurde nie geklärt. Emilie behauptete später, sie habe ihn nie geliebt, er wäre ihr zu sensibel und weichmütig gewesen. Vielleicht vermisste sie an ihm das Machogehabe ihres Mannes. Also band nur das Interesse an Bröchers Stellung und Besitzstand Emilie an ihren Geliebten.

Was Bröcher nicht merkte, bemerkten andere. Bröchers Schwester Klara, auch eine Lehrerin, eine gradlinige und sittenstrenge Frau, beobachtete schon lange die in ihren Augen ehebrecherische Verfehlung des Bruders. Sicherlich ahnte sie, dass Emilie noch andere Motive bewogen, Bröcher an sich zu fesseln. Als Klara erfuhr, der Bruder wolle Emilie heiraten, forderte sie zornig, er solle endlich dieses »schreckliche Weib« aufgeben, das ihn zu ihrem Sklaven gemacht habe. Bröcher gestand der Schwester, dass einer Heirat ein unüberwindliches Hindernis entgegenstehe. Würde sich Emilie von ihrem Mann scheiden lassen, erhielte sie für eine Ehe mit Bröcher nicht den kirchlichen Segen, und darauf legten beiden großen Wert.

Somit schien ein vernünftiger Weg für die Lösung des Konflikts verbaut.

Verzweiflung befiel Bröcher. Er war jetzt vierzig. Seine heimliche Beziehung zu Emilie hatte drei Jahre überstanden. Aber würde sie weiter eine völlig ungewisse Zahl von Jahren überdauern, bis Oberreuter eines Tages starb und Emilie für ihn frei wurde?

In diesem Zustand der Hoffnungslosigkeit, ständig bedrängt von den moralischen Vorwürfen seiner Schwester, rang sich Bröcher schließlich zu dem Entschluss durch, sich von Emilie zu trennen.

Für Bröcher war das zweifellos eine heroische Entscheidung, für Emilie eine Katastrophe. Verlassen von ihrem Geliebten, zurückgeworfen auf den ungeliebten, verbitterten, arbeitslosen Ehemann, sah sie alle Zukunftsträume schwinden.

Für Bröcher und Emilie brachen höllische Zeiten an. Emilie war nicht bereit, die Trennung hinzunehmen. Und Bröcher hatte weder den Mut noch die Kraft, sie durchzusetzen. Für ihn, den seine Kollegen als erotisch unerfahren bezeichnet hatten, war diese Frau das erregendste sexuelle Erlebnis. Und so brachte er es dann doch nicht über sich, den radikalen Schnitt zu vollziehen.

Und Emilie nutzte jedes Zusammensein, um den Wankelmütigen zurückzugewinnen. Sie spielte die leidenschaftlich Verliebte. Sie spielte die Verzweifelte. Sie beschimpfte ihn. Und sie erpresste ihn mit der Drohung, sie werde ihr Verhältnis publik und Bröcher in Köln unmöglich machen. Einmal, als er seine Schwester zu ihrem Namenstag besuchen wollte, schrie sie ihn an: »Zuerst komme ich, dann komme ich nochmals, und dann kommt deine Schwester noch lange nicht!« Bröcher zog einen Revolver aus der Tasche und richtete ihn auf Emilie. Sie höhnte, er würde nicht wagen, auf sie zu schießen.

Dann begann Emilie, um Bröcher zu provozieren, sich mit einem andern Mann einzulassen, was Bröcher noch mehr erregte.

Er sah sich in einer Falle. Er suchte Frieden im Alkohol. Patienten liefen ihm weg, weil er betrunken Sprechstunde abhielt. An manchen Abenden saß er stundenlang allein in einer Schenke und trank unmäßig.

Noch war sich Bröcher in diesen Tagen darüber klar, dass er diesen Zustand nicht mehr lange durchhalten konnte. Er war dabei, sich körperlich und beruflich zu ruinieren. Los kam er von Emilie nicht, sie hielt ihn mit eisernen Ketten fest. Und er wusste auch, warum. Er verstand ihre verzweifelte Umklammerung: Sie litt unter ihrem Mann, sie hasste ihre Ehe, sie wollte frei sein für ihn. Aber Oberreuter hielt sie fest, wie ein Drache sein Opfer. Ihn musste er töten, um Emilie zu befreien.

Wer von beiden zum ersten Mal von Mord sprach, war auch später, im Prozess, nicht aufzuklären. Es kann Emilie gewesen sein, die während einer Kaffeestunde, in Anwesenheit von Bekannten, zu Bröcher gesagt hatte: »Wie lange soll das noch so weitergehen? Du bist doch Arzt. Du hast doch Gift!« Aber auch Bröcher kann als erster den Mord ins Gespräch gebracht haben.

Möglicherweise hatten sich beide auch gar nicht über einen Mord abgestimmt. Bröcher handelte, und Emilie ließ ihn wissend gewähren.

Noch war Bröchers Mordplan völlig vage. Fest stand von Anfang an, dass er Oberreuter vergiften musste. Er wollte auch nicht riskieren, dass das Opfer Verdacht schöpfte. Er sollte das Gift freiwillig aufnehmen – aber welches Gift, wusste Bröcher noch nicht. Alles war noch Gedankenspiel, beruhigend und beunruhigend zugleich. Beruhigend, weil dann endlich alle Konflikte für immer gelöst wären. Beunruhigend, weil er, trotz allem sorgfältig verhehlten Hass auf Oberreuter, einen Menschen töten musste, der ihm vertraute. An manchen Tagen glaubte Bröcher, Emilie zuliebe könne er die Tat ohne Skrupel begehen. An andern fürchtete er, dieser Belastung nicht gewachsen zu sein. Mehr denn je betäubte er sich mit Alkohol.

Im Februar 1927 brach die winterliche Grippeepidemie aus. Oberreuter und Emilie erkrankten. Die Behandlung übernahm Freund Bröcher. Bröcher verabfolgte dem bettlägerigen Oberreuter Digalen-Injektionen. Digalen war ein Digitalispräparat, ein Herzmittel. Wird es in überhöhter Dosis gespritzt, entfaltet es allmählich seine giftige Wirkung.

So kam es bei Oberreuter durch die überhöhte Dosis bald zu Verdauungsstörungen, Erbrechen und schließlich zu Herzrhythmusstörungen. Die Herzfrequenz verlangsamte sich auf 38 Schläge in der Minute.

Am 8. März rief Bröcher Oberarzt Dr. Frick im Marienhospital an. Beide Ärzte kannten sich seit Jahren, Bröcher hatte ja als Assistenzarzt im Hospital gearbeitet, und als er dann schon seine Privatpraxis gegründet hatte, überwies er manchen seiner Patienten an dieses Hospital. Bröcher bat den Kollegen, sich seinen Patienten anzusehen, Oberreuter leide als Folge der Grippe an einer beängstigenden Herzschwäche.

Dr. Frick kam Bröchers Bitte nach, untersuchte Oberreuter, bestätigte die hochgradige Herzschwäche und ordnete Einweisung ins Marienhospital an. Oberarzt Dr. Frick und die Ärzte Dr. Strunck und Dr. Graß übernahmen die weitere Behandlung. Allmählich ließen Übelkeit, Erbrechen und Durchfälle nach. Bröcher kam jeden Tag in Oberreuters Krankenzimmer, um sich nach seinem Befinden zu erkundigen. Wenn er Oberreuter wieder verließ, erschien meist Emilie zu Besuch.

Nach einigen Tagen sprach Bröcher seinen Kollegen Dr. Strunck an und forderte ihn auf, das zur Herzstärkung verordnete Koffein wieder abzusetzen. Dr. Strunck war über dieses Ansinnen verwundert: »Im allgemeinen, Herr Kollege, scheidet ein Patient, wenn er ins Krankenhaus kommt, aus der Behandlung seines bisherigen Arztes aus!«

Bröcher winkte ab. »War ja nur ein Spaß.« Und burschikos fügte er hinzu: »Manchmal habe ich den Eindruck, seine Frau wäre froh, wenn der Kerl um die Ecke ginge. Es wäre nicht schade um ihn.«

Strunck blickte Bröcher fassungslos an. Bröcher grinste augenzwinkernd. Strunck beruhigte sich. Bröcher war für seine manchmal taktlosen Bemerkungen bekannt.

Im Lauf einer Woche war Oberreuter so weit wiederhergestellt, dass er aus der Klinik entlassen werden sollte. Puls und Temperatur waren normal, Übelkeit und Erbrechen hatten aufgehört. Bröcher ließ sich nicht anmerken, wie ihn diese Nachricht erschreckte. Bisher hatte er nicht den Mut gefunden, seinen Mordplan in die Tat umzusetzen. Nun musste er handeln. Oberreuter sollte im Marienhospital sterben. Deshalb schließlich hatte er ihn durch das Digitalis krankenhausreif gemacht. Tod in der Klinik – das war unverdächtig. Man würde Herzschwäche als Todesursache annehmen und auf eine Obduktion der Leiche verzichten.

Am 17. März, allein mit seinem Opfer, spritzte Bröcher ihm wieder Digalen. War das Herz erst einmal erneut angegriffen, konnte das eigentliche Mordgift, das er ihm geben wollte, im geschwächten Körper seine volle Wirkung entfalten.

Als Mordgift hatte Bröcher Novasurol vorgesehen, ein Medikament, das Quecksilber enthält. Quecksilber wurde seit dem 16. Jahrhundert bei Syphilis angewendet und galt seitdem als das souveräne Heilmittel gegen diese Geschlechtskrankheit. Überhöhte Gaben von Quecksilber schädigen Dickdarm und Nieren. Akute Quecksilbervergiftungen sind meist tödlich.

Nachdem Bröcher das Digalen injiziert hatte, spritzte er zuerst eine therapeutische Dosis Novasurol von 2 Kubikzentimetern. Er wollte feststellen, ob der Kranke überempfindlich gegen Quecksilber war. In diesem Fall wäre Eiweiß im Harn aufgetreten und der Ursache der Eiweißausscheidung nachgegangen worden. Dann wäre der Mordplan möglicherweise gescheitert.

Bereits am nächsten Tag stellten sich bei Oberreuter erneut Erbrechen und jetzt auch blutige Durchfälle ein – die Wirkung von Digitalis und Quecksilber. An eine Entlassung aus der Klinik war nun nicht mehr zu denken.

Bröcher wartete, bis sich Oberreuters Zustand wieder etwas gebessert hatte, und injizierte in Abständen von zwei Tagen immer wieder Digitalis und Quecksilber. Dem Patienten erklärte er, er nehme die Injektionen im Auftrag des Oberarztes Dr. Frick vor.

Einmal, als er Oberreuter gerade wieder eine Injektion gab, betrat die Krankenschwester Potentia das Zimmer. Sie fragte verwundert, ob Dr. Bröcher wieder die Behandlung übernommen habe. Bröchers Erklärung, er nehme die Injektionen im Auftrag des Oberarztes vor, befriedigte die Schwester nicht, weil es nicht üblich war, dass ein Arzt von außen in die Behandlung eines Klinikpatienten eingriff. Aber sie schöpfte auch keinen Verdacht gegen den ihr schon lange bekannten Arzt.

So vergingen im Wechsel von Besserung und Verschlechterung die nächsten zehn Tage. Zur Freude des Täters gingen die behandelnden Klinikärzte dem ungewöhnlichen Krankheitsverlauf nicht intensiv nach, sodass er die schleichende Vergiftung kontinuierlich fortsetzen konnte.

Am 27. März nachmittags ging Dr. Bröcher in die Gaststätte *Zum Ochsen*, blieb dort zwei Stunden und verließ sie angetrunken gegen sechzehn Uhr. Er ging ins Marienhospital. Allein mit Oberreuter, entnahm er 2 Zehnerpackungen Novasurol 15 Ampullen zu je 2 Kubikzentimeter und spritzte diese 30 Kubikzentimeter dem Patienten in beide Oberschenkel. Das war eine absolut tödliche Dosis.

Noch am gleichen Abend bekam Oberreuter Fieber. Einen Tag später stellten sich wieder blutige Durchfälle ein. Die Mundschleimhaut entzündete sich. Am 31. März trat Harnverhaltung auf. Am 1. April war er bereits bewusstlos.

Die behandelnden Ärzte standen vor einem Rätsel. Sie erwarteten das nahe Ende des Patienten.

Nur einem von ihnen, Dr. Graß, gaben die Symptome des Kranken zu denken. Deshalb fragte er Bröcher, ob er Oberreuter etwa Quecksilber injiziert habe. Bröcher protestierte entrüstet gegen eine solche Verdächtigung.

Einige Krankenschwestern hatten sich untereinander schon seit Tagen über ihre Beobachtungen am Krankenbett Oberreuters unterhalten: dass Bröcher heimlich Injektionen vornehme und geäußert habe, er hätte sich schon lange gewünscht, dass ihm Oberreuter mal als Patient unter die Finger käme. Der Doktor habe auch erzählt, Oberreuter sei ein Tyrann und misshandele seine Frau. Auch das Liebesverhältnis zwischen Dr. Bröcher und Frau Oberreuter sei doch offensichtlich. Vielleicht habe der Doktor ihren Mann sogar vergiftet.

Je weiter Oberreuters tödliche Erkrankung fortschritt, desto lauter wurde der Verdacht gegen Dr. Bröcher. Schließlich kamen die Gerüchte auch Oberarzt Dr. Frick zu Ohren. Er reagierte sofort und verbot Bröcher, ohne einen Arzt oder eine Schwester das Krankenzimmer zu betreten.

Aber da war es schon zu spät.

Am nächsten Tag – es war Freitag, der 2. April – starb Oberreuter. Er war allein in der Sterbestunde. Seine Frau hatte sich geweigert, ihn nochmals zu sehen.

Noch am gleichen Tag, als sein Opfer aus dem Leben schied, begann auch Dr. Bröchers Absturz aus den Höhen seiner Illusionen.

Gegen Mittag erschien Bröchers Schwester Klara in der Klinik.

Sie lief durch die Station und rief, ihr Bruder sei ein Mörder. Er habe schon einmal einen Anschlag versucht, und diesmal sei es ihm gelungen.

Etwa zur gleichen Zeit suchte Dr. Graß den Oberarzt auf und teilte ihm seinen Verdacht auf eine Quecksilbervergiftung mit. Dr. Frick ordnete eine Obduktion des Toten durch einen erfahrenen Gerichtsmediziner an. Dann rief er Dr. Bröcher zu sich und sagte ihm auf den Kopf zu, er habe Oberreuter mit Quecksilber vergiftet.

Der Oberarzt hatte wütenden Einspruch erwartet. Aber völlig ruhig erwiderte Bröcher: »Ich habe dem Patienten vor einer Woche tatsächlich 15 Ampullen Novasurol gespritzt.«

»Das ist Mord!«, sagte Dr. Frick entsetzt. »Mord! Im Marienhospital!«

»Halten Sie mich nicht für einen Verbrecher. Ich habe es Frau Oberreuter zuliebe getan. Ihr Mann hat sie misshandelt. Das habe ich nicht länger ertragen können. Ich musste die Frau von ihrem Peiniger befreien.«

»Begreifen Sie denn nicht, Bröcher, dass das keine Befreiungstat war? Es war Mord!«

»Ich sehe es nicht als Mord.« Bröcher schüttelte starrsinnig den Kopf. »Nein, nein, kein Mord. Bitte erstatten Sie keine Anzeige, es war doch kein Mord. Es war ein Liebesbeweis.«

»Die Anzeige erfolgt noch heute.«

In das Schweigen hinein sagte Bröcher schließlich: »Dann muss ich mich erschießen.«

Oberarzt Dr. Frick sah sich der makabren Situation ziemlich hilflos ausgeliefert. Zum Patientenmord nun noch der Selbstmord eines Arztes! Eines Kollegen, der in der Klinik ein und aus gegangen war und dem man fahrlässig alle Möglichkeiten gegeben hatte, seinen Mordplan zu verwirklichen!

»Keinen Selbstmord!«, sagte er beschwörend. »Ich lasse Ihnen einige Stunden Zeit. Nutzen Sie sie zur Flucht.«

»Wohin denn soll ich fliehen«, murmelte Bröcher düster.

»Das weiß ich doch nicht!«, rief Dr. Frick entnervt. »Soll ich für Sie vielleicht noch im Kursbuch blättern?«

Dann ließ sich Frick tatsächlich das Kursbuch bringen, suchte darin und sagte schließlich: »Heute Abend noch kämen Sie bei Kleve über die Grenze.« Und gab sich dann sofort wieder amtlich: »Und jetzt schicken Sie Frau Oberreuter zu mir!«

Oberarzt Dr. Frick war alles andere als ein Kriminalist. Als er Frau Oberreuter Bröchers Geständnis mitteilte und sie fragte, was sie darüber wisse, zeigte sie sich völlig überrascht. Sie wisse gar nichts. Und wenn Dr. Bröcher tatsächlich ihren Mann vergiftet habe, so habe er es aus Liebe getan.

Kurz darauf erschienen Bröcher und Emilie erneut in der Klinik und wünschten dringend den Oberarzt zu sprechen. Frick, zwischen Amtspflicht und kollegialer Rücksicht hin und her gerissen, hatte noch immer keine Anzeige erstattet. Er war zu einem Gespräch mit den beiden bereit.

Bröcher bat ihn nochmals, den Fall auf sich beruhen zu lassen und die Vergiftung auf dem Totenschein nicht zu vermerken. Frick lehnte dieses Ansinnen ab. Er habe schon eine Obduktion in die Wege geleitet.

Gegen Abend suchte Emilie allein Dr. Frick auf, und zwar in dessen Wohnung. Sie schlug ihm vor, er möge allein die Obduktion vornehmen und danach einen natürlichen Tod testieren. Frick lehnte ab.

Emilie verließ ihn, um wenige Minuten später mit Bröcher zurückzukommen. Erfolglos beschworen sie den Oberarzt, die Angelegenheit stillschweigend zu bereinigen. So erklärte Bröcher schließlich: »Dann verabschiede ich mich von Ihnen. In wenigen Stunden bin ich nicht mehr am Leben.«

Doch Bröcher blieb am Leben. Am nächsten Morgen floh er mit Emilie nach Amsterdam. Hier quartierten sich beide unter falschem Namen in einer Privatpension ein.

Inzwischen wurde Oberreuters Leiche seziert. Der Gerichtsmediziner Medizinalrat Dr. Plempel stellte als Todesursache Quecksilbervergiftung durch Novasurol fest.

Oberarzt Dr. Frick erstattete Anzeige. Die Kriminalpolizei leitete eine Fahndung nach Dr. Bröcher und Emilie ein, ohne jedoch auf eine Spur der Flüchtigen zu stoßen.

Dem Liebespaar in Amsterdam kamen bald Bedenken, ob die Flucht überhaupt sinnvoll gewesen war. Sie hatten nur wenig Geld bei sich und konnten sich auf Dauer nicht verborgen halten. Aber es fehlte ihnen auch der Mut zur Rückkehr.

Ein Zufall nahm ihnen die Entscheidung aus der Hand.

Als Bröcher mit Emilie in einem Amsterdamer Restaurant speiste, erblickte er an einem Nebentisch den Kölner Kaplan Clemen, den er recht gut kannte. Bröcher trat zu Clemen und bat ihn um eine seelsorgerische Aussprache. Der Kaplan wusste bereits, dass die Polizei Bröcher wegen Mordes suchte. Im Verlauf des Gesprächs – über das er sich auch im Prozess nicht äußerte – bestärkte er wahrscheinlich Bröcher in der Erkenntnis, dass eine weitere Flucht sinnlos sei.

Bemüht, das Seelsorger-Geheimnis nicht zu verletzen, erreichte Clemen über einen Mittelsmann, dass die Kölner Kriminalpolizei den Aufenthaltsort der Flüchtlinge erfuhr. Bald erschienen hier zwei Kölner Kriminalbeamte. Bröcher und Emilie erklärten sich bereit, mit ihnen nach Köln zurückzukehren. Hier wurden beide in Haft genommen.

In der langwierigen Voruntersuchung bemühte sich Bröcher, seine Tat völlig anders darzustellen, als er sie Oberarzt Dr. Frick geschildert hatte. Damals stand er unter dem Schock der Mordbeschuldigung. Nun, da er einen Mordprozess vor sich hatte, suchte er seinen Kopf durch eine falsche Aussage zu retten. Nun war keine Rede mehr davon, dass er seine Geliebte durch Mord von ihrem Ehemann »befreien« wollte. Jetzt erklärte er, lediglich fahrlässig Oberreuters Tod verursacht zu haben. Oberreuter habe nämlich Syphilis gehabt und ihn gebeten, den Klinikaufenthalt gleich zu nutzen und mit einer Syphilisbehandlung zu verbinden. Diesen Wunsch des Freundes habe er durch die Novasurol-Therapie erfüllt. Er habe allerdings zu wenig Erfahrung mit dem Quecksilbermedikament gehabt und deshalb eine zu hohe Dosis gespritzt. Die Folge sei doppelt verheerend gewesen, weil Oberreuter durch die gleichzeitige Herzerkrankung bereits geschwächt gewesen sei.

Der Tote konnte dazu nichts mehr sagen. Aber bei der Obduktion war keine Spur einer Lues gefunden worden. Bröchers Darstellung war eine unglaubhafte Schutzbehauptung.

Frau Oberreuter blieb während der Voruntersuchung bei ihrer ersten Aussage: Sie habe von Bröchers Mordplan und seiner Ausführung nichts gewusst.

Am 30. Mai 1927 begann vor dem Kölner Schwurgericht der Prozess gegen Dr. Joseph Bröcher und Emilie Oberreuter.

Der Prozess, so schrieb ein Gerichtsreporter zuvor, werde großes Aufsehen erregen. Es handele sich hier um einen ungewöhnlichen Kriminalfall. Ein Arzt sei angeklagt, unter dem Einfluss einer Frau, der er in Liebeshörigkeit unterworfen war, einen Kranken ermordet zu haben.

Über den Beginn des Prozesses schrieb der Berichterstatter, im Schwurgerichtssaal herrsche gemessene Feierlichkeit und die Atmosphäre eines »großen Tages«. Über die Angeklagten hieß es: »Auf der Anklagebank oben hat Frau Oberreuter Platz genommen, eine etwas schmächtige, dunkel und überschlicht gekleidete Dame mit überaus leidendem Gesichtszug und Blondhaar. Unten auf der Bank sitzt Dr. Bröcher mit eingefallenem Gesicht, versonnen, gedrückt.«

Der Prozessverlauf zerstörte Dr. Bröchers Selbstbildnis vom Drachentöter. Wie schon in der Voruntersuchung stand er nicht mehr zu seiner Tat. Er leugnete seine sexuellen Beziehungen zu Emilie und charakterisierte sie als rein freundschaftlich.

Er leugnete, Oberreuter vorsätzlich mit Novasurol getötet zu haben, und bezeichnete sein Handeln nur als fahrlässig. Er stellte auch in Abrede, Oberarzt Dr. Frick die Befreiung Emilies von ihrem Mann als Mordmotiv genannt zu haben. Fühlte sich Bröcher durch Zeugenaussagen in die Enge getrieben, wollte er sich nicht mehr an Äußerungen und Handlungen erinnern können. Für die angebliche Syphilis Oberreuters hatte er keine Beweise. Dass er mehrmals vor den Quecksilber-Injektionen Digitalis in überhöhter Dosis verabreicht hatte, erklärte er als peinliches Versehen. Und dass er am 27. März eine absolut tödliche Menge Novasurol gespritzt hatte, begründete er mit zu reichlichem Alkoholgenuss: »Ich verlor einfach jede Perspektive in meinem Handeln.«

Emilie versuchte, alles von sich zu schieben, was auch nur den Anschein erwecken konnte, dass sie ihren Mann loswerden und Bröcher an sich binden wollte. Ihr Mann sei immer nett zu ihr gewesen. Das Sparbuch über 5000 Mark habe Bröcher nicht für sie angelegt, sondern um das Geld vor dem Zugriff seiner Schwester zu retten. Sie habe niemals Bröcher heiraten wollen, er wäre ihr zu weichherzig. Sie habe ihn weder geliebt noch intime Beziehungen zu ihm gehabt.

Die vielen Zeugen bestätigten übereinstimmend die jahrelange sexuelle Bindung zwischen Bröcher und Emilie. Bröcher habe völlig unter ihrem Einfluss gestanden. Sie habe ihn aufgefordert, ihren Mann zu vergiften. Und Bröcher habe mehrfach geäußert, es sei nicht schade, wenn Oberreuter sterbe.

So zog sich das Netz um Bröcher immer enger zusammen.

Noch aber war ein Problem nicht völlig geklärt: Hatte Bröcher im Sinn des geltenden Strafgesetzes, das einen Mord als vorsätzliche und mit Überlegung begangene Tötung eines Menschen definiert, die Tat nicht nur mit Vorsatz, sondern auch mit Überlegung begangen?

Diese Frage konnten nur die medizinischen Sachverständigen beantworten. Zwar hatte bereits der Gerichtsmediziner Dr. Plempel Novasurolvergiftung als Todesursache festgestellt. Da ihm der Fall aber sehr kompliziert erschien, drang er darauf, dass der Gerichtsärztliche Ausschuss für die Rheinprovinz ein Obergutachten anfertigte. Mit diesem Obergutachten wurden die Professoren Dr. Fühner und Dr. Müller-Hess, zwei bedeutende Autoritäten in Deutschland, beauftragt.

Unter Benutzung des Obduktionsberichts, der Krankenblätter und der Aussagen von Bröcher selbst bestätigten die Obergutachter die Feststellung des Erstgutachters: Tod durch Quecksilbervergiftung. Im Obergutachten hieß es u. a., dass nach der übergroßen Digitalisgabe durch das Präparat Digalen »nach Aussage des Angeklagten noch das Quecksilberpräparat Novasurol, und zwar erst in dem Krankenhaus, zur Verwendung kam, das gegen angebliche, durch die Sektion nicht sichergestellte Syphilis des Oberreuter gebraucht worden sein soll. Dass dem Oberreuter eine Quecksilberverbindung, und zwar durch Injektion in den Oberschenkel, beigebracht wurde, geht mit Sicherheit aus dem chemischen Nachweis in den Leichenteilen ... hervor.«

Die Obergutachter stellten dann dar, warum die Injektion von 30 Kubikzentimeter, die Bröcher nach eigener Angabe verabreicht hatte, absolut tödlich war. Anhand der Krankengeschichte, des Wechsels von Besserung und Verschlechterung im Befinden des Patienten, der andern Krankheitssymptome und der Aussage Bröchers schlossen die Obergutachter, dass Oberreuter bereits zwischen 17. und 26. März mehrere geringere Gaben von Novasurol erhalten hatte, die eigentlich tödliche Menge jedoch am 27. März. Erst diese hohe Dosis habe zur akuten Quecksilbervergiftung geführt.

Mit diesem Beweis, dass Bröcher über zehn Tage hinweg immer wieder das Gift injizierte, war eine einmalige Affekthandlung völlig ausgeschlossen. Bröcher hatte wohlüberlegt den tödlichen Angriff auf Oberreuter mehrmals wiederholt. Das Schwurgericht verurteilte Bröcher zum Tode. In der Urteilsbegründung hieß es u. a.:

»Das Gericht ist der Auffassung, dass der Angeklagte vorsätzlich gehandelt hat. In dieser Richtung liegt auch sein Verhalten zu der Tat. Er hat bei dem Tode Oberreuters gegenüber den Ärzten Dr. Graß und Dr. Frick zugestanden, dass er die Spritze beigebracht hat, und Dr. Frick ... außerdem noch zugestanden, dass er das getan habe, um die Frau von ihrem Manne zu befreien, dass er also mit Tötungsabsicht gehandelt habe. Das Gericht ist der Überzeugung, dass er die Luesbehandlung nur aus dem Grunde eingeleitet hat, um Oberreuter ungestört mit einem Quecksilberpräparat ums Leben bringen zu können.

Dass der Angeklagte planmäßig gehandelt hat, das schließt das Gericht aus seinem Verhalten, als eine Sektion ausgeführt werden sollte. Der Angeklagte war offensichtlich bei seinem Tun der Überzeugung, dass, wenn der Kranke in dem Krankenhaus stürbe, an eine Sektion nicht zu denken sei und der Verstorbene ohne Sektion beerdigt würde ...«

Das Gericht bescheinigte Bröcher, dass er »gute Seiten hatte, dass er sittliche Anschauungen hatte, die zu überwinden für ihn schwer war, und dass nur der Gedanke, dass die Angeklagte zu seinen Wünschen konforme Wünsche hegte, ihn über die innerlichen Bedenken Herr werden ließ.«

Emilie Oberreuter erhielt wegen erwiesener Begünstigung eine fünfjährige Gefängnisstrafe.

Wenn der Sachverständige der Verteidigung gesagt hatte, kriminalpsychologisch sei ihm rätselhaft, welches Motiv Bröcher für den Mord gehabt habe, so scheint diese Frage durchaus berechtigt. So ungetrübt, dass Bröcher aus reiner Liebe zu Emilie für sie mordete, war ihrer beider Beziehung nun doch nicht gewesen. Emilie galt als unberechenbare Hysterikerin. Sie machte Bröcher vor andern Leuten hässliche Szenen. Sie drohte ihm, sie erpresste ihn: Wenn er sie verließe, werde sie ihn öffentlich bloßstellen, sein Ansehen ruinieren. Sie hatte bereits während ihres Verhältnisses mit Bröcher die Beziehung zu einem andern Mann aufgenommen, und Bröcher hatte einige Zeit vor der Tat, wohl unter dem Druck der unerquicklichen Situation, versucht, sich von Emilie zu trennen. Hatte er ein echtes Interesse am Tode Oberreuters, brachte es ihm irgendeinen Nutzen? Wohl kaum. Die Beziehung zu Emilie hätte wie bisher weiterbestehen können, wenn Bröcher es gewollt hätte. Die Widersprüche seiner Tat lassen sich nicht lösen, es sei denn, er habe, wie ein Reporter damals schrieb, »unter dem Zwingtrieb seltsamer Leidenschaft« gehandelt, die seine Vernunft verwirrte.

Die Verkündung des Todesurteils, so wird berichtet, wurde mit »Ausrufen des Entsetzens« aufgenommen. »Durch das anwesende Publikum ging eine sehr spürbare Bewegung des Bedauerns und Mitleids.«

Später wurde Bröcher zu lebenslänglichem Zuchthaus begnadigt.

Pfeilgift

Sie schoss »Amors Pfeil« auf ihn ab und traf ihn mitten ins Herz. Er verliebte sich in sie.

Als sie ihm lästig wurde, schoss auch er auf sie. Aber sein Pfeil war mit afrikanischem Pfeilgift getränkt.

Damit wäre der Mordfall Dr. Richter auf ein Bild gebracht.

Doch die Realität dieses Verbrechens bedarf solcher allegorischer Überhöhung nicht. Sie ist selbst schauerlich genug.

Dabei fing sie wie so manches Melodram ganz romantisch an.

Sie begann, als Dr. Peter Richter an einem Sommertag 1923 das Juweliergeschäft Mertens in Bonn betrat. Er war mit Anzug, Weste, Schlips und Hut korrekt gekleidet. Aber seiner gedrungenen Gestalt haftete etwas wie Erdenschwere an. Sein rosig-rundes Gesicht verlieh ihm ein kindliches Aussehen. Die vollen, zu einem leichten Lächeln gewölbten Lippen verrieten Hang zur Heiterkeit.

Käthe Mertens, die Frau des Juweliers, blickte dem Eintretenden interessiert entgegen. Es war der einzige Kunde, und Kundschaft war in diesen Krisenjahren rar. Richter trat an den Ladentisch und sagte, er wolle einen Ring kaufen.

Ob es für eine Dame sei, fragte Frau Mertens. Und fügte neckisch hinzu: für die Herzensdame sicherlich?

Richter schüttelte den Kopf. Für sich selber, erklärte er, einen Siegelring. Und glaubte hinzufügen zu müssen: als Belohnung. Er sei heute Doktor der Medizin geworden und wolle sich mit dem Ring einen alten Wunsch erfüllen. Und im gleichen Augenblick fragte sich Richter, warum erzählst du ihr das, es klingt angeberisch, großspurig.

Frau Mertens gratulierte dem Herrn Doktor und bat um seine Hand, um Maß zu nehmen. So also, bemerkte sie währenddem, sähen die Hände eines Arztes aus. Schöne Hände! Richter wusste, dass sie log und ihm schmeicheln wollte. Er hatte dicke fleischige Finger.

Chirurgenhände?, fragte Frau Mertens und legte eine samtbelegte Palette Ringe vor ihm aus.

Nein, nein, wehrte er ab, er wolle sich als Hals-, Nasen- und Ohrenarzt spezialisieren, hier an der Bonner Universitätsklinik. Und fragte sich erneut, was geht das diese Frau an? Und musste sich eingestehen, dass ihn ihre kokette Liebenswürdigkeit anzog und ihm Persönliches zu entlocken verstand. Während sie ihm verschiedene Ringe vorlegte und diesen und jenen Vorzug des Schmucks anpries, betrachtete er sie und dachte, eigentlich gehörte diese Frau nicht hinter diesen Ladentisch. Mit ihrer modernen Ponyfrisur, dem verschleierten Blick, den stark geschminkten Lippen gleicht sie eher einer Filmdiva. Er hatte bisher einige flüchtige Erfahrungen mit Mädchen, aber er spürte, undeutlich noch, dass diese Frau etwas – ja, genau, etwas Verzehrendes an sich hatte, das ihn faszinierte und zugleich beunruhigte. Er hatte plötzlich den Wunsch, sie wieder zu sehen, und war zu unbeholfen, es ihr zu sagen.

Er entschied sich dann, verärgert über seinen Mangel an Mut, für irgendeinen Ring. Als er bezahlte, sagte die Frau, es sei eigentlich schade, dass sich der Herr auf Hals, Nasen und Ohren werfe.

Er blickte sie verständnislos an.

Warum nicht Kinderarzt?, fragte sie, dann hätte sie gleich einen Arzt für ihre kleine Tochter.

In diesem Augenblick begriff Richter: Das war ein Angebot. Und nun handelte er entschlossen. So weit reiche es schon, scherzte er, um die Mandelentzündung der Tochter oder eine Grippe zu behandeln. Sobald er eine neue Wohnung gefunden habe, werde er Frau –?

Er blickte sie fragend an.

Frau Mertens, sagte sie, Käthe Mertens.

– werde er also Frau Mertens seine Adresse geben.

Was Richter für die Garantie eines Wiedersehens hielt, war für Käthe Mertens zu unverbindlich. Ob der Herr Doktor denn schon eine Wohnung in Aussicht habe? Sie könnte ihm preisgünstig etwas Passendes vorschlagen. Ihre Mutter vermiete Zimmer an seriöse allein stehende Herren. Herr Doktor sei doch noch allein stehend?

Alleinstehend – die Schlüsselfrage.

Und so zog der allein stehende Herr Dr. Peter Richter bald bei Käthes Mutter ein. Und wenn Käthe ihre Mutter besuchte, besuchte sie auch den allein stehenden Herrn Doktor. Dagegen hatte auch die Mutter nichts einzuwenden. Und wenn Käthes Tochter Lieselotte hustete, erschien der Herr Doktor, um den Husten zu behandeln. Käthes Mann, der Juwelier Mertens, fand den Herrn Doktor zwar noch etwas jung, aber ganz sympathisch, und deshalb fand auch er nichts dabei, wenn der Herr Doktor mit seiner Frau ins Kino ging oder eine Spazierfahrt unternahm.

Bald wusste Käthe alles über ihren Geliebten: dass er 24 Jahre alt war und in einem Eifel-Dorf als Sohn eines Bauern aufgewachsen war. Dass er am Gymnasium in Gelsenkirchen das Notabitur gemacht hatte, weil er im letzten Kriegsjahr noch Soldat werden musste.

Und auch Richter erfuhr alles über Käthe. Dass sie 6 Jahre älter war als er, nahm er gern zur Kenntnis. Es schmeichelte ihm, eine, wie er bald feststellte, in Liebesdingen erfahrene Freundin zu besitzen. Er hörte sich auch willig die Klagen über ihre unglückliche Ehe an. Ihr Mann, so verriet sie Peter, habe eine Geliebte in Berlin. Nicht jedoch verriet sie Peter, dass es außer ihm noch andere Männer gab, die ihre sexuellen Bedürfnisse befriedigen mussten.

Ein Jahr später teilte Käthe dem Doktor mit, sie sei schwanger. Und ließ ihn glauben, das Kind sei von ihm. Und da er inzwischen als Volontär-Assistenzarzt an der Frauenklinik arbeitete, hatte Käthe in ihm auch gleich einen Fachmann für Abtreibung zur Hand. Richter erfüllte ihren Wunsch. Aber er war wohl noch zu ungeübt und verletzte Käthe dabei, sodass sie eine Gebärmutterentzündung bekam, die er immer wieder mehr schlecht als recht behandelte, bis sie schließlich chronisch wurde. Aber das tat ihrer Beziehung keinen Abbruch, sie wurde eher noch heftiger, zumindest bei Richter, für den Käthe die erste große leidenschaftliche Erfüllung war.

Wie es Courths-Mahler ausgedrückt hätte: Amors Pfeil hatte ihn mitten ins Herz getroffen.

Juwelier Mertens indes wusste doch weit mehr, als er bisher zu wissen schien. Er reichte eine Scheidungsklage gegen seine Frau ein und begründete sie damit, seine Frau habe mit mehreren Männern Ehebruch begangen, darunter auch mit Dr. Richter.

Es überrascht, wie Käthe und Dr. Richter auf die Scheidungsklage und dann im Scheidungsprozess selbst reagierten. Eigentlich hätte eine Scheidung für beide den Weg für eine Heirat freigemacht. Käthe wollte unbedingt eine legale Bindung mit Dr. Richter. Ihr Mann hatte kürzlich wegen Betrugs eine Gefängnisstrafe erhalten. Für das Juweliergeschäft konnte das das Ende bedeuten. Dann stünde sie mit ihrem Kind mittellos da. Dr. Richter aber hätte ihr eine gesicherte Zukunft bieten können.

Trotzdem reichte Käthe unbegreiflicherweise eine Gegenklage ein. Fürchtete sie, wenn sie schuldig geschieden würde, könne sie nicht mehr mit einer Unterhaltszahlung ihres Ex-Mannes rechnen?

Was Dr. Richter betraf, so erklärte er im Scheidungsprozess, seine Beziehung zu Frau Mertens sei rein freundschaftlich, von

Ehebruch könne keine Rede sein. Diese Aussage beeidete er auch.

Damit schadete er sich gleich zweifach. Erstens verzichtete er auf die Chance, dass Käthe frei wurde für ihn. Zweitens nahm er die Gefahr auf sich, wegen Meineids bestraft zu werden. Für diese schwerverständliche Haltung Richters gibt es nur eine Erklärung: Er schreckte plötzlich vor einer Heirat mit Käthe zurück. Mertens hatte ihn des Ehebruchs mit seiner Frau beschuldigt. Zu Recht, wie Richter wusste. Und wahrscheinlich auch zu Recht, was noch andere, von Mertens benannte Männer betraf. Richter konnte also wohl kaum daran zweifeln, dass Käthe neben ihm noch mehr Bettgenossen hatte. Trotzdem trennte er sich nicht von Käthe. Er war ihr sexuell hörig und wollte diese erregende Beziehung beibehalten. Nur sie heiraten, das wollte er nicht. Deshalb hatte er sich zum Meineid entschlossen.

Aber er hatte sich in Käthe verrechnet. Hatte er jetzt erkannt, dass er nur einer unter mehreren Geliebten Käthes war, so sah Käthe das ganz anders. Er war für sie vor allem der ideale künftige Ehemann. Er allein bot ihr das, was sie ihren Bekannten und Verwandten als Ziel ihrer Heirat mit Richter nannte: ein gutbürgerliches gesichertes Leben.

Und so blieben die beiden erst einmal weiterhin fest aneinandergebunden: Richter aus sexuellen, Käthe aus materiellen Gründen.

Da Richter und auch die andern Beschuldigten den Ehebruch mit Käthe abgestritten hatten, wies das Gericht die Scheidungsklage von Mertens zurück. Aber der Juwelier war nicht gewillt, diese Entscheidung hinzunehmen. Er ging in Revision und brachte im Prozess der zweiten Instanz Zeugen, die auch das intime Verhältnis zwischen Dr. Richter und Käthe bestätigten. Daraufhin verfügte das Gericht die Scheidung.

Nun war Käthe schuldhaft geschieden. Es blieb ihr nur die

Hoffnung, Dr. Richter werde ihr finanziell zur Seite stehen. Sie zog mit dem Kind zu ihrer Mutter. Jetzt teilte sie mit Richter die gleiche Wohnung, was ihrer Beziehung nur förderlich sein konnte. So jedenfalls glaubte Käthe. Richter dagegen spürte wachsendes Unbehagen. Denn Käthe berichtete ihm, sie habe einen adligen Herrn, den Staatsanwaltsrat v. Wersch, kennengelernt, der wolle sie heiraten. Zugleich betonte sie, sie würde viel lieber ihn, den Doktor, zum Mann haben. Richter war unsicher, ob Käthes Beziehung zum Staatsanwaltsrat das Ende ihrer Beziehung einläutete oder ob sie ihn damit nur zu einer Entscheidung, nämlich sie zu heiraten, drängen wollte.

Vielleicht ließ auch die allzugroße Nähe Richters und Käthes Leidenschaft abkühlen. Er war ledig, sie war jetzt ledig, der Reiz des Geheimen und Verbotenen verblasste.

Und finanziell wurde ihm Käthe immer mehr zur Last. Sie sah es als selbstverständlich an, dass er wesentlich zu ihrem Lebensunterhalt beitrug.

In Richter festigte sich der Wunsch, Bonn zu verlassen, sich auf dem Lande eine Praxis einzurichten und sich allmählich von Käthe zu lösen. Allmählich – darauf kam es ihm vor allem an. Er fürchtete ihren Hass, wenn er sich plötzlich von ihr trennen würde.

Und darin hatte er sich auch nicht getäuscht. Als er zum ersten Mal beiläufig erwähnte, dass er sich eine Landpraxis einrichten und aus Bonn wegziehen wolle, geriet Käthe in rasenden Zorn. »Habe ich nicht«, schrie sie, »deinen Meineid vor Gericht mitgetragen, obwohl ich ihn nicht wünschte? Habe ich deine Verbrechen nicht immer gedeckt, weil ich dich liebe? Und du willst mich nun verlassen?«

»Welche Verbrechen denn?«, fragte Richter betroffen.

»Zwei. Und die zwei, wenn ich sie enthülle, ruinieren dich lebenslang als Arzt. Ich meine die Abtreibung und den Meineid!«

»Die Abtreibung ist längst verjährt, meine Liebe. Und außerdem hast du selbst an diesem ›Verbrechen‹ teilgenommen.«

»Der Meineid ist nicht verjährt! Und darauf steht Zuchthaus!«

Richter schwieg. Sie hatte ihn in der Hand. Und Käthe kostete diese Macht aus. »Du hast mich damals kaputtgemacht mit deinem stümperhaften Eingriff, chronisch krank. Wenn du mich nicht heiratest, mache ich nun dich kaputt.«

»Und du dich mit!«, entfuhr es ihm.

»Na, wenn schon, ich habe nichts zu verlieren. Erst ruiniere ich dich, dann bringe ich mich um. So einfach ist das!«

Richter schauerte es. Er kannte Käthes hysterische Ausbrüche.

Aber diese eiskalte Drohung kam nicht aus dem Bauch. Sie war wohlüberlegt.

»Sei doch vernünftig«, sagte er und zwang sich, ganz ruhig zu bleiben. »Hier an der Uni habe ich keine Zukunft. Der Weg nach oben ist lang und mühselig. Ich will mir eine Privatpraxis auf dem Lande einrichten, und du weißt, wie borniert die Dorfleute sind. Ein Arzt, der eine geschiedene Frau heiratet, der hat doch sofort alle Achtung verspielt.«

»Das ist eine Gemeinheit, was du da sagst. Wem verdanke ich denn, dass ich geschieden bin! Du hast mich verführt! Und ich verlange, dass du daraus die Konsequenzen ziehst!«

»Und dein Staatsanwaltsrat? Warum magst du den nicht? Der will dich doch sofort heiraten!«

»Dich liebe ich, verstehst du das, dich!«

Richter wusste, diese Behauptung war Lüge und zugleich wahr. Lüge, weil sie noch mit andern Männern schlief. Und wahr, weil er für sie der beste war, sexuell und materiell. Ich kann ihr nicht entrinnen, dachte er verzweifelt, nie, wo ich auch bin.

Er wusste keinen Ausweg. Ich muss sie zuerst beruhigen, sagte er sich, sie hinhalten, alles in der Schwebe lassen. Und in diesem Augenblick kam ihm ein Einfall. »Ich will dich doch auch gar nicht verlassen, Käthe. Es bleibt alles beim alten, auch wenn ich nicht mehr in Bonn bin. Du lässt dich als Krankenschwester ausbilden und kannst dann in meiner Praxis arbeiten.«

Käthe überlegte. Der Vorschlag gefiel ihr. Richters Widerstand hatte sie ernüchtert. Auch sie war zur Einsicht gelangt, es sei besser, diplomatisch vorzugehen und nichts zu überstürzen.

Und wie ein Glas, das einen Sprung hat, aber noch nicht zerbricht, blieb die brüchig gewordene Beziehung zwischen Richter und Käthe bestehen. Sie erpresste ihn, weil sie ihn liebte, er liebte sie nicht mehr, weil er erpressbar war und sie fürchten musste.

Im fünften Jahr ihrer schicksalhaften Liaison – es war Anfang 1928 – verließ Dr. Richter Bonn, um sich nach einer vorübergehenden Tätigkeit auf dem Lande in Bingen eine Praxis als Hals-, Nasen- und Ohrenarzt einzurichten. Mindestens zweimal in der Woche fuhr er nach Bonn, um Käthe zu besuchen. Manchmal kam Käthe auch nach Bingen und half sogar in der Sprechstunde aus. Im Sommer klagte sie, ihr Unterleibsleiden habe sich verschlimmert, obwohl Richter sie regelmäßig untersucht und behandelt hatte. Nun aber war die Entzündung weiter fortgeschritten. Käthe erhoffte sich nur durch eine Operation Besserung.

Richter konnte ihr diesen Wunsch nicht abschlagen, schließlich hatte er die Erkrankung verschuldet. Er erklärte sich bereit, die Kosten von Operation und Klinikaufenthalt zu übernehmen.

Käthe ließ sich in Düsseldorf operieren und die Rechnung an Dr. Richter schicken, der sie wie versprochen bezahlte.

Nach der Operation fühlte sich Käthe besser. Sie sah nun wirklich die Zeit gekommen, um ihren Heiratsplan aufs rechte Gleis zu bringen. Denn inzwischen hatte sie erfahren, dass Dr.

Richter längst Affären mit andern Frauen begonnen hatte. Jetzt musste sie handeln, ehe er ihr ganz entglitt.

Als sie ihn das nächste Mal in Bingen besuchte, drohte sie ihm, ihn wegen Meineids anzuzeigen, wenn er sie nicht endlich heirate. Danach würde sie sich in seinem Haus umbringen.

Richter geriet in Panik. Soweit es seine Situation erlaubte, vertraute er sich einem Freund an. Der riet ihm, sich schleunigst von dieser Frau zu trennen. Wenn sie in seinem Haus Selbstmord beginge, schade das seinem Ruf und seiner Praxis.

Aber mit Käthe gab es keine gütliche Trennung. Sicherlich war ihre Selbstmorddrohung nur erpresserisch gemeint. Aber dass ihn diese unberechenbare Frau nie loslassen, dass sie ständig seine ganze Existenz gefährden würde, ängstigte Richter von Tag zu Tag mehr. Je länger er darüber nachdachte, desto sicherer wurde er: Er würde nur dann wieder ruhig schlafen können, wenn er Käthe in den ewigen Schlaf schickte.

Das war im November.

Was nun geschehen sollte, sollte bald geschehen.

Richter begann, Käthes Ermordung zu planen.

Als erstes schrieb er ihr, er werde bald nach Bonn kommen, um mit ihr über die Heirat zu reden. Mit diesem Versprechen hoffte er, einige Tage für die Vorbereitung der Tat zu gewinnen.

Richter war überzeugt, einen perfekten Mord vollbringen zu können. Naturgemäß dachte er als Arzt an einen Giftmord. Das Gift musste schwer oder gar nicht nachweisbar sein. Metallische Gifte wie Quecksilber oder ihre Verbindungen wie Arsen schloss er von vornherein aus, denn die ließen sich leicht erkennen. Er dachte an ein organisches Gift, das der Körper leicht resorbierte und rasch wieder ausschied. In Poulssons Lehrbuch der Pharmakologie orientierte er sich über die verschiedenen organischen Substanzen, die er sich unverdächtig beschaffen konnte. Er las über Blausäure und Strychnin, über Digitalis, Atropin und Nikotin und entschied sich schließlich für Strophantin. Viele Strophantinarten, so las er, seien seit undenklichen Zeiten in Afrika und auf dem indisch-malayischen Archipel als Pfeilgifte verwendet worden. Entsprechend verdünnt, dienen sie als Herzmittel. Heutzutage lieferten die Apotheken drei Arten von Strophantin, darunter das kristallinische Strophantin gratus, in Pulverform auch G-Strophantin genannt. Es sei auch als Ampulle erhältlich, denn, so erfuhr Richter in weiteren Schriften, die Strophantine würden ungleichmäßig im Körper resorbiert und zerstört, sodass sie nicht oral verwendet werden sollten. Die Magensäure würde sie rasch zersetzen und dadurch unwirksam machen. Deshalb würde das Medikament vor allem durch intravenöse Injektion verabreicht. Bei Herzschwäche bewirke Strophantin sehr rasch Besserung. Bei einer Überdosis Strophantin komme es zu innerer Unruhe, starker Aufregung, zu Schweißausbrüchen, beschleunigter Atmung und Herzfrequenz. Werde die zulässige Dosis bedeutend überschritten, trete plötzlich, manchmal auch um Stunden verzögert, Herztod ein. Diese Information fand Richter in L. Lewins vor wenigen Jahren erschienenem Buch über Pfeilgifte. Lewin berichtete darin über Beobachtungen, die er in Afrika an Menschen gemacht hatte, welche durch strophantinvergiftete Pfeile verwundet worden waren. Eine solche Verletzung gleiche einer überstarken intravenösen Injektion. Einer der tödlich Verwundeten, so schrieb er, starb folgendermaßen: »Einige Minuten nach dem Einschuss des Giftes legt sich der Getroffene hin. Kalter Schweiß bedeckt ihn. Die Atmung wird selten und unterbrochen, der Puls schwach, sehr schnell, dann stark vermindert. Sobald dieses Stadium eingetreten ist, steht das Herz plötzlich still. Dem Tod geht oft eine Zuckung voraus. Es sind dies die Symptome des Herztodes.«

Dr. Richter nahm seine Vorbereitung sehr genau. Er legte sich eine Art Mordakte an, in der er auch die zulässige und die tödliche Strophantin-Dosis vermerkte. Er notierte, dass die übliche Einzelgabe nicht mehr als ein bis fünf Milligramm beträgt und dass dreißig Milligramm, auf einmal verabreicht, absolut tödlich seien.

Damit war Richter bei der entscheidenden Frage angelangt: Wie sollte er seinem Opfer die tödliche Giftmenge beibringen?

Er könnte das Gift in Pralinen injizieren.

Er könnte kristallinisches Strophantin in ein Getränk mischen.

Beide Methoden wären unsicher, da die Magensäure das Strophantin zu rasch zersetzen und unwirksam machen würde.

Oder er überredet das Opfer, einer Injektion zuzustimmen. Das wäre möglich, da er auf Käthes Wunsch nach ihrer Operation eine Nachbehandlung durchführte. Aber da jede Ampulle nur die zulässige Einzelgabe enthält, müsste er eine zu große Menge injizieren. Käthe könnte misstrauisch werden.

Schließlich, nach tagelangem Grübeln, hatte er den todsicheren Einfall …

Am 16. November suchte er eine Binger Apotheke auf und verlangte G-Strophantin. Der Apotheker hatte es zwar vorrätig, aber nur in Ampullen. Richter wünschte es jedoch in Form von Pulver. Der Apotheker fragte erstaunt, ob es unbedingt als Pulver gebraucht werde. Das sei noch nie verlangt worden, weil es sehr gefährlich sei. Richter antwortete, als HNO-Arzt wolle er damit einen Versuch zur Ätzung der Nasenschleimhaut machen. Der Apotheker versprach, pulverisiertes Strophantin gleich zu bestellen. Es werde allerdings einige Tage dauern.

Richter nutzte die Wartezeit, um Käthe anzukündigen, er werde recht bald nach Bonn kommen, um mit ihr über die Heirat zu sprechen.

Nach dieser Nachricht war sich Käthe ziemlich sicher, dass sich Richter ihrer Forderung gefügt habe und einer Eheschließung nichts mehr im Wege stand. Glücklich berichtete sie ihrer Mutter, sie werde jetzt den Staatsanwaltsrat aufgeben, Dr. Richter sei ihr viel lieber. »Und außerdem«, schloss sie, »habe ich schließlich auch ein Recht auf ihn. Er hat eine tadellose Praxis Ich kann nicht einsehen, wofür ich das alles gelitten haben soll.«

Die Mutter war skeptisch. »Seit Jahren verspricht er, dich zu heiraten. Ich traue ihm nicht. Der Staatsanwaltschaftsrat liebt dich wirklich, er meint es ernst. Du solltest endlich mit Dr. Richter Schluss machen und dafür sorgen, dass er nicht mehr mein Haus betritt.«

Käthe fügte sich scheinbar dem Wunsch der Mutter und versprach, ihm abzusagen und ihn nicht zu empfangen. Da die Mutter in den nächsten Tagen ihre Schwester in Dortmund besuchen wollte, fügte Käthe hinzu: »Du kannst also beruhigt zu deiner Schwester fahren.«

Die Mutter reiste ab. Das Wochenende kam heran. Käthe wollte es allein mit Dr. Richter verbringen. Seit Peter nach Bingen verzogen war, hatte Käthes Mutter die Zimmer an drei Studenten vermietet. Käthe hätte es gern gesehen, wenn sie am Samstag mit Richter allein in der Wohnung gewesen wäre. Sie befragte die Studenten, was sie am Samstag vorhätten. Einer wollte nach Hause fahren, die beiden andern ins Theater gehen. Käthe war zufrieden. Zumindest am Abend war sie ungestört mit Richter zusammen Sie schrieb ihm sofort: »Komme am Samstagabend. Meine Mutter ist in Dortmund. Wir sind allein.«

Richter hatte inzwischen schon zweimal vergeblich in der Binger Apotheke nach dem bestellten Strophantin gefragt. Es wurde erst am Freitag, dem 30. November, geliefert, für Richters Planung also im letzten Augenblick, denn am nächsten Tag sollte der Mord geschehen. Käthe war allein, die Gelegenheit also günstig.

Käthe verbrachte den Samstag bis abends in heiterster Stimmung. Sie beaufsichtigte das Kind einer Bekannten, das so alt war wie ihre Tochter Lieselotte, feierte dann in bester Laune Abschied mit einem Studenten, der in den nächsten Tagen ausziehen wollte, aß mit ihrer Schwester zu Abend und vertraute ihr dabei an, Richter werde gleich da sein, alles komme doch noch ins rechte Lot.

Kurz nach 21 Uhr traf Richter ein. Die Studenten waren außer Haus. Doch zu seinem Verdruss war Lieselotte noch nicht im Bett. Richter hätte die Sache gern so rasch wie möglich hinter sich gebracht, aber er wollte auch nicht drängen, Lieselotte schlafen zu schicken. Er nahm eine Schachtel Pralinen aus der Aktentasche, man aß sie zu dritt und erging sich in belanglosen Gesprächen und Scherzen.

Dann, gegen halb elf, ein weiteres Hindernis. Die beiden Studenten kehrten aus dem Theater zurück. Käthe ging in die Küche, um ihnen das Abendessen zu bereiten. Richter wurde immer unruhiger, er fürchtete, seinen Plan heute nicht mehr ausführen zu können.

Gegen halb zwölf stellte er erleichtert fest, dass die Studenten die Wohnung wieder verließen. Käthe brachte Lieselotte ins Bett.

Kurz vor Mitternacht war Richter endlich mit Käthe allein.

»Wie fühlst du dich, Schatz?«, fragte er fürsorglich.

»Sehr gut, mein Herzallerliebster.«

Richter hörte dieses Wort gern. Käthe gebrauchte es, wenn sie in glücklicher Stimmung war. Sie ist völlig arglos, dachte er, das erleichtert die Sache.

»Das ist schön. Aber das täuscht manchmal, gerade nach einer Operation. Ich sollte dich doch noch einmal untersuchen.«

»Aber doch nicht heute, Peter. Wir wollen doch über unsere Heirat sprechen.«

»Gewiss doch. Aber in Ruhe, danach. Es ist doch auch in deinem Interesse, dass du dir keine Sorgen zu machen brauchst.«

Käthe gab nach. »Wenn du meinst.«

Sie stand auf und ging in die Küche. Richter nahm seine Aktentasche und folgte ihr. Die Untersuchungen fanden stets in der Küche statt.

Käthe entnahm dem Küchenschrank die erforderlichen Instrumente, die seit Beginn der Behandlung hier immer deponiert waren, und desinfizierte sie mit kochendem Wasser. Richter holte aus der Aktentasche Gummihandschuhe, eine Dose Vaseline und ein Glasröhrchen in der Länge einer halben Zigarette.

Dann breitete Käthe eine Decke über den Küchentisch, machte ihren Unterleib frei und legte sich in der für die Untersuchung erforderlichen Stellung auf den Tisch.

Dr. Richter zog sich die Gummihandschuhe über. Die instrumentelle und manuelle Untersuchung, so schien es Käthe, war flüchtiger als sonst. Peter schien zufrieden, es sei alles in Ordnung.

Käthe wollte sich erheben. Richter bat sie, noch liegen zu bleiben, sich auf die Seite zu drehen und die Beine angewinkelt an den Körper zu pressen. Er müsse noch den Dickdarm abtasten.

Käthe tat, wie ihr geheißen. Sie sah, wie Richter das Glasröhrchen entstöpselte, den noch behandschuhten Mittelfinger mit Vaseline bestrich und aus dem Glasröhrchen ein weißes Pulver auf die Fingerspitze schüttete. Es blieb an der Vaseline haften.

»Was machst du da«, fragte sie, »was ist das?«

Er murmelte etwas von einem vorbeugenden Präparat gegen Entzündung, das wolle er ausprobieren. Wozu, fragte Käthe, wenn alles in Ordnung sei?

Richter beharrte darauf. Es sei nun einmal notwendig, und schob ihr den Finger in den After. Sie ließ es geschehen. Als er die Manipulation wiederholte, empfand sie Schmerz. Sie wehrte sich und stieß ihn zurück. Er umklammerte ihren Hals und drückte sie auf den Tisch nieder: »Ruhig, ganz ruhig. Es muss sein!«

Noch während sein Finger in ihrem Leib wühlte, verspürte sie ein heftiges Brennen.

Und im selben Augenblick kam die Erkenntnis.

»Du hast mich vergiftet!«, schrie sie, »vergiftet!«

Die Todesangst gab ihr Kraft, Richter zurückzustoßen und vom Tisch zu springen. Der Tisch stürzte um.

Richter streifte die Gummihandschuhe ab und steckte das Glasröhrchen in die Westentasche. »Was redest du da«, sagte er ruhig. »Ich soll dich vergiftet haben? Warum denn? Womit?«

»Mit dem weißen Pulver! Es ist Gift!«

Sie taumelte aus der Küche ins Wohnzimmer. »Lieselotte«, rief sie schluchzend, »komm zu deiner Mutter. Ich muss sterben.«

Der Schmerz verstärkte sich. Sie hatte das Gefühl, innerlich zu verbrennen. Ihr wurde so übel, dass sie sich nicht mehr auf den Beinen halten konnte. Sie ließ sich auf die Knie nieder, kroch in den Korridor hinaus und rief erneut nach ihrem Kind. Richter folgte ihr. Durch die Milchglasscheibe der Wohnungstür sah er, dass das Hauslicht anging. Er hörte eine Stimme draußen vor der Tür: »Was ist denn los? Kann ich helfen?«

Richter umklammerte wieder Käthes Hals. »Sei still!«, drohte er flüsternd, »du weckst noch das ganze Haus!«

»Alles in Ordnung!«, rief er. Draußen blieb es still. Richter hatte den Griff wieder gelockert. Käthe kroch zur Wohnungstür.

»Ich muss auf die Toilette«, jammerte sie.

»Du bleibst hier!«

Sie biss ihn in den Finger. Er würgte sie erneut. Sie schlug um sich, trat an sein Schienbein Dann suchte sie sich zu erheben, nach der Türklinke zu greifen und die Tür zu öffnen. Vor der Tür stand ein junger Mann und starrte sie an.

Richter riss Käthe zurück und warf die Tür zu.

Käthe schrie gellend: »Hilfe! So helft mir doch!«

Richters Panik wuchs. Käthes Gegenwehr, ihr Wissen um die Vergiftung. Ihre Schreie. Der Mann vor der Tür, der den Tumult hört. Sie lebt zu lange. Er dachte an das Pfeilgift: Tod in wenigen Minuten! Mein Pfeil war nicht stark genug vergiftet. Sie wird mich verraten. Sie wird untersucht werden. Der Anschlag wird offenbar.

Was tun jetzt, dachte er fieberhaft. Das Gift muss wieder heraus aus ihrem Körper, gleich, ob sie stirbt oder überlebt. Kein Gift im Darm, kein Beweis gegen mich! Das ganze Gift herausspülen, das bleibt meine einzige Rettung.

»Hast du eine Klistierspritze?«, fragte er.

Käthe schüttelte den Kopf, stöhnte, versuchte wieder, an die Türklinke zu gelangen.

Keine Klistierspritze. Dann muss ich in einer Klinik den Einlauf machen lassen, entschied er. Er eilte zum Kleiderständer, holte seinen und Käthes Mantel. »Ich bringe dich in die Klinik. Dort wird man herausfinden, was dir fehlt. Vergiftung! Lächerlich!«

Er richtete sie auf, hängte ihr den Mantel über, zog sich ebenfalls den Mantel an, setzte den Hut auf, holte die Aktentasche, öffnete die Tür.

Vor der Tür stand noch immer der junge Mann. Der blickte betroffen auf Käthe. Sie bot aber auch, dachte Richter, einen grotesken Anblick: den Mantel nur übergeworfen, das Haar wirr, die Füße in Pantoffeln, die Strümpfe bis auf die Knöchel herabgestreift – so schwankte sie, sich aufs Geländer stützend, die Treppe hinab. Plötzlich blieb sie stehen: »Nicht in die Klinik! Zur Polizei!«

»Was willst du bei der Polizei! Du bist krank! Du musst in die Klinik!«

Richter nahm sie am Arm, führte sie zur Haustür und verließ mit ihr das Haus. Er war erleichtert, dass es vor dem Zeugen zu keiner neuen Szene gekommen war.

Doch draußen auf der Straße die nächste Komplikation. Ein Polizist ging vorbei. Käthe riss sich aus Richters Arm und stolperte auf den Polizisten zu: »Helfen Sie mir!«

Auch der Polizist blickte erstaunt auf die seltsame Gestalt, die ihn um Hilfe bat. Er kannte sie nicht. Aber er kannte Dr. Richter. »Herr Doktor«, fragte er höflich, »wie kann ich Ihnen helfen?«

»Sie ist krank, Oberwachtmeister. Sie glaubt, sie sei vergiftet. Ich will sie in die Klinik bringen, sie muss einen Einlauf bekommen.«

»Ich will aber nicht in die Klinik!«, jammerte Käthe. Sie zeigte auf Richter: »Er hat mich vergiftet!«

Richter gab dem Oberwachtmeister mit einer Geste zu verstehen, dass diese Frau im Augenblick nicht ganz zurechnungsfähig sei. Der Polizist nickte verständnisvoll.

Ein anderer Polizist näherte sich. Auch ihm rief Käthe zu, dass sie vergiftet worden sei.

Sie müsse in die Klinik, wiederholte Richter. Der Oberwachtmeister sah es ebenso. Die Frau war in einem erbärmlichen Zustand. Er forderte seinen Kollegen auf, ein Taxi zu rufen. Richter erbot sich sofort, das Taxi zu bezahlen.

Der Oberwachtmeister befahl seinem Kollegen, die Herrschaften in die Klinik zu begleiten und ihm dann später Bericht zu erstatten.

Richter wusste, dass sich in der nächsten Stunde Käthes und sein Schicksal entscheiden würde. Sein wichtigstes Ziel blieb die Darmspülung. Entweder hatte das Gift bereits seine tödliche Wirkung getan, dann entfernt die Spülung die letzten, noch nicht absorbierten Reste. Oder Käthe überlebt, dann muss erst recht jede Spur des Giftes aus dem Darm herausgeschwemmt werden.

Das Taxi brachte die drei zur Medizinischen Klinik. Dort untersuchte der Dienst habende Nachtarzt Dr. Jacobi Käthe. Sie sagte dem Arzt, Dr. Richter habe sie mit einem weißen Pulver vergiftet, das er ihr in den Darm eingeführt habe. Diese Behauptung erschien dem Arzt unglaublich. Er stand vor einem Rätsel. Die Unruhe der Patientin ging auf ihn über, weil die Untersuchung nichts ergab. Er vermutete eine schwere psychische Störung der Patientin, entschloss sich dann aber, der Bitte des Kollegen Dr. Richter zu entsprechen und einen Einlauf machen zu lassen. Dann überwies er Käthe Mertens in eine psychiatrische Klinik, in die Landesheil- und Pflegeanstalt.

Dr. Richter erklärte, er werde die Kranke begleiten. Auch der Polizist fuhr mit. Während der Fahrt verspürte Käthe starke Übelkeit, konnte aber nicht erbrechen. Ihre Erregung steigerte sich. Einmal versuchte sie, die Wagentür zu öffnen und hinauszuspringen.

Richter verbarg, soweit es ihm möglich war, seine wachsende Nervosität. Der Einlauf in der Medizinischen Klinik hatte nicht den erwarteten Erfolg gehabt, das Wasser war im Körper geblieben.

Käthes Verhalten war unberechenbar geworden. Sie schrie den Polizisten an, er solle den Staatsanwaltsrat von Wersch benachrichtigen und Dr. Richter verhaften. Mit Bangen sah er der Untersuchung in der psychiatrischen Klinik entgegen.

Als der Wagen in der Landesheil- und Pflegeanstalt ankam, war Käthe bereits zu schwach, auszusteigen. Der Polizist musste sie in die Aufnahme führen. Sie stöhnte laut, mehrere Schwestern bemühten sich um sie. Der Dienst habende Arzt Dr. Störring wurde geweckt, um die Patientin zu untersuchen. Als Dr. Störring sah, dass Dr. Richter sie begleitet hatte, wollte er zuvor mit ihm sprechen. Störring kannte Richter seit längerer Zeit. Richter sagte, Frau Mertens sei eine frühere Patientin von ihm. Sie verhalte sich äußerst bedenklich und rede wirr. Es sei am besten, ihr einen Einlauf zu machen.

Dr. Störring äußerte sich nicht dazu. Er war jedoch über dieses Ansinnen an ihn sehr erstaunt. Er erklärte kühl, er werde sich zuerst einmal die Patientin ansehen.

Dann ließ er sich die Kranke vorführen. Trotz ihrer offensichtlichen Schwäche benahm sie sich sehr aggressiv. Sie verweigerte eine Untersuchung durch Dr. Störring, weil dieser sich zuvor mit Dr. Richter besprochen habe. Dr. Richter habe sie mit einem weißen Pulver im Darm vergiftet und zu erwürgen versucht.

Das ist eine wahnwitzige Geschichte, dachte Dr. Störring. Es gelang ihm dann, die Patientin zu beruhigen und kurz zu untersuchen. Das Herz ließ durch erhöhte Pulsfrequenz einen momentanen Erregungszustand erkennen, schien aber sonst in Ordnung zu sein. Währenddem forderte auch die Patientin einen Einlauf. Die wiederaustretende Flüssigkeit solle untersucht werden. »Ich bin eine Sterbende«, schluchzte sie, »und ich will nach meinem Tode seziert werden.«

Dr. Störring war sich jetzt sicher, dass diese Frau an einem schweren psychischen Defekt litt. Dr. Richter hatte von Selbstmordgefährdung gesprochen, und die Verletzungen der Patientin deuteten darauf hin, dass sie bereits einen Suizidversuch unternommen hatte. Deshalb entschloss sich Dr. Störring, sie in die Klinik aufzunehmen. Da Frau Mertens gesagt hatte, sie verbrenne innerlich, gab er sein Einverständnis für einen Einlauf.

Danach wurde die Kranke auf Station gebracht. Dr. Störring bat Dr. Richter zu sich, teilte ihm seine Entscheidung mit und erwähnte auch die Anschuldigung, er solle Frau Mertens auf ungewöhnliche Weise vergiftet haben.

Guten Mutes, weil Störring eine psychische Störung diagnostiziert hatte, erwiderte Richter, eben diese Behauptung zeuge ja von einer schweren Hysterie. »Veranlagt dazu war sie schon immer. Dass es jetzt zu diesem Ausbruch kam – nun, ich muss gestehen, daran bin ich nicht ganz unschuldig. Wir sind befreundet, verstehen Sie? Und ich musste diese Beziehung zu ihr lösen.«

Dr. Störring verstand. Ja, das könnte den Anfall ausgelöst haben.

Erfreut nahm Richter diese Meinung zur Kenntnis. Aber er sollte sich nicht mehr lange in Sicherheit wiegen. In den folgenden Stunden brach sein Plan eines perfekten Mordes zusammen.

Kurz nach Aufnahme in die Station starb Käthe Mertens.

Höchst schockiert musste Dr. Störring nun seine Diagnose in Zweifel ziehen. Jetzt durfte er die Möglichkeit eines Giftmordes nicht mehr als Phantasie einer Hysterikerin abtun. Er leitete eine gerichtsmedizinische Obduktion der Toten ein.

Als Dr. Richter, der noch in der Klinik geblieben war, von Käthes Tod erfuhr, begab er sich zur Polizeistation, um dort ihren Tod zu melden. Der Oberwachtmeister erinnerte sich an die Behauptung der nun Verstorbenen, Dr. Richter habe sie vergiftet.

Der Oberwachtmeister verbot Richter, die Polizeiwache zu verlassen, und rief den Kommissar an. Als er sich Richter wieder zuwandte, sah er, wie Richter gerade einen Gegenstand in halber Zigarettenlänge aus der Westentasche zog und ins Feuer des Ofens warf. Er nahm Richter vorsorglich fest.

Der bekannte Bonner Gerichtsmediziner Prof. Dr. Müller-Hess obduzierte die Leiche von Käthe Mertens. An den inneren Organen fand er keine krankhaften Veränderungen, die einen natürlichen Tod bewirkt haben könnten. Insbesondere das Herz war völlig normal. Nur im Dickdarm fand sich eine eigenartige blaurote Verfärbung der Schleimhaut, die leicht aufgelockert und verschwollen aussah. Dieser Befund ließ vermuten, dass eine Vergiftung vorlag. Das erforderte weitere toxikologische Untersuchungen.

Erste polizeiliche Ermittlungen hatten inzwischen ergeben,

dass Dr. Richter einen Tag vor Käthes Tod eine mehr als tödliche Menge kristallinischen G-Strophantins erworben hatte. Deshalb wurde der Bonner Pharmakologe Prof. Dr. Fühner mit der toxikologischen Analyse beauftragt. Fühner kam dabei u. a. zu folgendem Ergebnis:

»In Blut, Magen, Dünndarm und Scheide der Leiche konnte ich kein Strophantin finden. Dagegen lieferte das Herz einen Auszug … Weiter erwies sich der Extrakt aus dem Dickdarminhalt der Leiche zehnmal wirksamer als der Herzextrakt.« Dieser Extrakt führte dann beim Tierversuch am Frosch zu systolischem Herzstillstand. Prof. Fühner fasste seine Untersuchung zusammen:

»… dass Frau Mertens mit größter Wahrscheinlichkeit durch in den Mastdarm gebrachtes kristallisiertes Strophantin gestorben ist.«

Nach langwierigen Voruntersuchungen erhob die Staatsanwaltschaft gegen Dr. Richter Anklage wegen Mordes und zusätzlich wegen Meineids im damaligen Scheidungsprozess von Juwelier Mertens.

Im Juni 1929 fand vor dein Bonner Schwurgericht die Verhandlung gegen Dr. Richter statt.

Der Prozess erregte großes Aufsehen. Es wurde ein Sensationsprozess. Der Angeklagte war als Arzt vielen Menschen im Umland bekannt. Vor jedem Verhandlungstag kam es vor dem Gerichtsgebäude zu »lebensgefährlichem Andrang«, wie eine Zeitung berichtete: »Die verschiedensten Volksschichten sind vertreten, neben Krankenpflegern stehen Ärzte und Universitätsprofessoren, neben Studenten und Gerichtsreferendaren Kriminal- und Polizeibeamte, Arbeiter, Handwerker, Kontoristinnen.«

Für die mehr als vierzig Gerichtsreporter der deutschen Zeitungen war eine Pressezentrale mit den notwendigen Fernsprechanschlüssen eingerichtet worden.

Vor Beginn des Prozesses ermahnte der Vorsitzende die Pressevertreter, objektiv und ohne sensationelle Färbung zu berichten. Einige Phasen der Verhandlung, vor allem über die sexuellen Beziehungen zwischen Dr. Richter und Käthe Mertens, fanden unter Ausschluss der Öffentlichkeit statt.

Der Angeklagte selbst verfolgte anfangs die Anschuldigungen gegen ihn aufmerksam und gelassen, wurde aber unter der Last der Beweise immer nervöser. Mit »eisiger Höflichkeit« erhob er Einspruch, wenn die Beweislage besonders gefährlich für ihn wurde. Dabei wurde seine eigene Verteidigungsstrategie deutlich. In der Voruntersuchung hatte er noch den Besitz von Strophantin überhaupt geleugnet. Nun, in der Hauptverhandlung, gab er zwar den Erwerb des Giftes zu, leugnete aber, es zum Mord verwendet zu haben. Er habe es zu therapeutischen Zwecken in seiner HNO-Praxis gebraucht und am Mordtage zufällig in der Aktentasche gehabt. Frau Mertens müsse ihm das Gift heimlich entwendet und sich damit, aus Kummer, weil er sie verlassen wollte, selbst umgebracht haben. Richter war sicher nicht bewusst, wie absurd diese Behauptung war. Wie hätte Frau Mertens wissen sollen, dass sich in dem Glasröhrchen Gift befand? Und warum sollte ein Selbstmörder sich auf so ungewöhnliche Weise das Gift – statt es zu schlucken – in den Dickdarm schieben? Im Magen hatte sich ja keine Spur des Giftes gefunden.

Außerdem konnten ihm Zeugen und Sachverständige diese Schutzbehauptung widerlegen. Das konzentrierte G-Strophantin-Pulver wäre für eine Behandlung in der HNO-Praxis nahezu lebensgefährlich, die von Richter angegebene Therapie also absolut ungeeignet. Unglaubhaft auch, dass die lebenslustige Käthe Mertens selbstmordgefährdet gewesen sei. Wenn sie Richter mit Selbstmord gedroht hatte, so hatte sie ihn damit erpressen wollen. Das hatte sie ihrer Freundin gestanden. Die Aussagen der Polizisten bekräftigten auch, dass Richter bei der

Verhaftung das Glasröhrchen aus der Westentasche gezogen hatte. Käthe konnte es ihm also nicht heimlich aus der Aktentasche entwendet haben.

Gegen Ende der Verhandlung kamen nochmals die naturwissenschaftlichen Sachverständigen zu Wort. In mehrfachen Gutachten setzten sie sich mit den Argumenten der Verteidigung auseinander. So hatte die Verteidigung Prof. Fühners Strophantin-Nachweis in Frage gestellt, weil er das Gift nicht chemisch, sondern nur in Form eines Extrakts im Tierversuch nachgewiesen hatte.

Prof. Fühner erwiderte darauf: »Strophantin als solches (in Substanz) ist in den Leichenteilen der Frau M. nicht nachgewiesen worden. Das ist auch weiter gar nicht verwunderlich. Nehmen wir an, es sind in den Mastdarm fünfzig oder hundert Milligramm des Giftes eingeführt worden, so wurde von hier aus im Verlauf von dreieinhalb Stunden sicherlich ein großer Teil im Körper aufgenommen. Ein anderer Teil blieb im Darm zurück, und zwar vor allem in der Darmwand, die mir zur Untersuchung nicht mehr zur Verfügung stand, sondern die zur chemischen Prüfung der Gifte verbraucht worden war. Zum Nachweis von Strophantin verblieb nur der verhältnismäßig geringe Darminhalt. Berücksichtigt man nun noch die leichte Zersetzlichkeit des Strophantins, so muss es als durchaus befriedigendes Ergebnis angesehen werden, dass aus dem Dickdarminhalt Extrakte erhalten werden konnten, die mit den empfindlichen Proben des Tierversuches den Ausschlag gaben.«

Ferner wies Prof. Fühner auf die von den Zeugen und in den Kliniken beobachteten Symptome hin, die den Anzeichen einer tödlichen Verwundung durch Pfeilgift ähnelten. Diese sind, sagte Fühner, »die quälende Herzangst, die sich bei Frau M. in ihrer starken Erregung kundgab, der auf dem Transport nach der Nervenklinik beobachtete kalte Schweiß, ein richtiger Angstschweiß, und endlich der plötzliche Herzstillstand.«

Und was die tödliche Menge des Giftes betreffe, so habe sich Richter bekanntlich darüber in der Fachliteratur informiert und seine Schlussfolgerungen schriftlich niedergelegt.

Prof. Müller-Hess, der die Leiche obduziert hatte, widerlegte ebenfalls verschiedene Einwände der Verteidigung. Diese hatte beispielsweise behauptet, die Mastdarm-Schleimhaut könne bei den Untersuchungen der Patientin mechanisch, bei den Einläufen durch chemischen oder thermischen Reiz verletzt worden sein. Müller-Hess bewies, dass solche Verletzungen anders aussähen als die durch ein Gift verursachte Verätzung. Auch die äußeren Verletzungen an der Leiche hätten gezeigt, dass eine starke Gewalteinwirkung stattgefunden habe. Und schließlich sei es für ein strophantinartiges Gift charakteristisch, dass dabei das Herz im systolischen, d. h. im Krampfzustand und blutlos stillstehe. Das sei bei Frau Mertens ebenso der Fall gewesen wie bei den Fröschen, denen der Extrakt aus dem Darminhalt der Toten injiziert worden war.

Müller-Hess erklärte abschließend, dass die Schuld des Angeklagten nicht allein durch die Gerichtsmediziner, sondern durch zahlreiche Indizien nachgewiesen worden sei. Trotzdem hätten die ärztlichen Beweismomente eine entscheidende Bedeutung: »Eine gesunde junge Frau ohne irgendwelche lebensgefährlichen krankhaften Abweichungen der inneren Organe erkrankte an dem kritischen 2. Dezember ganz plötzlich unter sicheren Vergiftungserscheinungen. Diese sind von zahlreichen Ärzten und Laien beobachtet worden. Sie selbst hatte ganz deutlich das Gefühl, vergiftet worden zu sein, und starb schließlich unter Symptomen, wie sie bei einem schweren tödlichen Herzgift aufzutreten pflegen. Irgendeine Erklärung, dass eine solche plötzliche Vergiftung auf andere Weise als auf eine Einführung von Gift in den Darm hätte eintreten können, hat sich durch die umfangreiche Beweiserhebung unter Hinzuziehung aller in Betracht kommenden Fachleute nicht aufdecken lassen. Es liegt deshalb … nicht der geringste Anlass vor, an der Annahme einer Strophantinvergiftung zu zweifeln.«

Auch die Geschworenen hegten keinen Zweifel an der Schuld des Angeklagten. Dr. Richter wurde wegen Mordes zum Tode verurteilt.

Noch während der Verhandlung hatte Richter den Meineid im Scheidungsprozess Mertens eingestanden und sich damit noch zusätzlich belastet. Denn damit gab er selbst die starke intime Bindung an sein Opfer zu. Das Mordmotiv – die ständige Bedrohung durch die erpresserische Geliebte zu beseitigen – wurde dadurch überzeugend offenbar. Er, einst von »Amors Pfeil« getroffen, glaubte sich nur mit dem Giftpfeil befreien zu können.

Das Todesurteil wurde sehr unterschiedlich aufgenommen. Richter, der bis zuletzt einen Freispruch erhofft hatte, brach völlig zusammen.

»Eine Tragödie«, schrieb der Reporter des Bonner *Generalanzeiger*: »Aus Liebe wurde Hass – aus dem friedlichen, hilfsbereiten und weichherzigen Mann ein überlegter kaltherziger Mörder. Der Vorhang fällt über einer Tragödie der menschlichen Irrungen – Wirrungen.« Der Anwalt des Verurteilten erhielt aus allen Schichten der Bevölkerung Briefe, vor allem von Ärzten, die das Urteil zu hart nannten.

Ein Jahr später hob das Preußische Staatsministerium das Todesurteil auf und verhängte eine lebenslängliche Zuchthausstrafe.

Über eine diesem Pfeilgift-Mord vergleichbare Tat aus jüngster Zeit berichtete Raimund Kusserow im *Stern*. Ausgeführt wurde das Verbrechen, wie es im Bericht heißt, durch eine Injektion mit Succynil-Asta, das wie das indianische Pfeilgift Curare nervenlähmend und absolut tödlich wirke. Der Mord spielte sich vor dem Hintergrund einer gescheiterten Ehe ab und wurde vom Täter mit biblischem Pathos angekündigt:

»Du hast mein Leben zerstört. Wir sehen uns wieder vor dem Jüngsten Gericht!«

Dr. Friedhelm Zaborsky, neunundvierzig Jahre, war Chefarzt eines Koblenzer Krankenhauses, ein bei seinen Patienten beliebter und angesehener Chirurg, hoch qualifiziert in seiner Arbeit, aber schwierig im Charakter. So wenigstens empfand es nach zwanzig Jahren Ehe seine Frau Dagmar. Was die Ehepartner einander entfremdete, war der alte und kaum lösbare Konflikt eines arbeitsbesessenen Mannes zwischen Beruf und Familie. Aus kleinen Verhältnissen stammend, hatte der begabte junge Mann mit eiserner Energie das Medizinstudium absolviert und sich bis zum Chefarzt hochgearbeitet. Er war scheu und introvertiert und fand in der Arbeit Selbstbestätigung. Wie viele innerlich gehemmte Menschen glich er Unsicherheit durch äußere Schroffheit aus. Es kam zu Streitigkeiten mit der Krankenhausverwaltung. In langwierigen juristischen Auseinandersetzungen rieb er sich auf. Der Alkohol war kein Ausweg, sondern gefährdete noch mehr sein seelisches Gleichgewicht und natürlich auch die Beziehung zu Frau und Kindern.

Dagmar beklagte, ihr Mann sei unfähig zu jeglichem Gespräch über die gemeinsamen Probleme. Gingen ihm die Argumente aus, stand er auf und verließ das Zimmer. Auch zu seinen drei Söhnen fand er keinen Kontakt mehr. In der Familie schließlich völlig isoliert, schien er sich dieser Entfremdung nicht einmal bewusst zu sein. Denn als ihm seine Frau durch ihren Rechtsanwalt mitteilen ließ, sie wolle sich von ihm trennen, empörte sich in ihm alles gegen eine solche Zumutung. Sein Stolz war verletzt, sein Selbstbewusstsein gebrochen. Wahrscheinlich liebte er auf seine Art Dagmar noch immer. Sie war sein einziger Halt, er wollte sie nicht verlieren. Eher wollte er sterben. Aber sie sollte mit ihm in den Tod gehen. Nach dem langen Schlaf würde er sie wieder sehen, bei der Auferstehung am Jüngsten Tag. Dort würde Gott sie richten für ihre Treulosigkeit.

An einem Januartag 1983 beschaffte er sich eine Anzahl Ampullen Succynil-Asta. Man kann nur ahnen, in welchem seelischen Zustand er sich befand, als er wenige Tage später morgens zu Dagmar sagte, sie solle heute ihr schönstes Kleid anziehen. Auf ihre Frage, was das bedeuten solle, antwortete er, sie würden sich erst wieder sehen zum Jüngsten Gericht.

Aber sie zog nicht ihr schönstes Kleid an. Sie trug einen grauen Wollrock und einen beigen Mantel, als sie einkaufen ging. Und als sie heimkam, empfing sie ihr Mann, einen Hammer in der Hand. Mit mehreren Schlägen auf den Kopf streckte er sie nieder und injizierte der Bewusstlosen das dem indianischen Pfeilgift Curare ähnliche Gift.

Dann versuchte er sich selbst durch eine Injektion zu töten, was jedoch misslang.

Der Staatsanwalt meinte, es sei nur ein vorgetäuschter Selbstmord gewesen, um der Anklage wegen vorsätzlicher Tötung zu entgehen und sie als Affekthandlung, als Totschlag, erscheinen zu lassen.

Juristisch mag das einleuchten, psychologisch überhaupt nicht.

Die pathetische Verkündigung vom Wiedersehen beim Jüngsten Gericht lässt ahnen, dass seine Frau mit ihrer Absicht, den Mann zu verlassen, die tiefste Schicht seiner Lebensfähigkeit zerstört hatte. Er wollte nicht mehr leben, sondern mit ihr zusammen sterben.

Tote Strombahnen

Nichts setzt so sehr die Phantasie in Gang wie der Entschluss, ein perfektes Verbrechen zu begehen. Das Hirn des Mörders entwickelt dabei eine geradezu produktive Tätigkeit. Prof. Dr. K. Herold jedenfalls nannte den Einfall des Dr. Veith, wie er den schon einmal gescheiterten Mordanschlag auf seine Frau doch noch erfolgreich wiederholte, eine geradezu schöpferische Idee.

Der Fall ereignete sich Mitte der 60er Jahre in einer nördlichen Stadt der DDR. Prof. Herold, der als Gerichtsmediziner entscheidend an der Überführung des Täters beteiligt war, hatte mir den Fall seinerzeit berichtet. Über die Person des Täters wusste er wenig, über seine kriminalistische Intelligenz umso mehr zu sagen. Sie beschäftigte Kriminalisten und Gerichtsmediziner mehr als ein ganzes Jahr, bis es ihnen gelang, Dr. Veith den Mord nachzuweisen.

Der Fall Dr. Veith war mehr als nur ein vulgäres Mordgeschehen. Er war auch die Katastrophe eines Mannes, der ein angesehener und im gesellschaftlichen Leben engagierter Arzt war, in seiner öffentlichen Haltung dem humanistischen Ideal seines Berufes verpflichtet, innerlich aber verödet, nur seinem Trieb unterworfen, Richter und Scharfrichter zugleich gegenüber einem Menschen, der seinem vermeintlichen Glück im Wege stand.

Aber es war gerade dieser Widerspruch zwischen öffentlicher Rolle und innerem Wesen, der diese Tat auslöste. Er fürchtete, wenn er rücksichtslos die Wünsche seines Ichs verwirklichte, seine Rolle als Arzt zu beschädigen. Um jenes zu erhalten und dieses zu verhindern, glaubte er, morden zu müssen.

Dabei aber war auch im Fall Dr. Veith im Nachhinein schwer

zu erklären, warum die Ehe mit seiner Frau Gisela allmählich zerbrochen war. Auch seine Ehe litt unter der Belastung seines Berufes. Er merkte es nicht oder wollte es nicht bemerken, er hatte ja sein erfülltes Leben als Arzt. Seine Frau flüchtete aus ihrem Frust in Tabletten und Alkohol, und er versorgte sie nur zu willig mit starken Schlafmitteln, um sie ruhig zu halten.

Der Persönlichkeitszerfall der Frau blieb nicht unbemerkt in der Öffentlichkeit. Sie musste zweimal zur Entziehungskur. Er empfand Scham darüber, sein Ekel wuchs vor der durch Alkohol gedunsenen Frau, die ständig über ihre Kreislaufbeschwerden und ihre Krampfaderschmerzen klagte. Er versuchte, sich von ihr zu trennen. Sie widersetzte sich einer Scheidung, wohl aus dem Gefühl heraus, dann ihre letzte, wenn auch äußerliche Geborgenheit zu verlieren. Er war nicht bereit, sich ein wenig zurückzunehmen in seiner Arbeit, denn die Arbeit war für ihn nun auch zu einer Flucht aus einem unfrohen Zuhause geworden.

Er lernte eine junge Frau kennen, die medizinisch-technische Assistentin Steffi, die für ihn und seine Probleme mehr Verständnis zeigte als seine verbitterte Frau. Sexuelle Erfüllung in Steffis Bett festigte die Beziehung. Eine Ehe mit ihr erschien ihm wie eine Oase nach langem Marsch durch die Wüste.

Für seine Geliebte hatte der Doktor nun plötzlich viel Zeit.

Gisela war trotz zeitweiliger geistiger Absenzen eine kluge und wache Frau. Sie merkte an den üblichen untrüglichen Anzeichen, was jetzt vor sich ging. Und forderte ihren Mann auf, die Affäre mit Steffi zu beenden. Aber für den Doktor war es keine Affäre, sondern Liebe. Gisela wollte das nicht wahrhaben. Noch immer glaubte sie, was zerbrochen war, wieder kitten zu können.

Dazu wählte sie das untauglichste Mittel: Sie drohte ihrem Mann. Sie drohte, sich umzubringen, wenn er nicht von der andern lasse. Und da der Doktor und seine Frau längst nur noch sprachlos miteinander lebten, sondern sich außer bei der allernotwendigsten Kommunikation schriftlich verständigten, fand der Doktor zuweilen Briefe seiner Frau auf dem Tisch, in denen sie ihre Selbstmordabsichten verkündete, beispielsweise von dieser Art:

»Höre zu. Ich gebe dir noch eine Woche Frist. Entweder du trennst dich von dieser Frau oder ich mache Schluss. Für immer. Ich weiß es jetzt endgültig, du liebst mich nicht mehr. So bleibt mir nur noch eines: mich von dir zu scheiden, indem ich aus dem Leben scheide.«

Allmählich begann das den Doktor, der sich in seinem Glücks- und Überlegenheitsgefühl bisher darüber belustigt hatte, zu ärgern, wenn nicht sogar zu beunruhigen. Wenn Gisela nun, von Tabletten und Alkohol in einen Zustand unberechenbarer Entschlossenheit versetzt, ihre Drohung wahr macht und sich tatsächlich umbringt? Und diese zynische Begründung hinterlässt, ihr Selbstmord sei ihr letzter Liebesbeweis? Sie weiß genau, sagte er sich, ihr Selbstmord würde mich gesellschaftlich vernichten. Selbstmord, würde es heißen, weil der Mann fremd geht! Die arme Frau! Ihr eigener Mann, dieser Unhold, hat sie in den Tod getrieben! Das ist doch kein Arzt, das ist doch, genau besehen, ein Mörder! Und man wird meine Beziehung zu Steffi durchhecheln, ich kenne doch die Volksseele. Der alte Bock und die junge Nutte – zehn und mehr Versionen werden in Umlauf kommen, und das Opfer werde immer ich sein. Ich, der verdiente und allseits beliebte Arzt! Gut, ich könnte hier weggehen, alles verlassen, was ich mir aufgebaut habe, und mit Steffi irgendwo neu anfangen. Aber so leicht fällt einem das nicht mehr, wenn man erst einmal Wurzeln geschlagen, sich eingerichtet und Beziehungen hergestellt hat, die einem im Lande des Mangels so vieles erleichtern.

Gisela weiß das, und deshalb hofft sie, mich zwingen zu können, dass ich mich von Steffi trenne. Ich werde mich trennen. Aber nicht von Steffi, sondern von Gisela. Endgültig! Sie muss sterben. Und es muss aussehen wie ein natürliches Hinscheiden.

Und von diesem Tage an begann der Doktor, über Giselas Tod nachzudenken.

Sein Plan sollte ebenso einfach wie wissenschaftlich exakt sein. Die meisten, die so etwas vorhaben, dachte er, sprechen sich selber das Todesurteil. Sie glauben, nur ein komplizierter Plan sei sicher. Irrtum! Je mehr Rädchen ineinandergreifen, desto störanfälliger wird das Getriebe. Der wissenschaftlich berechnete Mord ist meine einzige Chance. Nicht jeder besitzt sie, aber ich bin Arzt, ich kenne mich aus in den Geheimnissen des Körpers. Am besten, es sieht aus wie Kreislaufversagen. Dann gibt es keine Obduktion. Kreisarzt Dr. Winter, Giselas Dispensairearzt, kennt ihren labilen Kreislauf. Beträchtliche Blutdruckschwankungen, bedingt durch ihre Koronarinsuffizienz. Und befördert natürlich durch Alkohol und Tabletten. Dezent werde ich ihm suggerieren: Es kann nur Kreislaufversagen sein. Er wird anstandslos den Totenschein ausstellen.

Vorausgesetzt, er findet keine Anzeichen äußerer Gewalt. Deshalb kommt nur eine Vergiftung in Betracht.

Aber welches Gift? Arsenik vielleicht? Wirkt zu explosiv, führt auch zu körperlichen Veränderungen. Strychnin? Ist zu bitter. Zyankali – aber wie sollte ich Gisela Zyankali beibringen? Außerdem riecht man es meterweit.

Sie müsste das Gift freiwillig einnehmen. Im Glauben, es wäre ein Medikament. Aber welches? Morphium verengt die Pupillen, das fiele bei der Leichenschau möglicherweise auf. Atropin hat die entgegengesetzte Wirkung, auch unbrauchbar. Ein Schlafmittel vielleicht? Ein Barbiturat – der Tod erfolgt durch Atemlähmung. Wenn ich Glück habe, keine charakteristischen äußeren Spuren.

Selbst in die Liebesstunden mit Steffi schlich sich jetzt in Veiths Bewusstsein das Wort von Giselas Tod ein. Er scheute sich seltsamerweise, das Wort Mord zu denken. Er sah sich nicht als Mörder. Den Mörder schlechthin gibt es nach seiner Meinung gar nicht. Die meisten Mörder kommen durch Zufall und nur ein einziges Mal in die Verlegenheit, so etwas zu tun, und auch das nicht gerade begeistert. Sie sind Mörder nur für eine Minute oder Sekunde oder, wenn es hoch kommt, für einige Tage. Was wiegt ein solcher Augenblick gegen ein ganzes Leben! Mörder, das ist reine Abstraktion, eine flüchtige Rolle. Danach bin ich wieder Arzt, Steuerzahler, Straßenverkehrsteilnehmer und so weiter.

Abgesehen von diesen gedanklichen Abschweifungen formten sich Dr. Veiths Überlegungen allmählich zu einem festen Handlungsprogramm.

Er hatte sich für einen Mord durch Barbiturat entschieden und beschaffte sich die dafür notwendige Menge des Schlafmittels Kalypnon.

Er besorgte sich Tablettenröhrchen mit Oral-Penizillin.

Er vernichtete die Penizillintabletten und füllte die Röhrchen mit Kalypnon.

Eine der nächsten Nächte verbrachte er wiederum mit seiner Geliebten. Als er am nächsten Morgen heimkehrte, kam es erwartungsgemäß zu den üblichen Vorhaltungen und Drohungen seiner Frau. Er blieb ruhig und erwiderte, solange sie sich weiter so vernachlässige wie bisher, wirke sie auf ihn unästhetisch, ja abstoßend. Auf diese Weise gedemütigt, klagte sie, er habe ja nicht das geringste Interesse gezeigt, etwas für sie zu tun. Sie denke da nur an ihre scheußlichen Krampfadern.

Veith nickte mitfühlend. Sie habe recht. Aber sie wisse doch auch, dass er da wenig helfen könne. Verdickte Adern, in denen sich das Blut staut. Tote Strombahnen sozusagen – da helfe eben nur ein chirurgischer Eingriff.

Das hatte er Gisela schon früher erklärt. Und er wusste, dass sie vor einer solchen Operation Angst hatte.

Sie wolle aber nicht unters Messer, erwiderte sie störrisch. Es müsse doch ein Mittel geben, um wenigstens die Schmerzen zu lindern.

Dr. Veith triumphierte. Es lief alles nach Plan. Natürlich, stimmte er zu, ließen sich die Beschwerden mildern. Er wolle sich ihre Beine mal ansehen.

Es kostete ihn einige Überwindung, ihre von bläulichen Adernstricken durchsetzten Beine zu betrachten. Er dachte an Steffis grazile Schenkel. Die Krampfadern seien ja entzündet, sagte er, kein Wunder, dass sie schmerzten. Ein Schmerzmittel allerdings sei da wenig hilfreich. Das Übel müsse an der Wurzel gepackt, die Entzündung selbst bekämpft werden. Er schlage einen kräftigen Penizillinstoß vor.

Gisela war einverstanden – wenn sich nur eine Operation vermeiden ließe.

Gut, erwiderte der Doktor, dann wolle er gleich heute Abend mit der Behandlung beginnen.

Nun war es also so weit. Er hatte alles durchdacht und vorbereitet. Beruhigt sah er der entscheidenden Stunde entgegen.

Er blieb auch ruhig, als es geschah.

Gisela saß am Couchtisch, als er mit den Penizillinröhrchen erschien, die in Wirklichkeit Kalypnon enthielten. Demonstrativ legte er sie samt einem Mörser auf den Tisch und sagte, er wolle nur noch ein Glas Wasser holen. Wie erwartet, griff Gisela nach einem der Röhrchen und las den Aufkleber für Oral-Penizillin Sie würde keinerlei Misstrauen zeigen, dessen war er gewiss.

Er kehrte mit einem Glas Wasser zurück, setzte sich neben Gisela, schüttete eine Anzahl Tabletten aus, täuschte vor, er würde sie genau zählen – es waren insgesamt viereinhalb Gramm – zerdrückte sie im Mörser und warf das körnige Pulver ins Glas. Er verrührte die Masse, die sich nur schwer im Wasser auflöste, und reichte Gisela dann das Glas. Es werde sehr bitter schmecken, warnte er.

Gisela nahm einen Schluck, verzog das Gesicht, dann leerte sie das Glas tapfer in einem Zug. Danach empfand sie Brechreiz. Der Doktor geleitete sie vorsorglich ins Bett. Wenn sie liege, lasse die Übelkeit wieder nach.

Bald darauf erbrach sie trotzdem. Damit hatte er nicht gerechnet. Er hoffte nur, dass ein Teil der tödlichen Menge bereits in den Kreislauf gelangt war.

Dann schlief sie ein. Unmerklich, dachte er – in einen sanften Tod. Darauf war er besonders stolz. Er hasste sie. Trotzdem sollte sie nicht qualvoll sterben.

Aber Gisela machte keine Anstalten zu sterben. Auch jetzt noch, an der Schwelle des Todes, verhöhnte sie ihn. Sie lag im Tiefschlaf. Wenn ihr schnarchender Atem einmal abbrach, ging er voll Hoffnung zu ihr, fühlte den Puls und musste feststellen, dass das Herz noch immer gleichmäßig arbeitete.

Sie schlief die Nacht hindurch und den nächsten Tag, ohne aufzuwachen. Am Abend erhob sie sich lallend und taumelte zur Toilette. Er musste sie stützen, damit sie nicht hinfiel und sich verletzte. Nur keine Wunden jetzt, kein Blut. Er brachte sie ins Bett zurück. Sie fiel sofort wieder in Schlaf.

Auch am nächsten Tag schlief sie weiter und am dritten. Sie schnarchte, und der Puls war noch immer spürbar.

Veiths Hoffnung sank auf Null.

Am vierten Tag schlug Gisela die Augen auf und sagte, sie sei so müde, und schlief wieder ein.

Gegen Abend wälzte sie sich aus dem Bett, setzte sich schwerfällig auf den Bettrand und fragte, was denn geschehen sei.

Veith wusste in diesem Augenblick, sein Plan war gescheitert. Warum, wusste er nicht. Er musste rasch eine Antwort finden, die Gisela befriedigte und nicht misstrauisch machte. Er dachte krampfhaft nach. Ob sie denn, fragte er dann streng, vor der Einnahme des Penizillins wieder etwas getrunken habe.

Kleinlaut gestand sie zwei doppelte Cognacs. Aha, sagte er hocherfreut, dann habe man ja die Erklärung: Alkohol paralysiere partiell die Effizienz des Penizillins, wie es andrerseits bestimmte Nebenwirkungen potenziere. Daher der viertägige Schlaf. Ihr schlechtes Gewissen hinderte Gisela daran, über diese unsinnige Erklärung nachzudenken. Niedergeschlagen sagte sie, es tue ihr leid, dass die Kur anscheinend fehlgeschlagen sei.

Veith hörte schon gar nicht mehr hin Maßlose Wut erfüllte ihn, auf Gisela, die unbegreiflicherweise dem Gift widerstanden hatte, aber noch mehr Wut auf sich selbst, weil sein Plan nicht auf mögliche Pannen durchdacht worden war. Wie ein Dilettant hatte er sich verhalten! Doch er konnte nicht lange seine Selbstvorwürfe ertragen. Er beschloss, das Fiasko einfach als missglückte Generalprobe zu betrachten. Die Premiere würde dann umso erfolgreicher sein, vorausgesetzt, dass er seine Fehler analysiere und beim nächsten Mal vermeide.

Und so geschah es in den folgenden Wochen. Aus der nächstgelegenen Universitätsbibliothek entlieh er die notwendige Fachliteratur, um sich genauere Kenntnisse über Schlafmittelvergiftung zu verschaffen Er stellte fest, er hätte mit der Dosis von viereinhalb Gramm durchaus die beabsichtigte Wirkung erzielen können. Aber wahrscheinlich hatte Gisela den größten Teil wieder ausgebrochen. Er schlussfolgerte daraus, dass er erstens die Tablettenmenge noch erhöhen und zweitens auf irgendeine Weise das spontane Erbrechen verhindern müsse, sodass das Gift im Körper verblieb.

Die Tage verliefen in gewohnten Bahnen: Sprechstunde, Hausbesuche bei Patienten, Sitzungen, zuweilen eine Nacht bei Steffi, Vorwürfe oder zynische Bemerkungen Giselas, bis sie sich wieder mit Alkohol beruhigte, einige trockene Tage, als ihre Tochter aus erster Ehe sie besuchte.

Veith entschloss sich, beim nächsten Anschlag statt Kalypnon ein anderes Schlafmittel, Veronal, zu verwenden. Endlich glaubte er auch ein Mittel gefunden zu haben, das das spontane Erbrechen verhinderte. Er musste mit dem Veronal zugleich Prothazin injizieren.

Geduldig wie ein Kater vor dem Mäuseloch wartete der Doktor auf eine neue Gelegenheit, die »Krampfaderkur« zu wiederholen.

Sie ergab sich nach einem Vierteljahr, als Giselas Schmerzen in den Beinen zunahmen. Diesmal nahm ihr der Doktor zum Schein das Versprechen ab, vorher auf Alkohol zu verzichten. Dann erklärte er ihr, er wolle eine neue Therapie anwenden, die die Wirkung des Penizillins verstärke. Er werde ihr Prothazin injizieren. Hauptsache, es hilft, sagte Gisela, und erklärte sich einverstanden.

Am folgenden Wochenende sollte es dann geschehen.

Bereits vor Einnahme des Giftes ließ Veith seine Frau vorsorglich zu Bett gehen. Er injizierte ihr zwei Ampullen Prothazin intramuskulär. An ihrem Bett bereitete er mit der doppelten Menge Veronal den tödlichen Trunk vor. Sie schluckte ihn voller Ekel und legte sich danach sofort nieder. Diesmal blieb das befürchtete Erbrechen aus. Eine Viertelstunde später war Gisela in tiefen Schlaf gesunken. In den ewigen Schlaf, hoffte der Doktor.

Und diesmal schien er Glück zu haben. Auch in den nächsten Stunden kein Erbrechen. Er führte einen Katheter in die Harnblase ein, um auch den Blasendruck und ein vorzeitiges Erwachen zu vermeiden. Er wiederholte die Prothazininjektion und kontrollierte regelmäßig Atmung, Puls und Blutdruck und stellte befriedigt fest, wie die Vergiftung deutlich fortschritt.

Als der Doktor am übernächsten Morgen wieder an Giselas Bett trat, war sie tot.

Jetzt war er frei, für ein neues Leben mit Steffi.

In sein Triumphgefühl mischte sich nun Besorgnis. Den Mord hatte er gemeistert. Jetzt musste er ihn verschleiern. Und das war weit schwieriger, denn der Erfolg hing nun nicht mehr allein von seiner Intelligenz ab. Höchstens von seiner Kaltblütigkeit und Geistesgegenwart. Ein wachsamer Arzt, so hatte Veith in Prokops *Forensischer Medizin* gelesen, könnte bei der Leichenschau durchaus Vergiftungssymptome feststellen. Bei Barbituratvergiftungen verengen sich die Pupillen, die Totenflecke sind kräftig. Wie bei andern Vergiftungen können sich an Füßen, Händen, Brüsten und an der Innenseite der Kniegelenke handtellergroße Blasen bilden. Käme es aber erst einmal zum Verdacht eines unnatürlichen Todes, würde eine gerichtliche Obduktion mit Sicherheit das Gift entdecken.

Deshalb hatte Veith noch an eine zweite Absicherung seiner Tat gedacht. Die erste beruhte auf der Hoffnung, der ihm gut bekannte Kreisarzt Dr. Winter, der über Giselas Kreislaufschwäche informiert war, würde sich mit einer oberflächlichen Leichenschau begnügen und einen natürlichen Tod durch Herzversagen bescheinigen. Sollten sich aber Vergiftungssymptome zeigen und von Dr. Winter festgestellt werden, musste eine zweite Absicherung in Gang gesetzt werden. Dann würde er Giselas Tod als Selbstmord erscheinen lassen. Und dafür hatte er einen, wie er hoffte, überzeugenden Beweis vorbereitet: einen der Briefe Giselas mit ihrer Selbstmorddrohung. Er hatte die ersten zwei Zeilen des Briefes weggeschnitten, die das Motiv ihres Suizids, seine Beziehung zu Steffi, nannten. Übriggeblieben war die bloße Mitteilung, da die Ehe zerbrochen sei, sei ihr Selbstmord auch ihr letzter Liebesbeweis.

Ein sozusagen klassischer Abschiedsbrief.

Gisela also hatte sich jetzt für immer verabschiedet.

Veith stellte das Wasserglas, in dem sich noch ein Bodensatz des Veronals befand, unauffällig aufs Fensterbrett des Schlafzimmers, den präparierten Abschiedsbrief legte er daneben.

Dann rief er Dr. Winter an und teilte ihm mit, er habe soeben seine Frau tot in ihrem Bett aufgefunden. Ob Dr. Winter bitte die Leichenschau übernehmen würde. Dr. Winter versprach, bald zu kommen …

Von diesem Augenblick an begann es im bisher lautlosen Getriebe des Tatgeschehens hörbar zu knirschen. Aber noch würde es fast ein ganzes Jahr dauern, bis es endgültig stillstand. Es war nicht so perfekt konstruiert, wie der Doktor geglaubt hatte.

Als Dr. Winter eintraf, sprach er Veith sein Beileid aus und bat ihn, bevor er die Tote besichtigte, um einige Informationen. Winter schien Veiths Meinung, seine Frau sei an Herzversagen gestorben, zu teilen. Dann ließ er sich ins Schlafzimmer führen.

Gisela lag friedlich im Bett.

Winter stellte fest, dass sie seit Stunden tot war. Währenddem lehnte Veith mit dem Rücken am Fensterbrett und verdeckte Glas und Brief. Erleichtert sah er, wie sich Winter aufrichtete. Die Untersuchung schien beendet. Doch dann entnahm Winter seiner Tasche eine Stablampe und öffnete die Augenlider der Toten. Er schüttelte befremdet den Kopf. Er forderte Veith auf, sich ebenfalls die Pupillen anzusehen, sie seien deutlich verengt.

Veith spürte, wie sich sein Herzschlag beschleunigte. Vorsichtig versuchte er, Winters Befund in Frage zu stellen. Aber Winter beharrte darauf, die Pupillen seien verengt. Das sei zwar ein noch uncharakteristisches Symptom, aber –

Aber – Winter ließ das Ende des Satzes in der Schwebe.

Nachdenklich starrte er auf die Tote, fragend dann auf den Kollegen.

Veith suchte aufkommende Panik zu unterdrücken. Noch hatte er die zweite Sicherung in Reserve.

Während sich Winter nochmals die Augen der Toten ansah, kehrte Veith zum Fenster zurück und schob unbemerkt das

Wasserglas an den Rand des Fensterbretts. Er lehnte sich mit dem Rücken an die Fensterbank. Das Glas fiel um. Veith stieß einen Ruf der Überraschung aus. Und als sich Winter ihm zuwandte, sah er in Veiths Händen ein Wasserglas und ein Stück Papier. Veith betrachtete kurz das Papier, dann reichte er es schweigend dem Kollegen.

Dr. Winter überlas den Abschiedsbrief. Dann übernahm er mit einem Taschentuch das Glas, befeuchtete einen Finger und kostete von dem Bodensatz.

Für Winter war die Situation klar. Die verengten Pupillen, der bittere Bodensatz, der Abschiedsbrief: Selbstmord durch Tablettenvergiftung.

Schweigend kehrten die beiden Ärzte ins Arbeitszimmer zurück. Winter setzte sich, um den Totenschein auszufüllen.

Warum, so fragte er dabei, habe Frau Veith das getan. Er sei völlig geschockt.

Veith sprach von Depressionen, von denen nur er allein gewusst habe, von quälenden Selbstvorwürfen seiner Frau wegen ihrer Alkoholsucht, von ihrer Schlaflosigkeit. Deshalb habe er ihr auch immer wieder Schlafmittel verschrieben, aber nicht geahnt, dass sie sich damit umbringen würde.

Das alles sei sehr traurig, sagte Winter, und unfassbar. Aber er verstehe, dass die Alkoholabhängigkeit und die Depressionen schließlich die Ehe sehr belastet hätten.

Ja, erwiderte Veith, wie sie im Abschiedsbrief schrieb: die Liebe sei allmählich erloschen.

Veith war zufrieden, dass Winter seine Erklärung akzeptierte.

Er war unzufrieden, dass Winter als penibler Amtsarzt nun den Selbstmord als vermutliche Todesursache vermerken würde.

Das hieß: Obduktion. Und so verlässlich war seine zweite Sicherung nun doch nicht. Man weiß nie, welche Überraschungen die Obduktion einem Mörder bringen kann. Wenn sich wenigstens die Obduktion vermeiden ließe!

Und Veith unternahm den riskanten Versuch, Winter zur Bescheinigung eines natürlichen Todes zu überreden.

Und hatte Glück.

Winter verschloss sich Veiths beschwörender Bitte nicht.

Selbstmord einer Arztfrau – das bringe so viele unsinnige Gerüchte in Umlauf, die schadeten ihm und die schadeten auch dem Gesundheitswesen der DDR. Untersuchungen, Berichte – all das ließe sich doch vielleicht vermeiden.

Dr. Winter schrieb auf den Totenschein: Herzversagen bei chronischer Herzschwäche.

Bedrückt von seinem schlechten Gewissen, verabschiedete er sich rasch von Veith.

Veith atmete auf. Er hatte den perfekten Mord geschafft.

Dr. Winter war inzwischen ins Amt zurückgekehrt. Er konnte sich nicht auf seine Arbeit konzentrieren. Dass er als Amtsarzt eine falsche Todesursache angegeben hatte, nur aus kollegialer Rücksicht, ließ ihn nicht zur Ruhe kommen. Nach einer unruhigen Nacht rief er am nächsten Morgen den Bezirksarzt an und teilte ihm mit, dass er möglicherweise einen Totenschein falsch ausgefüllt habe. Die Frau eines Kollegen habe vermutlich mit Schlaftabletten Selbstmord verübt. Der Bezirksarzt forderte Winter auf, eine Verwaltungssektion zu veranlassen, um die Todesursache genau festzustellen. Dr. Winter beauftragte den Prosektor des Pathologischen Instituts mit der Obduktion. Aber der Prosektor übergab den Auftrag ans Gerichtsmedizinische Institut, da vermutlich Selbstmord vorliege.

Dr. Winter rief auch Veith an und unterrichtete ihn über den Vorgang. Veith suchte sein Erschrecken hinter gleichgültiger Antwort zu verbergen: Dr. Winter möge tun, was er für richtig halte. Er selbst werde jedoch die Obduzenten über die näheren Umstände des Todes seiner Frau informieren.

Als Veith im Gerichtsmedizinischen Institut ankam, musste er alle seine Kraft darauf richten, den trauernden Ehemann zu spielen. Vor dem Sektionsraum stand eine Gruppe Menschen, die harmlos miteinander plauderten und scherzten, die aber, wie er fürchten musste, bald seine erbitterten Feinde sein würden. Auch Dr. Winter war dabei.

Als Dr. Winter Veith erblickte, löste er sich aus der Gruppe und kam Veith entgegen. Veith erfuhr, dass Prof. Dr. Herold und sein Assistent die gerichtliche Obduktion vornehmen würden, dass aber auch der Staatsanwalt und Hauptmann Birnbaum von der Kripo daran teilnehmen würden.

»Ein bedeutungsvoller Fall«, sagte Winter. Weißt du überhaupt, was du da sagst?, dachte Veith.

Winter führte Veith zur Gruppe der nun ganz ernst blickenden Amtspersonen und stellte ihn vor. Dr. Veith wandte sich an den Professor, er wolle ihm vor der Obduktion einige Informationen geben. Aber Prof. Herold erwiderte schroff, das habe Zeit bis später.

Dann wandte er sich von Veith ab und öffnete die Tür zum Sektionsraum. Veith blieb allein zurück. Was geht da drinnen vor, fragte er sich besorgt.

Und Veith hatte tatsächlich Grund zur Sorge.

Bereits bei der äußeren Besichtigung der Leiche entdeckte Prof. Herold auf der Gesäßseite braunrote punktförmige Hautvertrocknungen, jeweils zwei im äußeren oberen Quadranten jeder Gesäßbacke. Es waren typische Injektionsstellen. Lage und Färbung der vier Einstiche wurden im Protokoll vermerkt und das Gewebe ringsherum für spätere Untersuchungen herauspräpariert.

Nach Eröffnung des Körpers fanden die Obduzenten Ödeme in Lunge und Gehirn. Das könnten Symptome für eine Vergiftung sein. Aber sie waren zu uncharakteristisch, um schon die Art der Vergiftung erkennen zu können.

Für die chemisch-toxikologische Untersuchung war der »Große Giftansatz« erforderlich. Dazu wurden der Leiche die Nieren, die Hälfte von Leber und Gehirn, außerdem Magen und Mageninhalt, Dünn- und Dickdarminhalt und schließlich Urin sowie Blut aus Herz- und Schenkelvenen entnommen.

Die nachfolgende Analyse bestätigte dann: Tödliche Vergiftung durch Diäthylbarbitursäure, durch das Schlafmittel Veronal.

Dieses Ergebnis stand für Kriminalisten und Gerichtsmediziner nicht in Widerspruch zu einem Selbstmord von Frau Veith. In einem Gespräch mit Hauptmann Birnbaum wies jedoch Prof. Herold daraufhin, die Akte Gisela Veith noch nicht zu schließen. Es bleibe ihm rätselhaft, warum und von wem Frau Veith vor ihrem Tode intravenöse Injektionen erhalten habe. Obwohl man auch die Haut um die Einstichstellen untersucht hatte, konnte nicht mehr festgestellt werden, welche Substanz gespritzt worden war.

Birnbaum spürte aus Herolds Bemerkung eine leichte Beunruhigung heraus. Ob der Professor einen Selbstmord bezweifele, fragte er.

Der Professor wich aus. Er sei überzeugt, irgendetwas stimme an der Selbstmordversion nicht.

Auch Birnbaum gestand, nicht frei von Misstrauen zu sein. Könnte der Doktor seine Frau vergiftet haben?

Dafür hatte Prof. Herold keine Beweise. Veronal sei sehr bitter. Eine tödliche Menge ließe sich nicht unbemerkt vom Opfer in ein Getränk mischen.

Birnbaum dachte an eine andere Möglichkeit: Man löst die Tabletten in Wasser auf und injiziert die Lösung.

Das hielt der Professor für unwahrscheinlich.

Und da kein anderes Gift nachgewiesen worden war, ließ sich vorerst die Annahme eines Selbstmordes nicht erschüttern. Aber weiterhin schwelte in Professor Herold und Hauptmann

Birnbaum der Verdacht, sie könnten einem raffinierten Mörder auf der Spur sein. Sie vereinbarten, die Ermittlung nicht ruhen zu lassen und sich ständig miteinander zu beraten.

Prof. Herold hatte dabei den Hauptmann gebeten, nochmals Dr. Veith aufzusuchen und ihn wegen der Injektionen zu befragen.

Veith gab dem Hauptmann bereitwillig Auskunft. Kurz vor ihrem Tode sei seine Frau an einem schweren grippalen Infekt erkrankt. Er hätte dabei den Beginn einer Lungenentzündung festgestellt und ihr deshalb vorbeugend Penizillin injiziert.

Birnbaum notierte sich das und fragte auch nach der Art des Penizillins.

Veith blickte den Hauptmann unwillig an. »Ihnen als Laien wird das nichts sagen«, erwiderte er mit einem Anflug von Arroganz. »Es war kein Depotpenizillin, sondern wasserlösliches. Damit konnte ich den Spiegel gleichmäßig hochhalten. Mit einer Million Einheiten. Zufrieden?«

Birnbaum rief danach den Professor an und berichtete ihm Veiths Aussage. Herold erinnerte den Hauptmann an den Obduktionsbefund. Es waren keine Anzeichen einer Lungenentzündung gefunden worden. Etwas sei faul an der Geschichte. Vor einigen Jahren, so fügte Herold hinzu, habe die Fachliteratur einen Fall berichtet, wobei ein Mörder seinem Opfer ein Gift unter dem Vorwand gab, es sei eine harmlose Arznei.

Das sei leider nur eine interessante Vermutung, doch noch immer kein Beweis, meinte Birnbaum. Aber die Akte schloss er nicht.

Kurze Zeit danach meldete sich bei Hauptmann Birnbaum eine Frau Martin. Sie war die Tochter Gisela Veiths aus erster Ehe. Sie erklärte dem Hauptmann, dass sie einen Selbstmord ihrer Mutter bezweifele. Birnbaum zeigte ihr den Abschiedsbrief, er stamme nachweislich von der Hand ihrer Mutter.

Frau Martin bestätigte es. Ihre Mutter habe den Brief schon

vor einigen Monaten geschrieben. Mit solchen Selbstmorddrohungen habe sie erreichen wollen, dass sich ihr Mann von seiner Geliebten trenne. Die Mutter habe ihr zuvor den Brief gezeigt und ihn dann trotz ihres Einwandes, damit hole sie den Doktor nicht zurück, ihrem Mann auf den Nachttisch gelegt. Allerdings sei das nur ein Teil jenes Briefes, denn der Name der Geliebten darauf sei entfernt worden.

Birnbaum betrachtete den Brief sorgfältig. Er trug kein Datum, die Schrift berührte oben und unten fast den Rand des Papiers. Das erste Wort des Satzes »ich mache Schluss« begann unüblich mit einem Kleinbuchstaben. War dieses Papier, das eher einem Zettel als einem Brief glich, tatsächlich der herausgeschnittene Teil jenes älteren Drohbriefes?

Ebenso wichtig war es für Birnbaum, von der Existenz einer Geliebten zu erfahren. Sie konnte das Motiv für die Ermordung Gisela Veiths sein. Frau Martin nannte ihm Steffis Namen und Tätigkeit.

Birnbaum ließ Veith und Steffi beobachten. Wenige Monate nach Giselas Tod heirateten beide.

Nun hatte man wahrscheinlich ein Motiv für den Mord. Aber noch immer keinen Beweis.

In einer erneuten Beratung wünschte der Professor, der Hauptmann möge nochmals mit der Tochter der Toten sprechen und sie nach Krankheiten und Medikamenten befragen.

Frau Martin berichtete Birnbaum, ihre Mutter sei des Öfteren krank gewesen. Sie erinnerte sich an mancherlei Schmerzen und Schlaflosigkeit, wohl infolge der Schmerzen. Sie habe viel Tabletten genommen, leider meist zusammen mit Alkohol. Welche Tabletten sie nahm, wusste Frau Martin nicht. Auch die Krampfadern hätten die Mutter arg geplagt. Der Doktor habe dagegen zwar eine Penizillinkur gemacht, aber sie habe nicht geholfen. Die Mutter hätte nur vier Tage geschlafen, ohne aufzuwachen. Da sie vor der Kur Alkohol getrunken hatte, hätte das Penizillin nicht so gewirkt, wie es sollte.

Birnbaum berichtete dem Professor, was ihm Frau Martin erzählt hatte. Als er geendet hatte, blickte ihn der Professor schweigend an. Dann stand er auf und sagte: »Heureka, das wäre es also.«

Und erklärte Birnbaum: Erstens behandele man entzündliche Krampfadern nicht mit Penizillin. Zweitens bewirke Penizillin, auch wenn zuvor Alkohol genossen wurde, niemals einen tagelangen Tiefschlaf. Er gebe nur eine einzige Erklärung: Veith habe seiner Frau eine Überdosis Schlafmittel gegeben, unter dem Vorwand, es sei Penizillin gegen ihre Krampfadern. Der erste Versuch misslang, er wiederholte den Anschlag, diesmal mit Erfolg.

Der Professor fand nun auch eine Erklärung für die Injektionen. Es war wahrscheinlich ein Beruhigungs- oder Dämpfungsmittel, das ein vorzeitiges Erwachen verhindern sollte …

Das war der Anfang vom Ende eines scheinbar perfekten Mordes.

Es dauerte noch fast ein ganzes Jahr, bis die kriminalistischen und gerichtsmedizinischen Indizien für eine Verhaftung Dr. Veiths ausreichten.

Er leugnete tagelang. Während einer erneuten Vernehmung, so berichtete Prof. Herold, der daran teilnahm, kam ein schweres Gewitter auf. Da brach der Widerstand des Doktors zusammen. Er gestand seine Tat in allen Einzelheiten.

II. Kapitel

Wenn Geld der höchste aller Werte wird

Roter Fingerhut

Eigentlich hätte Dr. de la Pommerais zufrieden sein können. Er war noch jung, erst 28 Jahre, seine Praxis lief glänzend, er hatte zahlungskräftige Patienten und war mit einer wohlhabenden Frau verheiratet. Worum ihn viele seiner Kollegen beneideten, die in verschlafenen Provinznestern lebten: Er war Arzt in Paris, der aufblühenden Metropole des Kaisers Napoleon III. Aber vielleicht war es gerade diese Stadt mit ihren neuen lichterfüllten Boulevards, ihren exquisiten Läden, den Vergnügungsstätten, Paris mit all seinen Verführungen für den, der Geld hat. Es war schließlich beides, Paris und das Geld, das den ohnehin leichtfertigen jungen Arzt zum Verbrecher werden ließ.

Als Hochstapler hatte er begonnen und endete als Mörder.

Das revolutionäre Frankreich hatte 1789 den Adel abgeschafft, im restaurativen Frankreich Napoleons III. aber hatte ein Adelstitel seinen alten Glanz wiedererlangt. Deshalb polierte Pommerais seine bürgerliche Herkunft mit einem erschwindelten Adelstitel auf und nannte sich fortan de la Pommerais. Einfach so: In der Millionenstadt der 60er Jahre des 19. Jahrhunderts überprüfte niemand eine solche Manipulation.

Pommerais liebte kostspielige Zerstreuungen, Glücksspiele, Wetten und Börsenspekulation. Aber das Geld, das er dafür brauchte, gab auch die beste Praxis nicht her. Zwar besaß seine Frau etwas Vermögen, doch das nutzte Pommerais wenig. Die Mutter seiner Frau hatte ihren leichtsinnigen Schwiegersohn längst durchschaut und ihm durch juristische Verfügungen den Zugang zum Erbe ihrer Tochter verbaut.

Eines Abends lud Pommerais seine Schwiegermutter zum Essen ein. Wenige Stunden später war sie tot.

Da er selbst den Totenschein ausstellte, vermied er mit der Angabe eines natürlichen Todes alle unangenehmen Nachforschungen.

Nun konnte Pommerais über das Vermögen seiner Frau verfügen und seine Gläubiger auszahlen. Aber bald hatte er wieder einen Schuldenberg angehäuft. Ihm wurde klar, dass es sinnlos war, wie bisher immer neue Schulden zu machen, um alte zu begleichen. Er brauchte eine wirklich große Summe, um – wie er sich selbst vorgaukelte – endgültig frei zu werden vom Druck der Gläubiger. Dafür war eine Summe von mindestens einer halben Million Francs erforderlich. Durch Kredite konnte er so viel nicht beschaffen, außerdem hätte er sich damit erneut abhängig gemacht. Man müsste, so überlegte er, das glückhafte Ereignis wiederholen und nochmals Erbe werden.

So begann er, ein geeignetes Opfer zu suchen.

Seine Wahl fiel auf die junge Witwe de Pauw.

Vor zwei Jahren, als Pommerais von Orléans nach Paris gekommen war, hatte er den schwerkranken Monsieur de Pauw homöopathisch behandelt, allerdings erfolglos. Der Patient starb bald darauf. Nach seinem Tode entwickelte sich zwischen seiner Witwe und dem Arzt eine leidenschaftliche Liebesbeziehung. Je länger sie andauerte, desto sicherer wurde Madame de Pauw, Pommerais werde sie heiraten. Doch eines Tages erklärte er ihr, sie könnten sich nicht wieder sehen, er werde mit einer Mademoiselle Dubiczy die Ehe schließen. Natürlich blieb es Madame de Pauw nicht verborgen, was Mademoiselle Dubiczy besaß und sie, die Geliebte, nicht hatte: Geld. Sie musste Pommerais aufgeben.

Doch bald hatte sich eine Situation eingestellt, wie sie bei solcher Art Geldheirat oft entsteht: eine reiche Frau für die Vernunft, eine Geliebte fürs Herz. Madame de Pauw erlebte das Glück, dass der treulose Geliebte reuevoll zu ihr zurückkehrte. Es war schön wie ein Roman, und wahrscheinlich glaubte sie doch noch an eine spätere dauerhafte Verbindung mit Pommerais.

Das wiedergeschenkte Liebesglück nahm ihr allmählich den Verstand. So empfand sie keinerlei Misstrauen, als Pommerais ihr nahe legte, an ihre Kinder zu denken und – in Erinnerung an den frühen Tod ihres Mannes – Lebensversicherungen abzuschließen. Pommerais erbot sich sogar, bis auf weiteres die Prämien zu zahlen. Die Prämien waren hoch, weil auch die Versicherungssummen hoch waren, insgesamt etwa 550 000 Francs. Madame de Pauw machte sich auch keine Gedanken, als Pommerais sie veranlasste, beim Notar ein Testament zu hinterlegen, das ihn zum alleinigen Nutznießer des Geldes machte. Pommerais sollte mit diesem Geld für ihre Kinder sorgen.

Madame de Pauw wanderte sich auch nicht, als ihr Pommerais dann einen phantastischen Plan unterbreitete, wie sie selbst bald in den Genuss der halben Million Versicherungsgelder kommen könnte. Sie sollte schwere Krankheit vortäuschen und dies den Versicherungsanstalten mitteilen. Daraufhin sollte sie ihnen vorschlagen, die Versicherungssumme in eine monatliche Rentenzahlung zu 500 Francs umzuwandeln.

Pommerais sagte, er wäre überzeugt, die Versicherungsanstalten würden sofort diesem Vorschlag zustimmen. Für einen Todkranken vielleicht noch ein oder zwei Jahre einige tausend Francs zu zahlen, käme sie viel billiger, als eines Tages eine halbe Million auf den Tisch legen zu müssen. Madame de Pauw zweifelte nicht daran, die Versicherungsgesellschaften täuschen zu können, und stimmte dem Plan zu.

Es beunruhigte sie deshalb auch nicht, als Pommerais ihr einige Brieftexte diktierte, in denen sie ihren Bekannten über ihre angeblichen unheilbaren Krankheiten berichtete.

Und Madame de Pauw hegte noch immer keinen Verdacht, als sie nach einem Abendessen mit ihrem Geliebten noch in derselben Nacht schwer erkrankte. Zuerst bekam sie Magenschmerzen, dann musste sie fortwährend erbrechen. Sie glaubte, daran sei irgendeine verdorbene Speise schuld. Bald konnte sie sich nicht mehr auf den Beinen halten und legte sich zu Bett. Heftige Schweißausbrüche folgten. Eine Nachbarin ließ zwei Ärzte kommen.

Die Ärzte prüften den Puls. Er war merkwürdig unregelmäßig, anfangs schwach und mit kaum 40 Schlägen in der Minute ungewöhnlich verlangsamt, stieg dann aber bald auf 130 an. Einer der Ärzte vermutete einen Magendurchbruch, der andere Cholera. Während sie sich noch leise über die Therapie unterhielten, schickte die Patientin sie heim und bat die Nachbarin, Dr. de la Pommerais zu holen.

Kurz darauf erschien Pommerais am Krankenbett seiner Geliebten. Sie war schon so schwach, dass sie sich nicht mehr aufrichten konnte. Pommerais gab ihr mehrmals homöopathische Tropfen und sprach ihr Mut zu. Es sei nur ein leichter Choleraanfall. Bald könne sie wieder das Bett verlassen.

Tatsächlich verließ Madame de Pauw wenige Stunden später das Bett.

Als sie in den Sarg gelegt wurde.

Pommerais schrieb den Totenschein aus und kümmerte sich um die Beerdigung.

Die Tote war noch nicht bestattet, da suchte Pommerais bereits die Versicherungsgesellschaften auf. Er legte das notariell beglaubigte Testament der Verstorbenen vor und verlangte die Auszahlung der Versicherungen. Bei so hohen Summen nehmen sich die Versicherer Zeit mit der Zahlung. Sie schauten in ihren Unterlagen nach und kamen ins Grübeln. Eine junge Frau, vor Abschluss der Versicherungen von verlässlichen Ärzten untersucht und für gesund befunden und wenige Monate später plötzlich verstorben! Die Versicherer verständigten sich miteinander und schickten – da sie keine Beweise für ein Verbrechen hatten – einen anonymen Brief an die Polizei. Diese möge nachprüfen, ob Dr. de la Pommerais möglicherweise Mme. de Pauw ermordet habe, um in den Besitz der beträchtlichen Lebensversicherung zu kommen.

Polizeichef Claude warf den anonymen Hinweis nicht in den Papierkorb, sondern ließ die Angelegenheit überprüfen. Und bald hatte er ein ansehnliches Dossier über Pommerais vor sich liegen: Schulden, drohender Konkurs, der plötzliche Tod seiner Schwiegermutter und seiner Geliebten, bei beiden wenige Stunden nach einem Abendessen mit dem Arzt, die hohen Lebensversicherungen, das Testament zu seinen Gunsten.

Claude vermutete, der anonyme Brief habe ihm einen kapitalen Kriminalfall beschert. Die Vermutung wurde zur Gewissheit, als ihn die Schwester der Verstorbenen aufsuchte und ebenfalls den Verdacht äußerte, Pommerais habe ihre Schwester ermordet. Sie berichtete, wie ihre Schwester sich an dem Betrug beteiligen wollte, den sich Pommerais gegenüber den Versicherungsgesellschaften ausgedacht hatte. Claude ließ sich die Genehmigung erteilen, die Leiche auf Gift untersuchen zu lassen.

Zum Obduzenten bestimmte Polizeichef Claude Professor

Dr. Ambroise Tardieu, einen international anerkannten Gerichtsmediziner.

Am 30. November 1863 nahm Tardieu zusammen mit seinem Assistenten Roussin die Obduktion vor. Sie konnten keine äußeren Verletzungen feststellen. Die inneren Organe wiesen keine krankhaften Erscheinungen auf, die den plötzlichen Tod erklärt hätten. Seinem Auftrag gemäß entnahm Tardieu der Leiche alle Organe, die für eine Giftuntersuchung notwendig waren.

Am nächsten Tag begannen Tardieu und Roussin mit den toxikologischen Analysen. Aber vorerst blieben alle Tests für den Nachweis von Schwer- und Leichtmetallen ergebnislos. Kein Arsen, kein Quecksilber, kein Blei, kein Antimon. Auch für eine Kohlenoxid-Vergiftung gab es keinen Hinweis. So blieb nur noch die Hoffnung, auf ein Pflanzengift zu stoßen. Es jedoch nachzuweisen, war damals noch schwierig, in manchen Fällen sogar unmöglich.

Polizeichef Claude, beunruhigt über das negative Ergebnis der toxikologischen Untersuchung, entschloss sich, auch ohne einen solchen Beweis Pommerais zu verhaften.

Zugleich ließ Claude die Praxisräume des homöopathischen Arztes durchsuchen. Dabei förderte man einen außergewöhnlichen Vorrat von Substanzen zutage, die – je nach Dosierung oder Verdünnung – als Gift oder als Medikament wirkten. Da gab es Arsenik neben Zyankali, aber auch Pflanzenalkaloide wie Strychnin, Atropin, Digitalis.

Claude ließ alle beschlagnahmten Substanzen Tardieu übergeben. Er hoffte, ihm damit vielleicht einen Anhaltspunkt für seine weiteren Tests zu liefern. Denn der Giftvorrat des Arztes legte die Vermutung nahe, das von ihm verwendete Gift könnte daraus stammen. Aber diese Hoffnung trog. Tardieu stellte aus den Organen der Toten einen Extrakt her, den er mit den entsprechenden Reagenzien auf typische Farbreaktionen überprüfte.

Damals war die Forschung bereits so weit fortgeschritten, dass man Pflanzenalkaloide, die mit bestimmten Reagenzien behandelt wurden, an charakteristischen Färbungen vom Purpurrot bis zum Smaragdgrün erkennen konnte. Auf diese Weise schloss Tardieu aus, dass Mme. de Pauw mit Morphium, mit Atropin, mit Strychnin oder Nikotin vergiftet worden war. Er war der Verzweiflung nahe. Dass Mme. de Pauw vergiftet worden war, stand für ihn fest. Das bewies der bittere Geschmack der Organextrakte.

Es musste einen Ausweg aus der Sackgasse geben, einen neuen Weg, den noch niemand kannte. Tardieu vertiefte sich in die Forschungen von Dr. Stas, einem belgischen Wissenschaftler, der vor mehr als einem Jahrzehnt in einem mit Nikotin vergifteten Körper das Gift entdeckt und damit als erster Pflanzengift in einer Leiche nachgewiesen hatte. Stas hatte damals die Wirkung von Pflanzengiften, die er in Leichen gefunden hatte, dadurch überprüft, dass er den Extrakt in einen tierischen Organismus injizierte.

Tardieu dachte über diese Methode nach und hatte einen ebenso einfachen wie genialen Einfall. Diese Methode von Stas müsste doch auch umkehrbar sein: dienlich nicht zur Bestätigung eines bereits erkannten Giftes, sondern brauchbar, um aus den Wirkungen auf den tierischen Organismus ein noch unbekanntes Gift zu identifizieren.

Von diesem Augenblick an traten zwei Intelligenzen miteinander in ein tödliches Duell. Der mörderische Arzt hatte ein bisher noch nicht nachweisbares Pflanzengift für einen perfekten Mord benutzt, der Gerichtsmediziner suchte es zu entdecken und den Täter zu überführen.

Tardieu, auf den Tests von Stas aufbauend, entwickelte nun das »physiologische Experiment«, eine bahnbrechende Methode, um ein noch nicht nachweisbares Gift zu bestimmen. Dabei wird der Organextrakt eines vermutlich vergifteten Menschen – wie es Tardieu formulierte – »direkt in den Blutstrom« eines geeigneten Tieres gebracht und aus dessen Reaktionen auf das Gift geschlossen.

Das erste Experiment ergab nur einen teilweisen Erfolg. Tardieu injizierte einem kräftigen Hund ein Drittel des aus den Organen der Toten gewonnenen Extrakts. Nach einiger Zeit erbrach der Hund. Bald konnte er sich nicht mehr aufrecht halten, der Herzschlag verlangsamte sich beträchtlich und erhöhte sich dann rapid. Nach zwölf Stunden normalisierte sich der Zustand des Tieres allmählich.

Tardieu verspürte einen ersten Triumph. Der Hund hatte die gleichen Symptome gezeigt wie Mme. de Pauw. Allerdings hatte er den Versuch überlebt, weil Tardieu eine zu geringe Menge des an sich schon schwachen Extrakts injiziert hatte. Auf jeden Fall aber war Tardieu der Auffindung des Giftes näher gekommen. Seine Auswirkung auf die Herztätigkeit des Hundes bewies, dass es sich um ein Herzgift handeln musste.

Nun war als nächstes zu erforschen, welches Herzgift solche Wirkungen zeigte.

Polizeichef Claude hatte Tardieu nicht nur die Medikamentensammlung von Pommerais übergeben, sondern auch einen Stapel Briefe, die ihm Mme. de Pauw geschrieben hatte. In einem dieser Briefe entdeckte Tardieu einen interessanten Satz. Mme. de Pauw berichtete ihrem Geliebten, sie nehme jetzt also, wie von ihm empfohlen, Digitalis, um sich anzuregen.

Auch in der Hausapotheke von Pommerais war Digitalis gefunden worden! Digitalis war zur Zeit des Falles Pommerais bereits ein weit verbreitetes Herzmedikament geworden. Entdeckt worden war das Digitalis, ein Alkaloid des roten Fingerhuts, schon ein Jahrhundert früher. Alkaloide sind stickstoffhaltige Substanzen, die sich meist in tropischen oder subtropischen Pflanzen finden. Sie sind basischer Natur, häufig kristallin und in Wasser schwer oder gar nicht löslich.

Etwa seit 1820, als man Pflanzenalkaloide zu erforschen begann, wurde auch das Digitalis in entsprechender Verdünnung als Herzmedikament verwendet. Es beeinflusst den Blutkreislauf durch direkte und reflektorische Wirkung aufs Herz und die Gefäße. Die therapeutische Anwendung von Digitalis fördert und steigert die Herztätigkeit. Es wird also dort angewendet, wo mangelhafte Herzfunktion zu Kreislaufstörungen führt. Digitalis hat eine kumulative Wirkung, denn sein giftiger Bestandteil, das Digitoxin, bindet sich sehr fest an die giftempfänglichen Elemente des Herzens und wird sehr langsam ausgeschieden. Deshalb kann nach längerem Gebrauch therapeutischer Dosen die heilsame Wirkung in toxische umschlagen. Der Körper hat zu viel Gift gespeichert.

Tardieu musste sich fragen, ob Pommerais diese kumulative Wirkung des Digitoxins benutzt hatte, indem er sein Opfer über längere Zeit kleine Mengen Digitalis einnehmen ließ, bis die therapeutische Wirkung in toxische, in tödliche umschlug?

So und nicht anders musste der Mörder zu Werke gegangen sein. Und hatte in seinen Plan eine weitere Sicherung eingebaut: Sollte er jemals verdächtigt werden, konnte er mit Mme. de Pauws Brief nachweisen, dass sie das Digitalis freiwillig eingenommen hatte.

Inzwischen hatte die Polizei festgestellt, dass sich Pommerais schon Monate vor Mme. de Pauws Tod Digitalis verschafft und dieses fast vollständig verbraucht hatte. Das konnte die Vermutung einer kumulativen Vergiftung noch untermauern.

Überzeugt, Digitalis als Mordgift erkannt zu haben, wiederholte Tardieu mit dem Rest Digitalis aus der Hausapotheke den Tierversuch. Der Hund starb. Der Herzlähmung gingen die gleichen Symptome voraus wie beim ersten Tierversuch und bei Mme. de Pauw. Tardieu war sich nun gewiss, Pommerais hatte seine Geliebte mit Digitalis in der Gewissheit vergiftet, dass sich diese Vergiftung nicht nachweisen ließ.

Aber leider, darüber war sich Tardieu klar, würde er mit seinem Beweis vor Gericht kaum bestehen können. Zwar war der Hund im Experiment Nr. 2 verstorben. Aber ihm war ja originales Digitalis injiziert worden. Das Digitalis im Organextrakt der Toten jedoch hatte der Hund überlebt. Und wenn ein Hund überlebte, wie hätte es dann einen Menschen töten können? So würde die Verteidigung fragen. Aber die Giftmenge im Organextrakt war doch unendlich schwach! würde er antworten. Doch würde das Gericht diese Erklärung akzeptieren?

Tardieu teilte diese Sorge dem Polizeichef mit. Er sei bei seinen Tests eben nur auf den Organextrakt angewiesen. Hätte die Polizei bei der Untersuchung des Sterbezimmers noch auf andere mögliche Spuren geachtet, hätte sein Nachweis auf sichereren Füßen gestanden.

Welche andern Spuren er meine, fragte Claude.

Beispielsweise Erbrochenes, sagte Tardieu. Erbrochenes enthalte Giftreste in viel höherer Konzentration, weil sich Pflanzengifte im Magen rasch zersetzen.

Und der Polizeichef, von Tardieus Besessenheit angetrieben, schickte Leute in Mme. de Pauws Sterbezimmer, und sie wurden fündig. Sie kratzten von den Dielenbrettern und aus den Ritzen der Bretter eingetrocknete Reste von Erbrochenem. Daraus stellte Tardieu durch Zusatz von Alkohol, durch Destillieren und Filtern einen flüssigen Extrakt her.

Dann bereitete er sein drittes physiologisches Experiment vor, diesmal an Fröschen. Das Froschherz eigne sich dafür besonders gut, schrieb der Pharmakologe Poulsson, weil es der direkten Beobachtung leicht zugänglich sei und im isolierten Zustand bequemer als das Herz der Warmblüter untersucht werden könne.

Tardieu benutzte drei Froschherzen für seinen entscheidenden Versuch.

Frosch Nr. 1 wurde in normalem Zustand belassen.

Frosch Nr. 2 wurden einige Tropfen stark verdünnten reinen Digitalis unter die Haut gespritzt.

Und dem Frosch Nr. 3 einige Tropfen vom Extrakt des Erbrochenen.

Nach etwa einer halben Stunde zeigten die drei Froschherzen folgende Reaktionen:

Froschherz Nr. 1: keine anormale Reaktion.

Froschherzen Nr. 2 und 3: Herzschlag hat sich von normal 40 auf 20 Schläge verlangsamt. Rhythmusstörungen, die Herzfrequenz fällt weiter auf 15. Nach einer weiteren halben Stunde Herzstillstand.

Tardieu wiederholte den Versuch mit gleichem Ergebnis. Damit hatte er die Vergiftung von Mme. de Pauw durch Digitalis bewiesen. Er sicherte diesen Beweis noch weiter ab, indem er wiederum Dielenproben entnehmen ließ, auf denen sich kein Erbrochenes befand. Im Froschversuch ergab sich keine Reaktion. Das im Tierversuch nachgewiesene Digitalis stammte also zweifellos aus dem Körper der Mme. de Pauw.

Tardieu hatte geahnt, er würde vor Gericht einen harten Kampf durchstehen müssen, um den Geschworenen seinen Nachweis verständlich zu machen. Lachaud, der Verteidiger des Angeklagten, setzte alles daran, um Tardieu lächerlich zu machen. Bekanntlich, so sagte Lachaud, ließen sich mit bestimmten chemischen Reagenzien an Pflanzenalkaloiden phantastische Farbreaktionen erzeugen, die eine sichere Bestimmung des Giftes erlaubten. Nichts dergleichen habe Tardieu vorzuweisen! Und was die so genannten physiologischen Experimente mit Froschherzen betreffe, so zeuge es von geradezu sträflicher Überheblichkeit, ein menschliches Herz mit einem Froschherzen zu vergleichen. Sein stärkstes Argument schleuderte Lachaud dem Professor am Ende seines Plädoyers entgegen: »Heute ist die Wissenschaft zur Erkenntnis gelangt, die giftige Wirkung der Pflanzenalkaloide werde durch den

Zerfall des pflanzlichen Eiweißes hervorgerufen. Auch im Körper der Toten kommt es zum Zerfall von Eiweiß. Die Gifte, die in diesem Fäulnisprozess entstehen, sind bestimmt kein Digitoxin. Aber Sie haben damit Ihre Frösche hingemordet! Damit werden Sie das Gericht und die Geschworenen nicht überzeugen!«

Aber Tardieus Beweise überzeugten die Geschworenen, vor allem deshalb, weil er den entscheidenden Test nicht mit dem Organextrakt, sondern mit dem Erbrochenen der noch Lebenden durchgeführt hatte. Fäulnisgifte, die sich in der Leiche gebildet und dann die Frösche getötet haben könnten, waren also gar nicht im Spiel.

Pommerais wurde zum Tode verurteilt und hingerichtet.

Rätsel der »Leichenalkaloide«

Die letzten fünf Lebensjahre des dreißigjährigen englischen Arztes Dr. George Henry Lamson glichen einem Unglücklichen, der langsam, aber unrettbar in einem Sumpf versinkt.

Lamson, der Sohn eines Pfarrers, hatte Medizin studiert und sich als Chirurg spezialisiert. Eine Tätigkeit in seinem Heimatland befriedigte den unruhigen und ehrgeizigen jungen Arzt nicht. Er suchte das Abenteuer und fand es im Krieg. Der Freiheitskampf der Serben gegen die türkische Vorherrschaft bot ihm dazu Gelegenheit. Auf dem Kriegsschauplatz gab es für einen Chirurgen genug Arbeit: Kugeln aus dem Leib der Verwundeten zu entfernen, zerschmetterte Beine zu amputieren, Sterbenden, die wie Tiere brüllten, die letzte Stunde mit Morphium zu erleichtern. Er erlebte, wie das Morphium die Verkrampften und Zuckenden entspannte, wie seine Wellen den Schmerz wegspülten, und er dachte, es muss schön sein, nicht mehr leiden zu müssen. Vielleicht, das ist nur zu vermuten, hatte Lamson auch ein zu weiches Gemüt, das bei den Gräueln des Krieges nicht unberührt blieb und ebenfalls, wie die körperlich Verletzten, nach Betäubung verlangte.

Lamson verfiel dem Morphium.

Als er 1878 nach London zurückkehrte und ihn das Kriegsgrauen nicht mehr bedrängte, ließ ihn das Rauschgift dennoch nicht mehr los. Möglicherweise hatte oder fand er einen andern Grund, am Morphium hängen zu bleiben: die biedere Langweiligkeit des viktorianischen England, die in krassem Gegensatz zu seinen Kriegsabenteuern stand. Nicht in Serbien daheimgewesen und nicht hier in England, ein Mann ohne innere Heimat.

Aber wie die Möglichkeit, sich als Arzt jederzeit Morphium

verschaffen zu können, seine Sucht förderte, so zerstörte sie ihn körperlich und seelisch. Er glich einem Leichnam, der dem Grab entstiegen war: totenhaft bleich sein abgemagertes Gesicht, der ganze Körper wie vertrocknet. Die Unfähigkeit, sich von der Sucht zu befreien, schwächte auch seine Widerstandskraft und seine gesamte Lebensenergie. So blieb er in einem Teufelskreis gefangen: Das Morphium sollte ihn vom Katzenjammer der Selbstvorwürfe befreien und stieß ihn doch immer tiefer hinein.

Auch die Heirat mit einer nichts ahnenden jungen Frau, die ein bescheidenes Vermögen besaß, konnte sein Leben nicht verändern. Zwar versuchte er nach der Eheschließung, sich noch einmal aufzuraffen und mit dem Geld seiner Frau eine eigene Praxis einzurichten. Aber da war er schon unfähig zu geregelter und verantwortungsvoller ärztlicher Arbeit. Er pfuschte, die Patienten blieben weg, die Praxis brach zusammen. Das investierte Geld seiner Frau war verloren, er hatte keinerlei Einkünfte mehr.

Um nicht endgültig in die Elendsexistenz der Arbeits- und Obdachlosen hinabzusinken, suchte er den scheinbar einzigen Ausweg: Er borgte sich Geld. Seine Schulden wuchsen. Um sie abzutragen, machte er neue Schulden, bis ihn die Drohung von Zwangsmaßnahmen zum letzten Verzweiflungsschritt trieb. Er beschloss unterzutauchen. Aber auch das Wunderland Amerika konnte den Süchtigen nicht von seinem Gift befreien und dem Gescheiterten keine gesicherte Zukunft bieten. Völlig am Ende, kehrte er nach London zurück und bat Verwandte seiner Frau, ihm erneut Geld zu leihen. Mit diesem Geld versuchte er, zusammen mit seiner Frau, nochmals in Amerika Fuß zu fassen. Er konnte keines seiner illusorischen Projekte verwirklichen. Beide verließen schließlich Amerika. Da sie in London keine Wohnung mehr hatten, mieteten sie sich mit dem letzten Geld in einem Hotel ein. Mit ungedeckten Schecks suchte

Lamson an Geld zu kommen. Und wusste natürlich, dass er nur auf Zeit spielte und die endgültige Katastrophe nahe war.

In diesen Tagen fand er den Ausweg aus der tödlichen Falle, in der er sich mit seiner Frau befand. Und ahnte nicht, dass auch der Ausweg im Tod enden würde. Denn diese Konsequenz verbarg ihm das Morphium, das ihm Befreiung vorgaukelte.

Lamsons Frau hatte einen Bruder. Percy John war achtzehn Jahre alt und an beiden Beinen gelähmt. Er lebte und lernte in einer Internatsschule in Wimbledon. Lamson hatte sich ausgerechnet, dass seine Frau beim Tode ihres Bruders zur Hälfte dessen Vermögen, das allerdings nicht beträchtlich war, erben würde. Aber in seiner Verzweiflung nahm Lamson auch mit einer bescheidenen Erbschaft vorlieb.

Anfang Dezember 1881 schrieb Lamson seinem Schwager, er wolle mit seiner Frau eine längere Reise machen und sich zuvor von ihm verabschieden. Bereits am 3. Dezember traf Lamson früh um halb acht in Wimbledon ein. Er meldete sich bei Mr. Bedbrook, dem Direktor der Schule. Bedbrook begrüßte es, dass Lamson seinen an den Rollstuhl gefesselten Schwager besuchte. Er holte eine Flasche Sherry aus dem Schrank und erbot sich, Lamson zum Zimmer seines Schwagers zu begleiten.

Auch Percy freute sich über Lamsons Besuch. Der Direktor schenkte Lamson und sich ein Glas Sherry ein, während Lamson einen bereits in mehrere Stücke geschnittenen Kuchen auf den Tisch legte. Bedbrook, Lamson und Percy aßen jeder ein Stück Kuchen, Bedbrook und Lamson tranken Sherry dazu.

Nachdem sich Percy nach dem Befinden seiner Schwester erkundigt hatte, lenkte Dr. Lamson das Gespräch auf seinen jüngsten Aufenthalt in den USA. Er habe dort große Fortschritte auf medizinischem Gebiet kennengelernt, erzählte er. Beispielsweise habe ihn eine neue Erfindung sehr beeindruckt, die die Einnahme bitterer Medizin erleichtere. Er habe eine

Probe mitgebracht: kleine Gelatinekapseln. Sie bestanden aus zwei Hälften, die man auseinanderziehen und wieder zusammenschieben konnte. Man füllt die Kapsel, so erklärte der Doktor, einfach mit dem Medikament und verschluckt es. Und spüre gar nichts von der bitteren Medizin. Er überreichte dem Direktor einige Kapseln als Geschenk. Vielleicht brauche er sie, wenn vielleicht ein Schiller eine schlecht schmeckende Medizin nicht einnehmen wolle. Die Einnahme der Kapsel sei völlig unproblematisch, fügte er hinzu. Ob Percy es denn nicht einmal demonstrieren wolle?

Percy wollte das gern tun.

Lamson zog wiederum eine Kapsel aus der Tasche und öffnete sie. Da wir keine bittere Medizin zur Verfügung haben, sagte er lächelnd, müssten wir uns mit Zucker begnügen. Mit einem Teelöffel entnahm er der Zuckerdose einige Körnchen, verbrachte sie in die eine Hälfte der Kapsel und verschloss diese mit der andern. Dann reichte er Percy die Kapsel.

Percy schluckte sie ohne Mühe hinunter.

Quod erat demonstrandum, sagte Lamson zufrieden. Bedbrook zeigte sich beeindruckt, das sei wirklich eine segensreiche Erfindung.

Lamson erhob sich, umarmte Percy, wünschte ihm gute Lernergebnisse, bedankte sich beim Direktor für die freundliche Aufnahme und verließ das Internat. Bedbrook begab sich in sein Dienstzimmer zurück.

Es war jetzt acht Uhr. Bereits wenige Minuten später verlangten einige aufgeregte Schüler den Direktor zu sprechen. Er möge bitte sofort nach Percy sehen, dem ginge es sehr schlecht.

Als Bedbrook Percys Zimmer betrat, blieb er erschrocken auf der Türschwelle stehen. Percy lag auf dem Bett und schrie vor Schmerzen. Mehrere Schüler suchten den zuckenden Körper aufs Bett niederzudrücken. Immer wieder versuchte Percy, wild um sich schlagend, sich aus dem Bett zu wälzen.

Bedbrook sah sich hilflos dieser plötzlichen stürmischen Erkrankung gegenüber. Er ließ den Hausarzt Dr. Berny und einen zweiten Arzt, Dr. Little, kommen. Die Ärzte beobachteten den Kranken eine Weile. Trotz seiner Schmerzen war er hellwach. Sein ganzer Körper, so flüsterte er, gleiche einer einzigen Wunde. Wahnsinnige Schmerzen im Kopf und im Rücken. Er friere, als hätte er Eiswasser in den Adern. Immer wieder musste er erbrechen. Kalte Schweißausbrüche begleiteten den Schüttelfrost. Er sagte, es würde immer dunkler um ihn, bald war er völlig erblindet.

Die Ärzte stellten fest, dass der Herzrhythmus stark gestört war. Soweit Percy noch fähig war, sich zu äußern, gab es keine Körperstelle, die nicht unerträglich schmerzte. Als würde ihm die Haut abgezogen, wimmerte er.

Das war gegen zehn Uhr. Die Ärzte gaben ihm Morphium. Der Kranke wurde ruhiger und starb eine Stunde später.

Bedbrook war außer sich. Einen Todesfall, noch dazu einen so schrecklichen, hatte es in seiner Schule noch nicht gegeben. Er stimmte der Entscheidung der Ärzte zu, die Ursache des plötzlichen Todes durch eine Obduktion zu ergründen.

Aber die Obduzenten fanden keine Anzeichen für eine Erkrankung der inneren Organe. Der Tod des Achtzehnjährigen blieb rätselhaft. Es sei denn, erklärten die Obduzenten, er sei vergiftet worden. Aber dafür gab es keine Spur, weder im Magen, im Darm, in der Leber, noch in den Nieren. Es könne dann nur ein Pflanzengift gewesen sein, das rasch wieder ausgeschieden werde oder das sich nicht nachweisen lasse.

Vergiftet! Bedbrook war entsetzt. Ein Giftmord in seiner Schule! Bis jetzt hatte für ihn ein solcher Verdacht jenseits aller Möglichkeiten gelegen. Nun musste er sich dieser Möglichkeit stellen. Und fand sie bei einigem Nachdenken auch bald gar nicht mehr so absurd. Er erblickte Dr. Lamson, der ihm die Kapseln offerierte. Erhörte, wie Lamson Percy aufforderte, eine

Kapsel zu schlucken. Er erinnerte sich, wie der Doktor eine weitere Kapsel nahm und sie mit Zucker füllte. Er sah Percy die Kapsel schlucken und wusste in diesem Augenblick, dass in der Kapsel nicht nur Zucker gewesen war. Denn wenige Minuten später hatte die Katastrophe begonnen …

Der Direktor setzte Scotland Yard von den Vorgängen in Kenntnis. Von Anfang an war an Lamsons Täterschaft kaum zu zweifeln. Es wurde ein Haftbefehl erlassen und die Öffentlichkeit zur Mithilfe aufgefordert. Scotland Yard spürte bald Lamsons Aufenthalt im Hotel auf. Aber Lamson war verschwunden, nach Frankreich gereist, wie seine Frau berichtete.

Inzwischen hatte ein Apotheker der Polizei mitgeteilt, er habe am 24. November Lamson Atropin verkauft. Nun war sich Scotland Yard sicher, dass Lamson seinen Schwager mit Atropin vergiftet hatte. Scotland Yard bat die französische Polizei bei der Suche nach Lamson um Amtshilfe.

Doch die Fahndung in Frankreich fand gar nicht mehr statt. Denn Lamson meldete sich bei Scotland Yard. Er habe von dem Verdacht gegen ihn in der Zeitung gelesen. Er sei unschuldig und wolle das auch beweisen. Lamsons Tonfall war schleppend, sein Gesicht sehr blass, die Pupillen erschienen stark verengt. Wahrscheinlich stand er unter dem Einfluss von Morphium.

Als man seine Reisetasche durchsuchte, fand man ein Buch über Pflanzengifte. Das erhärtete den Verdacht, Lamson habe Percy mit einem Pflanzengift ermordet. Und die Mitteilung des Apothekers legte nahe, dieses Gift sei Atropin.

Dieses in einem Nachtschattengewächs enthaltene Gift war zu jener Zeit ohne Schwierigkeiten nachweisbar. Als Scotland Yard die Toxikologen Dr. Dupré und Dr. Stevenson mit der Untersuchung beauftragte, äußerten sie, es sei kein Problem, eine Atropinvergiftung zu erkennen. Mit dem Vitali-Test beispielsweise würde ein Organextrakt eine blauviolette Farbreaktion zeigen. Allerdings, so schränkten die Toxikologen ein, widerspreche der hochgradige Erregungszustand Percys vor seinem Tode einer Atropinvergiftung. Diese rufe zwar zu Beginn eine kurzzeitige Erregung hervor, lähme dann aber rasch das Zentralnervensystem und führe zum Koma. Percy sei aber bis zuletzt bei vollem Bewusstsein gewesen.

Am 8. Dezember gingen die Toxikologen an die Arbeit. Für ihre Tests besaßen sie genügend Organe, die die Obduzenten dem Toten vorsorglich entnommen hatten. Aber alle Versuche, im Organextrakt mit dem Vitali-Reagenz den erwarteten blauvioletten Niederschlag zu erhalten, waren vergebens. Keine Spur von Atropin. Dafür erbrachte ein anderer Test mit dem Pellagri-Reagenz eine tiefrote Farbe. Das wies auf Morphium hin. Aber die Herkunft des Morphiums war klar. Percy hatte es von den Ärzten gegen seine unerträglichen Schmerzen erhalten. Doch diese Morphiumgabe hätte niemals tödlich gewirkt.

Also doch kein Pflanzengift? Dr. Stevenson nahm eine Probe des Organextrakts auf die Zunge. Nach wenigen Sekunden verspürte er einen brennenden Geschmack und ein Kribbeln auf der Zunge, die rasch pelzig und gefühllos wurde. Der erfahrene Toxikologe war sich bereits jetzt sicher, auf das gefährlichste Gift in Europa gestoßen zu sein: auf Aconitin.

Aconitin ist ein Alkaloid des Eisenhuts, eines Hahnenfußgewächses, das in den Alpen und Gebirgswäldern, an Bächen und auf feuchten Wiesen und auch als Zierpflanze in Gärten zu finden ist.

Inzwischen hatte sich auch der Apotheker nochmals bei Scotland Yard gemeldet und seine erste Aussage revidiert. Bei genauerer Durchsicht seines Giftbuches hatte er festgestellt, dass er Lamson kein Atropin, sondern Aconitin verkauft hatte. Aconitin, so erklärte der Apotheker, verwenden manche Ärzte in entsprechender Verdünnung als schmerzlindernde Einreibung bei Neuralgien.

Dr. Stevensons Vermutung und die Aussage des Apothekers

stimmten überein. Nun musste nur noch der chemische Giftnachweis erbracht werden.

Aber für Aconitin gab es einen solchen Nachweis nicht. Die beiden Toxikologen führten mit Dutzenden von Reagenzien, mit denen man bisher Pflanzenalkaloide nachweisen konnte, Tests am Organextrakt durch. Es gelang ihnen nicht, die geringste Spur von Aconitin zu entdecken.

Die Toxikologen sahen sich gezwungen, auf den chemischen Giftnachweis zu verzichten. Ihre einzige Chance sahen sie in Tardieus physiologischem Experiment. Nur benutzten sie dazu nicht wie Tardieu Froschherzen, sondern erprobten die Wirkung von Aconitin an weißen Mäusen.

Stevenson injizierte einer Gruppe Mäuse originales Aconitin, das gleiche aus der gleichen Apotheke, das auch Lamson bezogen hatte. Eine zweite Gruppe erhielt eine Gabe aus dem Organextrakt des Toten.

Beide Gruppen zeigten extreme Unruhe und starben nach einer halben Stunde.

Stevenson überprüfte auch, ob es dem Täter möglich gewesen war, seinem Opfer das Gift unbemerkt zu verabreichen. Er beschaffte sich eine der Kapseln, die Bedbrook von Lamson erhalten hatte, verbrachte eine tödliche Menge Aconitin – einige Milligramm – in die eine Hälfte der Kapsel, fügte sie mit der andern zusammen, öffnete sie erneut, um etwas Zucker hineinzuschütten und schob beide Hälften wieder ineinander. Diese Simulation konnte dem tatsächlichen Vorgang gleichen. Als Percy die Kapsel schluckte, merkte er nichts von dem brennend beizenden Geschmack des Giftes.

Stevenson und Dupré waren nun sicher, alle gerichtsmedizinischen Beweise für Lamsons Täterschaft in Händen zu haben und sie dem Gericht überzeugend darstellen zu können.

Aber sie sollten dabei die katastrophalste Niederlage ihrer wissenschaftlichen Laufbahn erleben.

Und das war das Werk von Lamsons Anwalt Montagu Williams.

Williams hatte vor Beginn des Prozesses die Akten eingesehen. Er sah keine Möglichkeit, die Indizien zu widerlegen, die Lamson belasteten: den Kauf des Aconitins, den Besuch bei Percy, die Manipulation mit der Kapsel, die unmittelbar danach beginnende tödliche Erkrankung, die Ausschließung eines natürlichen Todes.

Das alles war durch seriöse Zeugen bestätigt. Williams sah nur eine einzige Chance: Er musste den Geschworenen weismachen, dass Percy überhaupt nicht vergiftet worden war. Denn die Gutachter konnten keinen chemischen Nachweis für das Mordgift Aconitin erbringen. Williams wusste aber auch, dass zwanzig Jahre zuvor der Verteidiger des Digitalismörders Pommerais gescheitert war, als er versuchte, den physiologischen Nachweis am Froschherzen lächerlich zu machen. Er musste einen andern Weg gehen, um die Glaubwürdigkeit der Toxikologen zu erschüttern.

Dafür brauchte er, wie die Anklage, ebenfalls einen Toxikologen. Das war der Londoner Professor Tildy.

Williams suchte Tildy auf und schilderte ihm den Sachverhalt. Professor, fragte er dann, lassen sich diese Beweise widerlegen?

Tildy hatte aufmerksam zugehört. Nun, erwiderte er, da wisse er vielleicht Rat. Nicht jeder in der Praxis tätige Wissenschaftler verfolge ständig die neuesten Forschungen auf seinem Fachgebiet, sondern verlasse sich oft genug auf die eigene Erfahrung und Routine. Tildy brüstete sich, über alle neuen toxikologischen Entdeckungen informiert zu sein, vor allem über die, die im Ausland gemacht und veröffentlicht wurden. Wenn wir Glück haben, fuhr Tildy fort, so seien den Gutachtern der Anklage die Schriften des italienischen Chemieprofessors Selmi entgangen. Die darin geschilderte

Entdeckung könnte für den Lamson-Prozess entscheidende Bedeutung haben.

Und Tildy berichtete dem Anwalt über die Experimente Selmis und anderer Chemiker, die das ganze bisherige Wissen über giftige Pflanzenalkaloide in Frage stellten. Sie hatten entdeckt, dass nicht nur alkalische Extrakte, die aus den Organen Vergifteter gewonnen worden waren, in Verbindung mit verschiedenen Säuren einen für das jeweilige Gift charakteristischen Farbniederschlag ergäben, nein, solche Reaktionen hatten sie auch an Leichen gefunden, die niemals vergiftet worden waren! Denn bei der Zersetzung der Leiche entstünden bestimmte alkalische Substanzen, die bei entsprechenden Reagenzien eine Farbreaktion zeigten, die dem Niederschlag giftiger Pflanzenalkaloide zum Verwechseln ähnlich sei.

Selmi habe als Sachverständiger in mehreren italienischen Giftmordprozessen nachgewiesen, dass des Giftmordes Verdächtigte unschuldig waren. Die angeblichen giftigen Pflanzenalkaloide, die in den Leichen nachgewiesen worden waren, seien in Wirklichkeit »Leichenalkaloide« gewesen. Genau an diesem Punkt, so schloss Tildy, könne die Verteidigung einhaken: Was die Gutachter der Anklage als tödliches Aconitin benannt hätten, könne ein in der Leiche entstandenes animalisches, ein »Leichenalkaloid« sein.

Williams war begeistert. Nun konnte er Dr. Stevensons Giftnachweis völlig in Frage stellen. Trotzdem schläferte die augenblickliche Euphorie seinen Verstand nicht ein.

Und es sei unmöglich, das »Leichenalkaloid« vom pflanzlichen zu unterscheiden?, fragte er vorsichtshalber.

Tildy lächelte fein. Für den Laien sei es praktisch unmöglich. Die Farbreaktionen wären einander oft sehr ähnlich.

Williams hörte die Einschränkung mit Unbehagen. Also nur Laien könnten den Unterschied nicht erkennen?

Die Geschworenen seien doch Laien, sagte Tildy, und auf

die komme es doch an. Die feinen Unterschiede könne nur das geübte Auge des Toxikologen feststellen. Selmi habe darüber berichtet. Dafür sei beispielsweise das Pellagri-Reagenz – dazu gehöre u. a. rauchende Salzsäure und konzentrierte Schwefelsäure – wohl geeignet. Sonst hätte Selmi nicht nachweisen können, dass der vermutete Giftmord kein Giftmord gewesen sei. Aber auf diese feinen Unterschiede hinzuweisen, sei ja doch wohl nicht die Sache des Anwalts. Er solle nur die Beweiskraft seines Gegners erschüttern.

Williams bereitete sich gründlich auf den Prozess vor. Er wusste, es würde nicht leicht sein, die Kompetenz eines so erfahrenen Toxikologen in Zweifel zu ziehen.

Und das gelang ihm dann auch mit Bravour. Als er Prof. Stevenson ins Kreuzverhör nahm, stellte er zu seiner Genugtuung bald fest, dass sein Ratgeber Prof. Tildy den Sachverständigen der Anklage richtig beurteilt hatte. Stevenson kannte Selmis Schrift nicht, die Forschungen über »Leichenalkaloide« waren ihm unbekannt. Zwar hatte er schon davon gehört, konnte aber mangels eigener Erfahrung selbst keine Meinung dazu äußern. Er stehe dieser Entdeckung sehr skeptisch gegenüber.

Ein solcher Ausgang des Kreuzverhörs lieferte Williams die besten Argumente für sein Plädoyer, das zwei Tage dauerte. Er wies dabei auf die täuschende Ähnlichkeit der Farbreaktionen bei pflanzlichen und animalischen Alkaloiden hin, rückte den Geschworenen die hierbei zutage getretene Inkompetenz Prof. Stevensons ins Bewusstsein, erinnerte daran, dass der Leiche erst nach sechs Tagen die zur Untersuchung notwendigen Organe entnommen worden waren, sodass sich darin sehr wohl »Leichenalkaloide« gebildet haben konnten, die eine dem Aconitin gleichartige Farbreaktion vorgetäuscht hätten. Sei die Möglichkeit einer solchen Verwechslung jedoch nicht zweifelsfrei auszuschließen, dann müssten die Geschworenen nach dem Grundsatz urteilen: im Zweifel für den Angeklagten.

Damit hatte Williams sein Ziel erreicht. Er hatte die Geschworenen so verunsichert, dass sie sich im Streit der Meinungen kein eigenes Urteil mehr bilden konnten. Der Staatsanwalt versuchte in seinem Plädoyer zu retten, was noch zu retten war. Er warnte die Geschworenen, die wissenschaftliche Expertise von Prof. Stevenson zu missachten. Wenn sie das täten, könnte jedermann einen andern Menschen töten, er brauche dafür nur ein wenig bekanntes Gift zu wählen und wäre dann völlig sicher vor Strafe.

Die Geschworenen sprachen Lamson des Mordes schuldig – nicht aufgrund des toxikologischen Gutachtens, sondern der übrigen Indizien.

Lamson wurde zum Tode verurteilt. Vor seiner Hinrichtung gestand er den Mord.

Hätte sich der New Yorker Arzt Dr. Buchanan in seinem Triumph, den perfekten Mord begangen zu haben, nicht übermütig Verbrechens gerühmt, er wäre niemals dafür zur Rechenschaft gezogen worden.

Der Fall Dr. Buchanan zeigt auf groteske Weise, wie die Entdeckung der so genannten Leichenalkaloide damals selbst erfahrene Wissenschaftler verunsicherte oder in die Defensive trieb. Zugleich ist dieser Fall das Beispiel eines besonders raffinierten Mordes, den nur ein Arzt mit toxikologischen Kenntnissen vollbringen konnte.

Robert Buchanan hatte in Neuschottland Medizin studiert und dort geheiratet. Er war 24 Jahre, als er mit seiner Frau nach New York übersiedelte und hier eine Praxis gründete.

Buchanan war ein intelligenter Mann und guter Arzt. Aber mit seinem haltlosen Charakter zerstörte er sich alle Zukunftschancen. Er war häufiger in Kneipen und Bordellen zu finden als in seiner Praxis. Bald drückte ihn eine riesige Schuldenlast. Die Praxis ging ein. Seine Frau verließ ihn.

Buchanan brauchte Geld.

Und er brauchte eine Frau, die Geld hatte. Und die auch bereit war, den heruntergekommenen jungen Mann mit dem verlebten Gesicht und den leeren Taschen zu heiraten und ihm ihr Geld zu überlassen.

In den Soap-Storys von heute geschehen immer Wunder: Solche gescheiterten Existenzen finden eine hübsche, eine einfühlsame, eine reiche junge Frau, die den Verlotterten auf den Weg der Tugend zurückführt. Die Wirklichkeit freilich sieht anders aus, und im Fall Buchanan gab es kein Happyend.

Zwar nahm sich eine Frau des Gescheiterten an. Sie war auch etwas wohlhabend, aber weder hübsch noch einfühlsam und schon gar nicht mehr jung. Es war die zwei Jahrzehnte ältere Bordellbesitzerin Annie Sutherland.

Buchanan kannte Annie durch seine regelmäßigen Bordellbesuche seit Jahren. Er machte ihr einen Heiratsantrag, und sie sagte Ja.

So schlossen die beiden also die Ehe, der gestrandete 30-jährige Arzt und die verwelkte Hurenmutter. Er erhoffte sich Geld, sie erwartete als Frau Doktor bürgerliche Reputation.

Buchanans Rechnung ging auf. Annie verkaufte das Bordell und setzte ihn zum Alleinerben ihres Vermögens ein.

Nun, als der Doktor sein Ziel erreicht hatte, zeigte er sein wirkliches Gesicht. Wahrscheinlich hasste er seine vulgäre Frau. Er behandelte sie verächtlich, und sie rächte sich, indem sie ihn finanziell kurz hielt. Bald drohte sie ihm, ihr Testament zu ändern.

Da glaubte Buchanan, handeln zu müssen. Ob er schon vor der Heirat Annies Ermordung geplant oder sich erst jetzt dazu entschlossen hatte, ist nie geklärt worden. Nun also begann Buchanan, ernsthaft über den perfekten Mord nachzudenken.

Natürlich kam auch für ihn als Arzt nur ein Giftmord in Frage, mit einem pflanzlichen Gift, ein metallisches wäre zu leicht nachweisbar. Er beschaffte sich die notwendige Fachliteratur.

Im Kapitel über Morphium las er, dass eine Vergiftung mit diesem Opiumalkaloid rasch zu Bewusstlosigkeit führt. Diese geht ins Koma über, aus dem der Vergiftete nicht mehr erweckt werden kann. Die Pupillen sind bis auf die Größe eines Stecknadelkopfes verengt. Die Atmung wird immer langsamer und oberflächlicher, das Gesicht totenblass. Der unregelmäßige Puls setzt immer öfter aus, bis der Tod durch Atemlähmung eintritt.

Für Dr. Buchanan war es kein Problem, sich Morphium zu verschaffen. Nur eines machte ihm Sorge: die immense Verengung der Pupillen. Sie sollen sich zwar, so hieß es, kurz vor Eintritt des Todes wieder erweitern. Aber darauf wollte sich Buchanan nicht verlassen. Jeder einigermaßen erfahrene Arzt erkennt an diesem untrüglichen Zeichen die Morphiumvergiftung. Er musste also verhindern, dass sich die Pupillen verengten. Und dafür, das wusste er als Arzt, gab es ein einfaches Mittel, nämlich Atropin. Augenärzte verwenden es bei der Untersuchung oder Operation der Augen, um die Pupillen zu erweitern.

Mit diesem Plan ging Buchanan ans Werk.

Annie starb innerhalb eines Tages. Um sich ein Alibi zu verschaffen, rief Buchanan einen Arzt, Dr. McIntire, ans Krankenbett. Da war Annie schon im Koma. McIntire versuchte noch eine Behandlung, aber dafür war es zu spät. Die Morphiumvergiftung hatte er nicht erkannt, denn das Atropin verhinderte die Verengung der Pupillen. Als Todesursache vermerkte McIntire auf dem Totenschein: Schlaganfall.

Annie wurde begraben, und Buchanan erbte ihr Vermögen.

Soweit hatte er den perfekten Mord vollbracht.

Und es wäre wie so mancher andere Mord durch ärztliche Hand auch ein perfekter Mord geblieben, wäre der Mörder nicht jener Hybris verfallen, mit der er oft seinen eigenen Untergang auslöst.

Einige Monate später wurde ein junger Mann, der seine Geliebte mit Morphium umgebracht hatte, zum Tode verurteilt. An diesem Abend, als das Todesurteil in den Zeitungen veröffentlicht wurde, fand sich Dr. Buchanan in seiner Stammkneipe ein, die einem Mann namens Macomber gehörte. Zu später Stunde, nachdem er reichlich getrunken hatte, heizte sich Buchanans Übermut immer mehr an. Er sagte zu Macomber und einem anderen Saufkumpan, die beide an seinem Tisch saßen, jener zum Tode verurteilte Mörder sei ein rechter Tölpel gewesen, denn er habe sich erwischen lassen. Man könne jederzeit einen Menschen mit Morphium töten, ohne dass es jemals herauskomme. Jeder Säure stehe eine Base gegenüber, und für jede Reaktion gebe es eine Gegenreaktion.

Macomber verstand nicht so genau, was es mit Reaktion und Gegenreaktion auf sich hat. Aber er verstand wohl, was Buchanan triumphierend angedeutet hatte. Und er wäre kein Gastwirt gewesen, hätte er sich nicht ebenfalls mit diesem Wissen gebrüstet. So kam Buchanans Äußerung einem Journalisten zu Ohren, und zwar zufällig demselben, der den andern Morphiummörder überführt hatte.

Der Journalist witterte einen neuen Sensationsfall und begann, über Buchanan, sein Leben, seine Frau und ihren Tod zu ermitteln. Er erfuhr sogar, dass Buchanan seiner Frau, während sie schon im Sterben lag, eine Flüssigkeit in die Augen geträufelt hatte. Der Journalist teilte die Schlussfolgerungen aus seinen Recherchen dem Staatsanwalt mit.

Buchanan wurde verhaftet, Annies Leiche exhumiert.

Der bekannte New Yorker Toxikologe Prof. Dr. Witthaus lieferte mit Hilfe mehrerer Tests den chemischen Nachweis für eine Morphiumvergiftung. Er untermauerte den Beweis durch zusätzliche physiologische Versuche mit Fröschen.

Buchanans Verteidiger, Anwalt O'Sullivan, war selbst medizinisch äußerst beschlagen. Er entschloss sich, seinen Mandanten auf die gleiche Weise zu verteidigen, wie ein Jahrzehnt zuvor sein Kollege Williams den Aconitinmörder Lamson verteidigt hatte. Er wollte nachweisen, dass »Leichenalkaloide« chemisch wie Pflanzenalkaloide reagieren. Aber diesen Beweis wollte er nicht mit dem trockenen Gutachten eines Sachverständigen führen, das die Geschworenen sowieso nicht verstehen würden. Er wollte ihn höchst anschaulich führen – durch eine Demonstration, die die Geschworenen selbst miterlebten.

Dafür suchte sich O'Sullivan einen Verbündeten, den Chemieprofessor Dr. Vaughan, der seit Jahren mit »Leichenalkaloiden« experimentierte und behauptete, dass diese »mit mehr oder weniger Genauigkeit die gleichen Farbreaktionen lieferten« wie die Pflanzenalkaloide.

Was sich dann während des Prozesses gegen Buchanan abspielte, glich eher einer Varieté-Show als einer ernsthaften wissenschaftlichen Beweisführung. Vaughan wusste genau – er hatte es ja selbst eingestanden –, dass animalische und pflanzliche Alkaloide nur »mehr oder weniger genau« ähnliche Farbreaktionen zeigten. Er führte seinen Beweis im Gerichtssaal mit einem üblen Taschenspielertrick vor. Auf einem Tisch baute er vor den Geschworenen seine Gläser, Flaschen und Retorten auf und führte vor ihren Augen, wie ein Zauberkünstler sie mit Worten ablenkend, ein Farbenspiel roter, grüner, bläulich violetter chemischer Reaktionen vor. Dabei kam es ihm darauf an, den Zuschauern trotz der sichtbaren Farbunterschiede zwischen animalischen und pflanzlichen Substanzen einzureden, die Farbreaktionen seien miteinander identisch.

Von der Show ebenso fasziniert wie verwirrt, wuchs bei den Geschworenen der Zweifel am Morphium-Nachweis von Prof. Witthaus. Der Anwalt hatte mit Hilfe von Prof. Vaughans Scharlatanerie sein Ziel erreicht. Aber lange konnte er sich nicht seines Erfolges freuen. Staatsanwalt Wellman hatte Vaughans Manipulationen durchschaut. Er verwickelte den Angeklagten im Kreuzverhör in solche Widersprüche, dass seine Schuld immer klarer zutage trat.

Buchanan wurde zum Tode verurteilt und hingerichtet.

Witthaus gelang es kurz darauf nachzuweisen, dass Vaughan für sein Täuschungsmanöver zuvor die Reagenzien verändert hatte.

Überdenkt man die drei Giftmorde von Pommerais, Lamson und Buchanan, drängen sich dabei beängstigende Vorstellungen auf. Nur durch Zufälle wurden sie als Mord erkannt. Und sie als Mord zu beweisen war ebenfalls schwierig genug. Deshalb ist es gewiss nicht abwegig anzunehmen, dass Morde, von Ärzten begangen, eine relativ hohe Dunkelziffer besitzen.

Ein Fehlurteil?

Waren die Giftmörder Dr. Lamson und Dr. Buchanan nur knapp einem Freispruch entgangen, schien der mutmaßliche Giftmörder Dr. Sandner mehr Glück gehabt zu haben.

Auch dieser Fall aus dem Jahre 1871 zeigt, wie in jenen Jahrzehnten mörderische Ärzte bereits Pflanzengifte verwendeten, die damals noch immer schwer nachweisbar waren oder bei denen der Nachweis außerordentlich große toxikologische Erfahrung erforderte.

Dr. Sandner war angeklagt worden, seine vermögende Frau mit Strychnin vergiftet zu haben. Nicht nur alle Symptome des Todeskampfes der Frau sprachen dafür. Auch weitere Indizien wie das Motiv und das Verhalten Dr. Sandners nach dem Tod seiner Frau machten einen Giftmord wahrscheinlich. Die gerichtsmedizinischen Gutachter gelangten zu widersprüchlichen Erkenntnissen, und im Zweifel kam es zu einem zweifelhaften Freispruch.

Johann Sandner war 26 Jahre, als er die 38jährige kinderlose Witwe eines Bierbrauers, Katharina Loher, heiratete. Der Altersunterschied befremdete die Leute nicht. Denn die Witwe war vermögend. Sie besaß eine Bierbrauerei, mehrere Gastwirtschaften und ein Landgut.

Sandner zeigte sich nicht nur als tüchtiger Arzt, er betätigte sich auch erfolgreich als Bierbrauer und Landwirt. Sein Wohlstand wuchs, sein Einfluss nahm zu, und bald saß er im Gemeinderat seines Heimatstädtchens Osterhofen (Niederbayern), wurde Distriktsrat und Vorstand des landwirtschaftlichen Bezirkskomitees. Der König von Bayern verlieh ihm mehrere Auszeichnungen.

Aus der Ehe gingen zwei Töchter hervor, Magdalene und

Amalie. Jeder, der die Familie Sandner kannte, war überzeugt, dass sie eine glückliche Ehe führten.

Aber das war nur äußerer Schein. Des guten Rufes wegen versuchte Frau Sandner, das Bild einer harmonischen Ehe aufrechtzuerhalten. In Wirklichkeit war sie schon tief zerrüttet. Der große Altersunterschied der Ehegatten machte sich bemerkbar.

Als der Doktor Ende Dreißig war, hatte seine Frau die Fünfzig schon überschritten. Wahrscheinlich hatte Sandner seine Frau auch nie geliebt, sondern sie aus reiner Berechnung geheiratet. Ihr Vermögen und ihre Reputation erleichterten ihm den gesellschaftlichen Aufstieg in seiner kleinen Welt.

Auch in sexueller Hinsicht stimmte es zwischen den Eheleuten nicht. Der Doktor suchte sich bei Dienstboten und Kellnerinnen schadlos zu halten. Sobald das seine Frau bemerkte, entließ sie die Beischläferinnen ihres Mannes. Doch das half nichts, er fand rasch Ersatz, und die Spannungen zwischen den Eheleuten wuchsen nur noch mehr.

Um aber das Geschäft und die Praxis nicht zu gefährden, ließen sich beide nach außen nichts anmerken. In der Öffentlichkeit waren sie freundlich zueinander. Nur zum Gendarmeriewachtmeister Weidner, der in der Familie verkehrte, äußerte Frau Sandner mehrmals insgeheim, sie würde einmal keines natürlichen Todes sterben und sich am liebsten von Sandner scheiden lassen.

Da sie sonst aber niemanden hatte, mit dem sie über ihre Konflikte sprechen konnte, suchte sie Trost im Alkohol. Bald kam es so weit, dass sie fast täglich, oft schon früh am Vormittag, bis zur Bewusstlosigkeit betrunken war. Sandners Abscheu vor seiner Frau wurde immer größer.

Notwendigerweise stellten sich bei Frau Sandner Krankheiten ein. Dr. Kufner, Arzt in Osterhofen, behandelte sie. Er beschränkte sich aber meist darauf, die Verdauung zu regeln. Er verschrieb ihr Abführmittel, und zwar Jalappa pulvis, das sich bei ihr als wirksam erwies.

Anfang April 1875 – Frau Sandner war nun 59 Jahre – erkrankte sie heftiger als je zuvor. Sie empfand Übelkeit und Schwindelgefühl, verlor das Bewusstsein und musste mehrere Tage im Bett verbringen. Ihr Zustand besserte sich nur langsam.

Im Juni wurde ihr erneut unwohl. Am 25. Juni klagte sie einer Nachbarin, ihr sei dauernd schwindlig, sie schwitze häufig und könne den linken Arm kaum bewegen. Am 27. Juni, so berichtete der Hausarzt Dr. Kufner später, »klagte sie abends, als ich am Stammtisch saß, über ihren linken Arm. Ich sah mir den Arm an und stellte eine bedeutende Störung seiner Bewegungsfähigkeit fest. Ich nahm an, es sei Rheumatismus in den Muskeln, und verordnete ein Senfpflaster und einen Watteumschlag. Am nächsten Tag lag Frau Sandner im Bett. Ihr Arm hatte sich nicht gebessert. Ich untersuchte deshalb den Arm genauer und stellte nichts als eine bedeutende schmerzhafte Funktionsstörung fest. Der Puls war regelmäßig, ruhig wie immer und das Allgemeinbefinden durchaus nicht gestört. Da Frau Sandner erklärte, sie habe jetzt keine Zeit, krank zu sein, unterließ sie es auch, die von mir verordnete Medizin zu nehmen.«

Tatsächlich gab es gerade in diesen Tagen viel Arbeit für Frau Sandner. Am 29. Juni sollte in einem ihrer Gasthäuser eine Festivität stattfinden. Die vorbereitende Arbeit fiel ihr schwer.

Sie sagte nach der Veranstaltung, wenn die Feier nicht gewesen wäre, hätte sie sich hingelegt und die Medizin regelmäßig eingenommen. Wenn ihr jetzt nicht besser würde, würde sie wohl den nächsten Tag nicht mehr erleben. Schwindelgefühl und Reißen im Arm hatten zugenommen. Dr. Kufner musste erneut gerufen werden.

Kufner berichtete später über den Zustand der Frau Sandner

an diesem Morgen: »Ich traf die Patientin im Gastzimmer. Sie war angekleidet und schon mitten in der Arbeit, sagte, es ginge ihr mal besser und mal schlechter. Ich verließ sie dann wieder. Nachmittags traf ich Sandner allein. Ich teilte ihm meine Besorgnis mit, seine Frau sei ernstlich krank. Ich dachte dabei an die Möglichkeit eines Gehirnschlags. Damit sie gleich am nächsten Morgen einnehmen könne, schrieb ich ihr ein Rezept aus, das ich Sandner gab. In diesem Rezept war ein leichtes Abführmittel, Jalappa tinctura, enthalten. Es schmeckt nach Weingeist und hinterlässt einen bitteren Geschmack.«

Das war am Nachmittag des 29. Juni. Am gleichen Abend sahen verschiedene Zeugen, dass es Frau Sandner wieder schlechter ging. Sie war blass und elend, schwitzte stark und sprach sehr leise, schlich matt und kraftlos umher.

Ein Pferdehändler, der in der Gaststube saß, sagte zu seinem Reisegefährten: »Die macht nicht mehr lange.«

Frau Sandner blieb bis Mitternacht auf. Um ein Uhr nachts ließ sie sich von der Kellnerin Anna Polster den linken Arm in Watte einwickeln.

Zwei Stunden später hörte Sandner seine Frau schwer atmen und stöhnen. Er fühlte ihr den Puls und sagte, es sei alles in Ordnung. Am Morgen äußerte Frau Sandner, heute würde sie endlich die Medizin einnehmen. Dauernd sei ihr schwindlig. Und die Schmerzen im Genick halte sie nicht mehr aus. Auch das Flimmern vor den Augen sei unerträglich. Sie schwitzte heftig.

Dr. Sandner schickte die Hausmagd Johanna Reitinger mit dem Rezept, das Dr. Kufner am Vortage ausgeschrieben hatte, in die Apotheke. Der Apotheker bereitete es zu, die Magd brachte die Flasche mit der Tinktur ins Schlafzimmer, wo sich außer Frau Sandner auch ihr Mann befand. Die Magd übergab Sandner die Medizin und verließ das Schlafzimmer wieder.

Bald darauf ließ Sandner anspannen und fuhr wie jeden Tag auf die Dörfer, um seine Praxis auszuüben.

Die Dienstmagd Reitinger begab sich dann wieder ins Schlafzimmer, um die Betten in Ordnung zu bringen. Frau Sandner lag noch im Bett, neben ihr saßen die beiden Töchter. Die Reitinger fragte Frau Sandner, wie sie sich fühle. »Zum Grausen«, erhielt sie zur Antwort.

Die Töchter meinten, der Zustand der Mutter habe sich erst nach Einnahme der Medizin so verschlechtert.

Frau Sandner versuchte nun aufzustehen. Aber sie konnte sich nicht auf den Beinen halten und sank auf einen Stuhl nieder. Die Magd half ihr, sich wieder ins Bett zu legen. Frau Sandner schickte die Magd hinaus, damit sie ihre tägliche Arbeit verrichtete, wünschte aber, dass die Kellnerin Polster und die Köchin Ratzinger zu ihr kämen und bei ihr blieben.

Und so erlebten die beiden Frauen die Kranke: »Frau Sandner triefte von Schweiß, sah bleich aus und konnte sich nicht aufrecht halten. Sie jammerte über krampfartige Schmerzen in den Beinen. Damm bekam sie heftige Zuckungen, und wir konnten sie kaum festhalten, so schlug sie um sich. Sie schrie ganz laut: ›Aus ist's. Aus ist's. Vergiftet haben sie mich. Ich muss sterben.‹ Sie schrie so laut, dass wir die Fenster schlossen, aber wir mussten sie wieder öffnen, weil sie glaubte, sie müsste ersticken.«

In diesem Augenblick erschien Dr. Kufner. Frau Sandner fragte ihn, was für eine Medizin er ihr verordnet habe, es wäre das reinste Gift. Die gleiche Medizin wie immer, erwiderte er. Er wollte ihr Morphium gegen die Schmerzen injizieren. Aber als er ihren Arm berührte, bekam sie erneut Zuckungen und schlug ihm dabei die Spritze aus der Hand, schrie nochmals: »Aus ist's!«, streckte sich und war tot.

Zwei Stunden später kam Dr. Sandner zurück. Verstört nahm er die Todesnachricht auf und begann zu weinen. Dr. Kufner suchte ihn einigermaßen zu beruhigen.

Während der nächsten Tage musste der Tagelöhner Stefan

Bumberger ins Schlafzimmer einziehen und neben Sandner im Ehebett schlafen. Sandner hatte Angstzustände und wollte nachts nicht allein sein.

In der Todesanzeige, die Sandner verfasst hatte, nannte er sich einen von namenlosem Schmerz gebeugten Gatten.

Am 2. Juli wurde Frau Sandner beerdigt. Viele Menschen nahmen an der Beisetzung teil, Sandners gehörten ja zu den Honoratioren der Stadt.

Am nächsten Tag, am 3. Juli, schrieb Dr. Sandner einen Brief an Anna Kurz. Die Kurz hatte früher als Kellnerin in einem Gasthaus von Frau Sandner gearbeitet.

Sandner schrieb: »Meine allerliebste Anna, soeben, sieben Uhr früh, übergibt mir Stefan deine lieben Zeilen. Ich lese sie mit höchstem Vergnügen. Ich weiß ja, dass du mich aus ganzer Seele liebst. Ich weiß ja nur zu gut, dass ich dir meine ganze Liebe zu erwidern habe. Ich weiß ja, dass ich dir mein Herz angeschworen habe. Ich halte dir mein Wort bis zum letzten Atemzuge. Sobald als möglich will ich dich besuchen. Denn zu jeder Minute denke ich ja an dich. Empfange Tausende der besten Küsse und Grüße von deinem dich innigst liebenden Johann.«

Wenige Tage nach dem Tode seiner Frau, der ihn angeblich so erschüttert hatte, äußerte er darüber kein Wort und wiederholte gegenüber seiner Geliebten das Heiratsversprechen, das er ihr zuvor schon mehrmals gegeben hatte.

Anna Kurz war zu dieser Zeit 29 Jahre und arbeitete als Kellnerin im Bahnhofsrestaurant Osterhofen, das ebenfalls zum Besitz der Toten gehörte. Vorher hatte Anna Kurz im Hause Sandners gedient, hatte es aber verlassen müssen. Frau Sandner hatte das Liebesverhältnis zwischen Anna und ihrem Mann bemerkt und ihre Entfernung gefordert.

Doch das hinderte Sandner nicht daran, seine Beziehung zu Anna fortzusetzen. Dabei versprach er ihr, sie zu heiraten, wenn seine Frau sterbe.

Im August, zwei Monate nach dem Tode seiner Frau, schrieb Sandner an Anna Kurz: »Dass ich die Lage, die ich mit dir schaffen werde und, meines Manneswortes eingedenk, auch halten werde, wohl durchdacht habe, weißt du ja. Ich kann dir heilig versichern, dass mich kein Mensch daran hindern wird, dich zu heiraten. Sogar meine Mutter hat gestern zu mir gesagt: ›Johann, du hast genug durchgemacht all die Jahre. Nimm dir ein Mädchen zur Frau, das dich freut, auch wenn sie gar nichts hat.‹ Ja, Anna, es wäre mein größtes Vergnügen, wenn ich dich so herzinnig als meine Frau ans Herz drücken könnte.«

Zur gleichen Zeit gab Anna Kurz ihre Stellung im Bahnhofsrestaurant Osterhofen auf und zog nach München. Wenige Wochen später suchte Sandner sie in München auf, schenkte ihr Schmuck und teilte ihrer Mutter mit, dass er Anna heiraten wolle.

Anfang Oktober erklärte Sandner öffentlich seine Heiratsabsicht. Das erregte die Leute in Osterhofen beträchtlich. Frau Sandner, die alteingesessene und vermögende Bürgerin, war eine angesehene Persönlichkeit in der Stadt gewesen. Welche Verachtung gegenüber seiner Frau lag in Sandners Absicht, so kurz nach ihrem Tode wieder zu heiraten, noch dazu eine Kellnerin! So dachte man in Osterhofen und sprach es mehr oder weniger offen aus. Dass die Anna Kurz nicht die Einzige war, mit der Sandner seine Frau betrogen hatte, kam dabei natürlich auch wieder ins Gespräch.

Der Unmut gegen Sandner wurde auch politisch verstärkt. Die Konservativen nannten ihn einen Freigeist.

So verdichtete sich das Gerücht, Frau Sandner sei keines natürlichen Todes gestorben.

Im Oktober muss dann dieses Gerücht Sandner selbst zu Ohren gekommen sein. Denn am 19. schrieb er Anna: »Am 28. Oktober heiraten wir. Meine Liebe, sei unbekümmert, wir lieben, ehren und heiraten uns, ob man dies oder jenes sagt. Übrigens ist die ganze Sache so ziemlich plattgedroschen …«

Einen Tag später war die Überzeugung, Sandner habe seine Frau vergiftet, so weit in Osterhofen verbreitet, dass der Lehrer Prels in Gegenwart des Gendarmen Ottmann dem Doktor riet, er müsse jetzt selbst eine gerichtliche Untersuchung beantragen, um die Mordgerüchte ein für alle Mal aus der Welt zu schaffen.

Am gleichen Tage hatte der Untersuchungsrichter Zimmermann aus Deggendorf in Osterhofen zu tun. Dr. Kufner, der wohl fürchtete, dass man ihm Fahrlässigkeit bei der Feststellung der Todesursache von Frau Sandner vorwerfen konnte, bat Zimmermann um eine Unterredung. Er teilte ihm die Gerüchte über die Ermordung seiner Patientin mit und erklärte, er habe außer konvulsivischen Zuckungen der Sterbenden nichts Auffälliges wahrgenommen. Später aber, gegen Abend, sprach er anders. Da äußerte er zu Sandner, er halte es für möglich, dass seine Frau mit Strychnin vergiftet worden sei. Er teilte Sandner wohl auch mit, dass er mit dem Untersuchungsrichter gesprochen habe.

Denn einen Tag später suchte Sandner Zimmermann auf und gab zu Protokoll:

»Gestern habe ich zu meiner Bestürzung von einem Gerücht gehört, welches meine Ehre und Existenz zu vernichten droht, dessen Grundlosigkeit ich daher auf jede mögliche Weise an den Tag befördert sehen will. Meine Frau war viel älter als ich. Wir lebten bis zu ihrem Ende in voller Eintracht. Nur dann und wann gab es vorübergehend Eifersuchtsszenen ohne Grund und ohne Nachwirkungen.«

Grundlose Eifersucht – diese Lüge konnte er dann wohl doch nicht aufrechterhalten. Denn im weiteren Verlauf der Unterredung musste er sich schließlich zur Beziehung mit Anna Kurz äußern. Er erklärte, um den Gerüchten zu begegnen, wolle er auf die Heirat mit ihr verzichten. Er beantragte sogar eine Obduktion seiner Frau.

Der Untersuchungsrichter ordnete Hausdurchsuchungen bei Sandner und seiner Geliebten an und beschlagnahmte den Briefwechsel der beiden. Auch verfügte er Postkontrolle.

Einen Tag später reichte Dr. Kufner als behandelnder Arzt von Frau Sandner einen schriftlichen Bericht über ihren Tod ein. Darin hieß es: »In mir war niemals die leiseste Verdächtigung aufgestiegen. Aber das Gerede veranlasste mich, noch einmal alles gründlich zu durchdenken und an meiner Erinnerung vorbeiziehen zu lassen. Auf jeden Fall kann ich mich heute vom medizinisch-wissenschaftlichen Standpunkt nicht mehr völlig der Annahme erwehren, dass die Krankheitserscheinungen und das rasche Ableben der Frau Sandner möglicherweise von Strychnin herrühren könnten.«

Um die Gerüchte einzudämmen, versuchte Sandner inzwischen, Anna Kurz zu einem Verzicht auf die Heirat zu bewegen. Er schickte seinen Freund, den Lehrer Prels, und den Tagelöhner Bamberger, der seit Jahren den Liebesbriefträger zwischen ihm und Anna spielte, nach München. Sie sollten Anna 600 Gulden als Abfindung bieten, wenn sie der Auflösung der Verlobung zustimme.

Anna lehnte das Angebot ab und bestand darauf, Sandner zu heiraten. Sie bekäme ein Kind von ihm. Das war allerdings eine Lüge, wie sich später herausstellte.

Am 22. Oktober fragte Sandner einen Bekannten, den Arzt Dr. Forster, ob man in einer Leiche noch nach Monaten Strychnin finden könne. Auch dem Apotheker Sell stellte er die gleiche Frage, und als Seil es bejahte, murmelte Sandner: »Soso, man kann es also finden.«

Dann musste ihm Sell die Einzelheiten einer solchen chemischen Untersuchung schildern. Sell wunderte sich über diese Fragen nicht, für ihn stand fest, dass Sandner seine Frau vergiftet hatte.

Sandner setzte sich nun mit dem Straubinger Bankier

Loichinger in Verbindung. Er bat ihn, einen Teil seiner Wertpapiere zu verkaufen, er brauche bares Geld. Aber der Bankier wusste von der gegen Sandner laufenden Untersuchung und weigerte sich, das Geschäft mit ihm abzuschließen.

Am 30. Oktober wurde die Leiche der Frau Sandner exhumiert und obduziert.

Am gleichen Tage schrieb Sandner erneut an Loichinger und bat ihn, einige Wertpapiere in Höhe von 3500 Goldgulden zu verkaufen. Er wolle verreisen und brauche das Bargeld dringend. Loichinger beantwortete weder diesen noch einen weiteren Auftrag Sandners.

Am 3. November erhielten Sandner, seine Töchter und das Dienstpersonal die Vorladung zum Untersuchungsrichter.

Inzwischen aber hatte Sandner doch noch Geld aufgetrieben. Er hatte nun etwa 7000 Gulden in Gold und in Wertpapieren in der Tasche. Einen Tag nach der Vorladung flüchtete er mit Anna Kurz in die Schweiz. Dort kaufte er in einem Reisebüro zwei Fahrkarten nach Chicago. Dann reisten beide nach England, wo sie die überfahrt in die USA antreten wollten.

Dafür hatte sich Sandner falsche Namen zugelegt. Er benutzte dabei den Namen seines Freundes, des Lehrers Prels. Anna gab er als seine Ehefrau Bertha Preis aus.

Aber der Untersuchungsrichter hatte, nachdem Sandner und seine Geliebte verschwunden waren, bereits telegraphisch die steckbriefliche Fahndung angeordnet. Die Flüchtlinge wurden am 9. November in Southampton verhaftet und auf die nächste Polizeistation gebracht.

Die englische Polizei zog den deutschen Konsul hinzu und befragte Sandner nach seiner Identität. Ob er Dr. Sandner aus Osterhofen sei. Sandner verneinte, konnte sich aber nur mit der auf den Namen Prels ausgestellten Fahrkarte ausweisen.

Der Konsul fragte Anna Kurz nach ihrem Namen. Aber sie hatte den Falschnamen vergessen und blickte Sandner hilfeflehend an. So mussten beide schließlich ihre wirklichen Namen nennen. Sandner gab als Erklärung für seine Flucht an, dass er nicht länger in Osterhofen bleiben könnte und mit seiner Braut in Amerika ein neues Leben beginnen wollte.

Die englische Polizei forderte eine gerichtliche Entscheidung, was nun mit den Verhafteten geschehen sollte. Das Gericht in Southampton vernahm sie ebenfalls. Dem Untersuchungsrichter allerdings erklärte Sandner seine Flucht anders. Er sei nicht aus Angst vor der Untersuchung geflüchtet. Seit mehr als zwanzig Jahren habe er keinen Urlaub gehabt und mit seiner Braut eine Ferienreise nach Amerika unternehmen wollen. Er wurde befragt, warum er unter falschem Namen gereist war. Er erwiderte, auch Könige pflegten inkognito zu reisen. Dass er so viel Geld mit sich führte, begründete er mit seiner Sorge, daheim könnte es ihm gestohlen werden.

Der Untersuchungsrichter nahm diese Lügen nicht ernst. Er besaß einen Brief, den Sandner am 9. November aus Southampton an Loichinger geschrieben hatte. Darin bat er den Bankier, er möchte ihm doch den Stand der Untersuchung, vor allem aber das Ergebnis der toxikologischen Untersuchung mitteilen. Das Gericht entschied, Sandner und Anna Kurz in einem Londoner Gefängnis so lange festzuhalten, bis das gerichtsmedizinische Gutachten aus Deutschland eintreffe.

Am 29. November erstattete der Münchner Universitätsprofessor Dr. Buchner sein Gutachten über die Obduktion der exhumierten Leiche. Er hatte chemisch kein Gift nachweisen können. Aufgrund dieses Gutachtens weigerten sich die englischen Behörden, die Verhafteten auszuliefern, und ließen Sandner und seine Geliebte frei.

Beide blieben in London. Sandner erkundigte sich brieflich bei seinen Töchtern nach dem Fortgang der Untersuchung.

Im Januar 1876 erschien in der AUGSBURGER ABENDZEITUNG die Mitteilung: »Das Bezirksgericht in Deggendorf hat die Untersuchung gegen Johann Sandner eingestellt. Universitätsprofessor Dr. Buchner, der die Eingeweide der Frau Sandner untersucht hat, konnte keinen Verdacht auf einen Giftmord feststellen.«

Amalie Sandner schickte diese Nachricht nach London. Sandner kehrte daraufhin mit Anna nach Osterhofen zurück. Noch in derselben Nacht verhaftete ihn Gendarmeriewachtmeister Weidner und brachte ihn ins Untersuchungsgefängnis Deggendorf.

Das Deggendorfer Bezirksgericht schien Prof. Buchners Gutachten nicht weiter zur Kenntnis genommen zu haben. Es setzte die Untersuchung gegen Sandner verstärkt fort. So wurde festgestellt, dass Sandner vor und auch noch während seiner Beziehung zu Anna Kurz u. a. ein Verhältnis mit der Magd Katharina Dorfmeister gehabt hatte.

Diese sagte als Zeugin darüber aus:

»Sandner hat mir immer nachgestellt. Er suchte jede Gelegenheit, mich allein zu treffen. Mehrmals versprach er mir, mich zu heiraten. Wir haben öfter miteinander Verkehr gehabt. Seine Frau wusste davon. Sie wollte deshalb von Sandner weggehen. Um das zu verhindern, entließ mich Sandner. Trotzdem trafen wir uns bis zum Tode seiner Frau in Osterhofen, Deggendorf und Straubing und setzten das intime Verhältnis fort. Immer wieder schwor er mir, ich sollte die Geduld nicht verlieren. Seine Frau sei schon alt und werde bald sterben …«

Die Untersuchungsbehörde war überzeugt, mit den 66 Briefen Sandners an die Dorfmeister ein weiteres wichtiges Indiz für seine Täterschaft in der Hand zu haben. Der Staatsanwalt bewies dann später an ihnen die moralische Verkommenheit Sandners, der darin seine ganze Gefühlsroheit sprechen ließ: »Die Alte ist ja so unsinnig dumm. Wenn sie stirbt, was liegt daran?«

Bevor das Gericht die Briefe beschlagnahmte, versuchten

Sandners Töchter, diese der Dorfmeister abzukaufen. Sie boten ihr dafür 150 Gulden.

Die wichtigste Frage für das Gericht blieb jedoch, ob Sandner im Besitz von Strychnin gewesen war. Apotheker Sell aus Osterhofen sagte darüber aus: »Sandner bezog den größten Teil seiner Medikamente aus meiner Apotheke. Er bezog aber auch Arzneien von pharmazeutischen Vertretern. In meinem Giftbuch ist vermerkt, dass er bei mir am 27. März, am 11. und am 26. April dieses Jahres insgesamt 1,61 Gramm in Wasser gelöstes Strychnin bezogen hat. Außerdem hat er Atropin und Blausäure in verschiedenen Mengen erhalten. Meiner Ansicht nach könnten mit der bei mir bezogenen Menge Strychnin eine Anzahl Menschen getötet werden.«

Über die Medizin befragt, die er nach Dr. Kufners Rezept am Todestage für Frau Sandner geliefert hatte, sagte er: »Diese Arznei habe ich aus einer größeren Flasche abgefüllt und zur gleichen Zeit auch an andere Patienten abgegeben. Bei diesen hat sie keinerlei nachteilige Wirkung gehabt.«

Nach längerem Suchen fand sich auch die Medizinfasche, die noch einen Rest dieser Arznei enthielt. Sie entsprach der ärztlichen Vorschrift und enthielt kein Gift.

Nachdem das Strafverfahren gegen Anna Kurz wegen Teilnahme am Mord mangels Beweisen eingestellt worden war, setzte das Appellationsgericht in Passau für Sandner einen Schwurgerichtsprozess an. In der Begründung hieß es: »Die Untersuchungen begründen den Verdacht, dass der Angeklagte seine Ehefrau Maria Katharina mit Hilfe von Gift vorsätzlich und mit Überlegung getötet habe.«

Am 4. Juli 1876 begann die öffentliche Verhandlung vor dem Schwurgericht in Straubing.

Die Berichterstatter schilderten den Angeklagten: Er ist 48 Jahre alt, von mittlerer Größe und ziemlich beleibt. Haare und Schnurrbart sind blond, sein volles Gesicht ist gerötet. Er trägt eine goldgefasste Brille. In seiner schwarzen Kleidung macht er den Eindruck eines gutsituierten Bürgers. Seine gewandte Ausdrucksweise verrät Intelligenz. Während der ganzen Verhandlung bleibt er ruhig und gelassen.

Sandner selbst versicherte zu Beginn des Prozesses, er sei unschuldig. Dann wurde er über seine Ehe vernommen, über seine Beziehungen zur Dorfmeister und zur Kurz. Die der Dorfmeister gegebenen Heiratsversprechungen bezeichnete er als allgemeine Redensarten.

Als erste Zeugen wurden Katharina Dorfmeister und Anna Kurz vernommen Beide wirkten äußerst gegensätzlich: die Dorfmeister groß, mager, mit dunklem Haar, die Kurz eine kleine unansehnliche Blondine. Die Zeuginnen bestätigten, was in der Voruntersuchung bereits erkundet worden war.

Im Mittelpunkt der Verhandlung stand die Beweiserhebung, ob Frau Sandner mit Strychnin vergiftet worden war. Dazu war es notwendig, ein objektives Bild über den Krankheitsverlauf bis zum Eintritt des Todes zu gewinnen, diese Symptome von Sachverständigen untersuchen und ein toxikologisches Gutachten anfertigen zu lassen.

Da die Zeugenaussagen über Frau Sandners Todesstunde sehr wichtig für die Schuldfrage waren, sollen sie hier teilweise wörtlich wiedergegeben werden.

Die Hausmagd Reitinger hatte gleich nach Frau Sandners Tod das Schlafzimmer gereinigt. Sie gab an, kein Erbrochenes gefunden zu haben.

Die Kellnerin Polster setzte sich im Gerichtssaal auf einen Stuhl, um die Schreie und die Zuckungen der Sterbenden, die sie beobachtet hatte, zu demonstrieren. Sie fügte hinzu. »Frau Sandner sprach sehr laut und schreiend. Sie sprach immer, wenn ein Anfall vorbei war. Aber bei Bewusstsein war sie immer. Ein Strecken der Füße habe ich nicht gesehen. Ich kann auch nicht sagen, ob Füße und Arme starr waren.«

Die Badersfrau Baumhackel sagte aus: »Frau Sandner war bleich und unruhig. Der Schweiß floss ihr in Strömen vom Gesicht. Die Krämpfe dauerten immer nur einige Minuten.«

Der Bader Baumhackel und die Leichenfrau Luttow trafen eine halbe Stunde nach Frau Sandners Tod ein. Beide erklärten, der Körper der Leiche sei in den Gelenken noch beweglich gewesen.

Dann verlas der Richter jenen Bericht Dr. Kufners, den er im Oktober auf Verlangen der Untersuchungsbehörde geschrieben hatte.

Darin hieß es: »Als ich am Morgen des 30. Juni in Frau Sandners Schlafzimmer kam, sah ich in ihrem Gesicht den Ausdruck größten Entsetzens. Sie sagte, dass sie vor einer Stunde die Arznei genommen, keine Wirkung gespürt, aber bald darauf furchtbare Schmerzen und Krämpfe bekommen habe. Als sie dies sagte, durchlief ihren Körper ein gewaltiger Stoß, sie stieß einen durchdringenden Schrei aus. Ein krampfhaftes Zucken, einem elektrischen Schlage gleich, durchfuhr Nacken und Arme. Der Puls war nur mäßig beschleunigt. Die Pupillen habe ich nicht beobachtet. Die Gesichtsmuskeln waren nicht erstarrt, Frau Sandner konnte deutlich reden. Ich fragte, ob sie sich irgendwie verletzt habe, denn die gewaltige Gereiztheit des Rückenmarks ließ mich an eine Starrkrampfinfektion denken. Aber Frau Sandner verneinte. Ich zog eine Morphiumspritze auf und wollte gerade injizieren, als ein neuer Anfall erfolgte. Die Arme streckten sich steif nach vorn, der Kopf wurde rückwärts gezogen. Rasch färbte sich das Gesicht bläulich. Alle Gesichtsmuskeln zuckten krampfhaft, die Augen waren weit aufgerissen.

Frau Sandner war tot. Alle Wiederbelebungsversuche blieben erfolglos.

Damals hatte ich an ihrem Tod nichts Verdächtiges bemerkt. Ich hielt ihn für die Folge einer Erkrankung des Rückenmarks.«

Zu diesem Bericht bemerkte Dr. Kufner nun vor dem

Schwurgericht: »Als Sachverständiger kann ich auch heute unmöglich mit Bestimmtheit sagen, die Sandner sei an Strychnin gestorben. Aber ich halte es für möglich.«

Der Gendarmeriewachtmeister Weidner deutete an, dass Dr. Kufner als Zeuge befangen sei. Er sei nicht nur ein guter Freund des Angeklagten, sondern solle auch ein intimes Verhältnis mit dessen Tochter Amalie haben.

Dr. Kufner wies Weidners Aussage zurück. Er sei zwar mit der Familie Sandner befreundet, habe aber die Beziehung zu Dr. Sandner abgebrochen, als er von dem Verdacht gegen ihn erfuhr. Seine freundschaftlichen Gefühle zu den beiden Töchtern seien davon jedoch nicht berührt worden.

Universitätsprofessor Dr. Buchner sagte in seinem Gutachten u. a., dass er bei der chemischen Untersuchung der Körperreste der exhumierten Leiche kein metallisches Gift und keines der bekannten Pflanzengifte gefunden habe. Auch der physiologische Tierversuch an Fröschen habe keine Vergiftung ergeben. »Aus der ganzen chemischen Untersuchung muss ich schlussfolgern, dass in den Eingeweideresten der Leiche kein chemisch nachweisbares Gift enthalten ist … Eine Vergiftung ist nicht wahrscheinlich.«

Prof. Dr. Wislicenus aus Würzburg stellte Buchners Ergebnis in Frage. Es sei völlig unmöglich, nach fünf Monaten in einer Leiche noch Strychnin finden zu können. Das Fehlen von Giftspuren beweise noch lange nicht, dass kein Giftmord vorliege. Da es auf diesem Gebiet noch wenig Erfahrung gebe, müsse man sich an Autoritäten halten. Er habe einige befragt, sie hielten einen Strychninnachweis auch nach fünf Monaten für möglich. Er bezweifele aber, ob diese Behauptung durch genügend Versuche begründet sei. Er müsse also unentschieden lassen, ob ein Giftmord vorliege.

Dann trug der Bezirksarzt Dr. Seibert sein Gutachten vor. Es fußte auf dem Bericht Dr. Kufners und den Zeugenaussagen in der Voruntersuchung. Er sagte abschließend: »Danach halte ich eine Vergiftung durch Strychnin für so wahrscheinlich, dass niemand, der auch noch die psychologischen Motive … mit einbezieht, daran zweifeln kann.«

Besonders schwerwiegend war das Gutachten eines Sachverständigen-Komitees Würzburger Universitätsprofessoren. Dieses Obergutachten beantwortete die Frage des Gerichts, ob trotz des negativen Ergebnisses der chemischen Untersuchung ein Giftmord möglich sei, einhellig mit Ja. Ein Mord mit Hilfe von Strychnin sei wahrscheinlich:

»Die Symptome einer Strychninvergiftung sind so charakteristisch, dass sie ein einwandfreies Hilfsmittel für die Gerichtsmedizin sein können. Diese Symptome können mit denen anderer Krankheiten nicht verwechselt werden.

Sind größere Mengen von Gift verabreicht worden, so treten die Vergiftungssymptome noch in der ersten halben Stunde danach auf. Angst und Unruhe stellen sich ein, die Gesichtszüge werden blass und verfallen. Ein lauter durchdringender Schrei leitet heftige Krämpfe ein, denen starrkrampfähnliche Muskelsteife folgt. Der Kopf wird nach rückwärts gezogen, die Glieder werden wie von elektrischen Stößen erschüttert. Bald färbt sich Gesicht bläulich, die Augen treten starr aus ihren Höhlen. Das Bewusstsein bleibt noch lange Zeit erhalten. Die Anfälle dauern eine bis drei Minuten und wiederholen sich in immer kürzeren Abständen. Eine Berührung der Haut des Kranken kann neue Zuckungen auslösen. Das war zweifellos der Fall, als Dr. Kufner beim Injektionsversuch den Arm der Frau Sandner berührte und dabei jenen Anfall hervorrief, auf dessen Höhepunkt der Tod eintrat.

So spricht alles für eine Vergiftung mit Strychnin.«

Das Obergutachten wies ferner darauf hin, dass die eindeutig festgestellten Symptome keine Verwechslung mit Wundstarrkrampf zuließen.

Das Obergutachten schloss: »Vom medizinischen Standpunkt aus kann es daher nicht zweifelhaft sein, dass die letzte Erkrankung und der Tod der Frau Sandner durch eine Strychninvergiftung hervorgerufen sind. Da der Sektionsbefund jedoch hinsichtlich jeden Giftes negativ war, können wir die richterliche Frage nur mit Wahrscheinlichkeit bejahen.«

Meinungsunterschiede gab es dann auch bei den Sachverständigen der Verteidigung. Sogar von ihnen zweifelten einige nicht an einer Strychninvergiftung, andere hielten sie für unwahrscheinlich oder nannten die Zeugenaussagen fragwürdig, auf die man kein medizinisches Urteil stützen könne.

Am dritten Verhandlungstag trug der Staatsanwalt sein Plädoyer vor. Dabei sagte er: »Die Geschworenen sind nicht an bestimmte Beweistheorien gebunden. Es gibt mehrere Arten, die Vergiftung eines Menschen nachzuweisen. Die chemische Analyse ist nur eine dieser Arten. Dass man dabei kein Gift gefunden hat, beweist noch gar nichts. Die Mehrheit der medizinischen Sachverständigen hat eine Strychninvergiftung als gewiss oder doch wahrscheinlich erklärt und das aus dem überraschenden Krankheitsverlauf auch begründet.

Der Ruf der Frau Sandner: ›Aus ist's, vergiftet haben sie mich!‹ sind keine so dahingesagten Worte, sondern eine furchtbare Anklage gegen den Mörder. Gegen denselben Mörder, der drei Tage später der Anna Kurz Liebe und Treue schwört. Es ist ganz klar, Sandner hatte ein Interesse am Tode seiner Frau.

Und er benutzte den Augenblick einer Erkrankung, um ihr das längst bereitgehaltene Gift beizubringen. Sein Jammer war Heuchelei, denn schon jahrelang hatte er in Worten und Briefen von seiner Hoffnung gesprochen, dass seine Frau bald sterben möge.

Ebenso überführt ihn seine Angst, die ihn zu den Erkundigungen trieb, ob man Strychnin in einer Leiche finden könne. Dass das möglich sei, hatte er nie geglaubt, aber nun war er plötzlich unsicher geworden. Deshalb floh er unter falschem Namen und kehrte erst zurück, als ihm die unwahre Zeitungsnachricht von der Einstellung der gegen ihn geführten Untersuchung die Heimkehr ungefährlich erscheinen ließ.

Das alles sind Beweise seiner Schuld.«

Der Verteidiger Dr. Schmitt aus Bamberg stützte sich in seinem Plädoyer auf Prof. Buchners Gutachten. Buchner habe kein Gift gefunden, deshalb sei die Anklage gegen Sandner gegenstandslos.

Weiter sagte der Anwalt: »Selbst wenn Strychnin gefunden worden wäre, müsste der Angeklagte freigesprochen werden, denn auch der subjektive Tatbestand ist nirgends erbracht worden. Denn Sandner konnte gar kein Interesse am Tode seiner Frau haben. Erstens wäre ein beträchtlicher Teil des Vermögens von Frau Sandner den Töchtern zugefallen, und zweitens hinderte ihn nichts daran, seine Liebesverhältnisse fortzusetzen, auch wenn seine Frau am Leben blieb. Denn so war es bisher ja auch gewesen, was das jahrelange Verhältnis mit der Dorfmeister und der Kurz beweist.

Seine Anfragen, ob man Strychnin in einer Leiche noch nach Monaten finden könne, und seine Flucht sind doch verständlich. Er hatte Furcht, eines Mordes verdächtigt zu werden, den er nicht begangen hatte.«

Dr. Schmitt plädierte für Freispruch: »Das Gesetz fordert keinen Wahrscheinlichkeits-, sondern einen Wahrspruch.«

Nachdem der Vorsitzende die Geschworenen über die Merkmale belehrt hatte, die den Tatbestand eines Mordes ergeben, stellte er an sie die Frage, ob der Angeklagte schuldig sei, seine Ehefrau vorsätzlich und mit Überlegung durch Gift getötet zu haben.

Nach einer halben Stunde traten die Geschworenen wieder ein. Ihr Obmann verkündete, die gestellte Frage sei verneint worden.

Das Gericht sprach den Angeklagten frei.

Einige Zeit später heiratete Sandner die Anna Kurz.

Vergegenwärtigt man sich heute nochmals den gesamten Fall und den Gerichtsprozess, so entstehen doch beträchtliche Zweifel an der Unschuld Sandners.

Das Würzburger Obergutachten hatte schon die wichtigsten medizinischen Beweise für eine Strychninvergiftung genannt. Darüber hinaus ergeben sich aus heutiger Sicht weitere Indizien für eine Strychninvergiftung.

Strychnin, so schrieb der Toxikologe Poulsson, habe eine kumulative Wirkung, »d. h., nach vielen kleinen, durch längere Zeit gegebene Dosen kann plötzlich Vergiftung auftreten, gerade als ob eine größere Menge auf einmal gegeben wäre«. Möglicherweise lassen sich die Monate vor ihrem Tode auftretenden Erkrankungen der Frau Sandner dadurch erklären. Sandner verabreichte ihr, sozusagen als Probierversuch, schon seitdem er sich im März das Strychnin beschafft hatte, kleinere Mengen des Giftes, und zwar, um dessen bitteren Geschmack zu verdecken, in dem bitteren Abführmittel Jalappa, das sie regelmäßig einnahm.

Vergleicht man, ergänzend zum Würzburger Obergutachten, die Symptome einer Strychninvergiftung mit denen des Todeskampfes der Frau Sandner, ergibt sich eine noch größere Übereinstimmung, als sie das Obergutachten benannte. Die Erstickungsanfälle entsprachen einer Strychninvergiftung ebenso wie die krampfartigen Schmerzen im Nacken. Dabei, so Poulsson, »wird der Kopf von der Nackenmuskulatur etwas nach hinten gezogen«, was Dr. Kufner in seinem Bericht bestätigte. Die von den Zeugen geschilderte bläuliche Verfärbung des Gesichts wies auf die Vorgänge kurz vor dem Tode hin: »Schon geringe Reize … sensibler Nerven können schwere Krämpfe auslösen, die sich meist steigern und unter Erschöpfung des Zentralnervensystems zum Tode an Erstickung führen. Das

Bewusstsein bleibt in der Regel bis zum Eintritt des Todes erhalten.« So beschreibt der bekannte Toxikologe Prof. Dr. Fritz Reuter das Ende eines Strychninvergifteten.

Das stärkste Argument, das die Geschworenen vor einem Schuldspruch zurückschrecken ließ, war unstreitig Prof. Buchners Gutachten. Warum Buchner kein Strychnin fand, lässt sich heute natürlich nicht mehr beantworten. Für die chemische Giftanalyse, so fordert Prof. Reuter in seinem Standardwerk über Gifte und Vergiftungen, sei vordringlich der Harn zu untersuchen. Harn stand fünf Monate nach dem Tode nicht mehr zur Verfügung.

Aus andern Giftmordfällen wird die Unsicherheit ersichtlich, die in jenen Jahrzehnten beim Nachweis von giftigen Pflanzenalkaloiden herrschte, ebenso die geringe Erfahrung, von der der Gutachter Prof. Wislicenus sprach. Auch Mediziner können irren, und manchmal zugunsten eines Täters.

So bleibt am Ende die Frage berechtigt, ob das Urteil über Dr. Sandner nicht ein Fehlurteil war. Denn jenseits aller Widersprüche in der naturwissenschaftlichen Beurteilung des Falles kam, wie Bezirksarzt Dr. Seibert beklagte, die psychologische zu kurz. Sandner hatte ein Mordmotiv, in dem sich materielle und sexuelle Interessen verbanden. Die ungeliebte ältere Frau hinterließ ihm nach ihrem Tode genug an Besitz und Geld, um – wie Sandners Mutter sagte – danach eine jüngere Frau zu nehmen, die gar nichts besaß.

III. Kapitel

WENN DER AFFEKT ALLEIN DAS HANDELN LENKT

Der Mann mit den zwei Gesichtern

Edward Ruloff war ein hoch begabter, aber unsteter Mensch. Wie der Filmarzt Dr. Kimble war er ständig auf der Flucht – aber nicht, weil er unschuldig verfolgt wurde, sondern weil er Verbrechen beging.

Als der Staatsanwalt schließlich für den jahrzehntelang Gejagten das Todesurteil forderte, nannte er ihn mit einem Anflug von Hochachtung den ungewöhnlichsten Menschen seines Zeitalters: Arzt und zugleich Gangster, Mörder und Wissenschaftler in einer Person – kurz, wie er zusammenfassend sagte: den Mann mit den zwei Gesichtern.

Das Zeitalter, das diesen merkwürdigen Mann hervorbrachte, war selbst rau und abenteuerlich. Es war die Mitte des vorigen Jahrhunderts in den USA.

Über Ruloffs Herkunft, Charakter und Bildungsweg ist nichts überliefert. Als sei er aus dem Nichts erschienen.

Möglicherweise stammte er aus einer gutsituierten Familie, denn er war vielseitig beschlagen. Vielleicht kam er auch aus niederen Verhältnissen Dann müsste er sich mit erstaunlicher Energie durch Selbststudium weitergebildet haben.

Unzweifelhaft jedoch lag über seiner Vergangenheit ein Geheimnis. Edward Ruloff tauchte im Mai 1842 in der Stadt Dryden im Staate New York auf. Er war etwa 30 Jahre alt und völlig mittellos. Er nahm eine Arbeit als Kanalarbeiter an und erwies sich dabei als verlässlicher Arbeiter. Niemand ahnte, dass dieser Mann mit den harten Fäusten zuvor als Botaniker und Arzt tätig gewesen war, dass er Lateinisch und Altgriechisch beherrschte und – wenn es erforderlich war – die Umgangsformen der feinen Gesellschaft besaß.

Auch aus den Gerichtsakten ist nicht ersichtlich, was Ruloffs sozialen Abstieg vom Arzt zum Kanalarbeiter bewirkt hatte.

Ruloff, das ist wie der Stoff zu einem romantischen Roman des 19. Jahrhunderts: Ein Mann verbirgt etwas und sich selbst. Alles ist in Wirklichkeit anders, als es erscheint.

Was im folgenden Jahr, 1843, geschah, lässt sich nur aus den damals herrschenden amerikanischen Verhältnissen verstehen. Ein großes weites Land mit noch unentwickelter Kommunikation, die Menschen meist noch ohne persönliche Ausweise, mit denen sie sich legitimieren konnten, nicht überprüfbar, wo und was sie gelernt oder studiert hatten, sondern nur beurteilt nach ihrer offensichtlichen Leistung.

Und weil Ruloff etwas leistete, weil er keine Papiere, wohl aber Wissen und Bildung vorzuweisen hatte, vollzog sich mit dem Kanalarbeiter Ruloff bald die märchenhafte Verwandlung in einen angesehenen Bürger. Bereits 1843 erhielt er eine Stellung als Apotheker und beherrschte bald alle Kenntnisse für diesen Beruf besser als seine Kollegen.

Noch im gleichen Jahr wechselte er seinen Beruf und nahm am Gymnasium von Dryden eine Lehrtätigkeit für alte und neue Sprachen auf. Die Schüler beteten den liebenswürdigen und vergnüglichen Lehrer an. Die 16-jährige Schülerin Harriet Schutt war von allen Mädchen am kühnsten und zeigte ihm unübersehbar, dass sie leidenschaftlich in ihn verliebt war. Auch Ruloff empfand Zuneigung für das Mädchen und zögerte nicht, diese Situation zu nutzen. Harriet entstammte einer einflussreichen Familie in Dryden. Heiratete er in diese Familie ein, so würde das seinen gesellschaftlichen Aufstieg weiter fördern.

Harriets Familie allerdings besaß das Misstrauen der Alteingesessenen gegenüber einem Fremden. Dieser Unbekannte wollte Harriet heiraten – wer war dieser Mann? Woher kam er, wer konnte für ihn bürgen? Man bat ihn, Nachforschungen über seine Vergangenheit zu gestatten. Ruloff wehrte lächelnd ab, wozu solche umständlichen Erkundigungen? Er sei Arzt, habe einen guten Ruf als Lehrer, das müsse doch wahrlich genügen. Und da Ruloff nicht nur ein tadelloses Benehmen zeigte, sondern die Menschen mit geschickten Reden für sich einzunehmen verstand, willigte Harriets Familie schließlich in die Heirat ein. Die Hochzeit fand am 31. Dezember 1843 statt.

Aber Harriets Glück währte nur wenige Wochen. In Dryden lebte ein älterer Arzt, der mit der Familie Schutt befreundet war. Seit Ruloff Dr. Bull bei dessen Besuchen in der Familie Schutt kennengelernt hatte, kam es zwischen beiden zu Reibereien. Immer wieder gerieten sie wegen irgendwelcher medizinischer Probleme in Streit. Das führte zu einer andauernden Spannung.

Eines Nachmittags, drei Wochen nach der Hochzeit, besuchte Dr. Bull wiederum die Schutts und küsste bei der Begrüßung nicht nur Harriets Eltern, sondern auch Harriet. Wütend verließ Ruloff die Wohnung. Erst abends, nachdem Dr. Bull wieder gegangen war, kehrte Ruloff zurück.

Er suchte Harriet in ihrem Zimmer auf und beschimpfte sie, weil sie sich von Dr. Bull küssen lasse. Harriet entgegnete ihrem Mann, er habe überhaupt keinen Grund zur Eifersucht. Dr.

Bull sei für sie nichts anderes als ein alter väterlicher Freund. Ruloff schlug Harriet mitten ins Gesicht. Sie schrie auf. Er zog ein Fläschchen aus der Rocktasche, entkorkte es und presste die Öffnung auf Harriets krampfhaft geschlossenen Mund. Harriet suchte das Fläschchen von sich zu stoßen und rief verzweifelt nach ihrer Schwester Jane. Ruloff bemühte sich erneut, seiner Frau den Inhalt des Fläschchens einzuflößen. Da kam Jane ins Zimmer geeilt.

Ruloff ließ von Harriet ab. »Er will mich vergiften!«, schluchzte Harriet.

Ruloff warf das Fläschchen aus dem Fenster. »Unsinn!«, sagte er zu Jane. »Es war nur ein Spaß. Ich wollte sie erschrecken. Sie lässt sich von Dr. Bull küssen!«

Jane musste mit ansehen, wie Ruloff ihre Schwester erneut schlug. Er drohte ihr: »Bevor ich dich einem andern überlasse, hacke ich dich in kleine Stücke!« Jane war entsetzt, wie rasch der liebenswürdige Schwager zu einem Wüterich wurde.

Es blieb nicht bei diesem ersten Ausbruch der Affekte. Ein anderes Mal schlug Ruloff seiner Frau den Eisenstößel eines Mörsers an den Kopf. Die Misshandlungen Harriets häuften sich.

Allmählich kam immer deutlicher das andere Gesicht Ruloffs zum Vorschein, das Gesicht eines unbeherrschten, von Ungeduld, Eifersucht und Arroganz geprägten Mannes. Harriets Familie zeigte sich immer weniger bereit, einen solchen Menschen in ihrer Mitte zu dulden. Die Spannungen mit Ruloff wuchsen, sodass dieser es schließlich vorzog, in einen andern Ort zu ziehen.

Hier, in Lansing, einem kleinen Flecken in der Nähe Ithakas, schien sich das Verhältnis zwischen Ruloff und Harriet zu bessern. Vielleicht trug Harriets Entfernung von ihrer Familie dazu bei, vielleicht hatte Ruloff darunter gelitten, dass sie in Dryden zu fest an ihre Familie gebunden gewesen war, vielleicht hatte die Familie ihn von Anfang an spüren lassen, dass er für sie ein Außenseiter war.

Anfangs ging also alles gut in Lansing. Ruloff praktizierte wieder als Arzt. Seine Patienten schätzten seine medizinischen und menschlichen Qualitäten. Seit ihm seine Frau eine Tochter geboren hatte, verhielt er sich auch zu Harriet freundlich und aufmerksam.

Doch dann, im Juni 1845, häuften sich merkwürdige Vorfälle.

In diesem Monat besuchte er mit Harriet seinen Schwager William Schutt in Ithaka. Eines Tages bat ihn Schutt, ein krankes Kind aus der Nachbarschaft zu behandeln. Nachdem Ruloff die Behandlung begonnen hatte, verschlimmerte sich der Zustand rasch, und am nächsten Tag starb das Kind unter heftigen Krämpfen. Seine Mutter, die bis dahin völlig gesund gewesen war, erkrankte unter gleichen Symptomen und starb zwei Tage später.

Im gleichen Monat, als Ruloff zu Krankenbesuchen unterwegs war, besuchte die Nachbarin Miss Roberts seine Frau. Abends kam Ruloff heim. Miss Roberts und Harriet sahen, wie er ein weißes Pulver in ein Getränk mischte und es seinem Kind eingeben wollte.

Harriet sagte, das Kind sei gesund und brauche keine Medizin. Ruloff stand von seinem Vorhaben ab, es wäre nur ein Spaß gewesen. Harriet kannte diese Ausrede.

Was dann in dieser Nacht geschah, blieb für immer eines von Ruloffs vielen Geheimnissen. Warum und wie er seine Frau tötete, hat er niemals preisgegeben. Aber er versuchte danach verzweifelt, den Mord zu vertuschen.

Am nächsten Morgen bemerkten Ruloffs Nachbarn, dass die Fensterläden seines Hauses noch verschlossen waren. Ihre Neugier ließ erst nach, als Ruloff aus dem Haus kam und seinen Nachbar Robertson um Pferd und Wagen bat. In der Nacht sei nämlich Harriets Onkel gekommen und habe sie und das

Kind mit zu sich genommen. Der Onkel habe, um in seinem Wagen Platz für die beiden zu schaffen, eine große Kiste zurückgelassen, die Ruloff ihm mm nachbringen solle.

Robertson fuhr den Wagen vor Ruloffs Haus und half ihm, die schwere Kiste auf den Wagen zu heben.

Unterwegs traf Ruloff eine Schar Kinder. Er ließ sie mitfahren und unterhielt sie mit lustigen Liedern. Dann setzte er sie ab und fuhr allein weiter, in Richtung des einsamen, tiefen, von Wäldern umgebenen Cayugasees.

Am nächsten Vormittag kehrte er mit der leeren Kiste zurück, blieb bis zum Abend in seinem Haus und verließ es mit einem großen Bündel auf der Schulter. Er begegnete Robertson und sagte im Vorübergehen, er werde mehrere Wochen verreisen, um mit seiner Frau einen Besuch zwischen den Seen zu machen.

Unterwegs kehrte er in Ithaka bei seinem Schwager William Schutt ein, übernachtete dort und verabschiedete sich am nächsten Morgen. Dabei zog er einen Ring aus der Tasche und fragte Schutt, ob er ihn wieder erkenne. Schutt erkannte ihn wieder, er hatte ihn vor Jahren seiner Schwester geschenkt. Er solle ihn wieder an sich nehmen, forderte Ruloff. Schutt lehnte das verwundert ab. Daraufhin steckte Ruloff den Ring wieder ein und ging mit der mysteriösen Bemerkung davon, er wolle seine Frau zwischen den Seen abholen.

Mehrere Wochen verstrichen, ohne dass man von Ruloff und seiner Frau etwas hörte. Einige Leute aus Lansing vermuteten, da könne etwas nicht in Ordnung sein. Ein Mann öffnete sogar gewaltsam Ruloffs Haus. Was er dort sah, bestärkte seinen Verdacht. Im Haus herrschte ein Chaos. Frau Ruloffs Kleidungsstücke fanden sich, wie man glaubte, vollständig vor. Es schien unmöglich, dass sie unter solchen Umständen eine längere Reise unternehmen könnte. Man benachrichtigte Harriets Familie von der beunruhigenden Situation.

Aber noch bevor die Familie irgendetwas zur Klärung unternehmen konnte, traf Ruloff überraschend ein. Er wurde mit dem Verdacht konfrontiert, Harriet und das Kind ermordet zu haben. Ruloff machte sich über dieses Gerücht lustig und sagte, Frau und Kind befänden sich wohlbehalten in Madison, wo er eine glänzende Stellung erhalten habe.

Aber Harriets Familie bezweifelte seine Geschichte. Harriet hätte längst selbst etwas über ihren neuen Wohnort geschrieben. Ruloff sollte Beweise bringen, dass sich Harriet und das Kind in Madison befanden. Er versprach, sich sofort darum zu kümmern, dass sich Harriet bei ihrer Familie meldete.

Eine Stunde später war Ruloff verschwunden.

Nun zweifelte niemand mehr an seiner Schuld. Ein Verwandter Harriets, Ephraim Schutt, setzte sich in einen Wagen, um Ruloff zu verfolgen. Er hatte Glück und holte ihn im nächsten Ort ein.

Ruloff zeigte sich durchaus nicht erzürnt, sondern forderte Ephraim freundlich auf, ihn doch zu seiner Frau nach Madison zu begleiten. Dann werde er selbst sehen, wie grundlos sein Verdacht sei. Ruloffs sicheres Auftreten verunsicherte Ephraim. Er erklärte sich bereit, mit ihm zu kommen.

Aber unterwegs nutzte Ruloff eine günstige Gelegenheit zur Flucht. Ephraim begab sich nach Madison und stellte fest, dass sich seine Schwester nicht dort befand. Er meldete sie als vermisst und ließ nach Ruloff fahnden.

Ein Sheriff konnte Ruloff ausfindig machen und verhaften. Er wurde nach Ithaka gebracht und ins Gefängnis gesteckt.

Währenddem durchforschte eine Suchmannschaft den Cayugasee nach den Leichen von Ruloffs Frau und Kind. Es war vergeblich.

Der Staatsanwalt, der Mordanklage erheben sollte, war in Verlegenheit. Ohne Leiche kein Mord. So klagte er Ruloff der Entführung an, hatte aber auch dafür keine gesetzliche Grundlage.

Trotzdem verurteilte das Gericht Ruloff zur Höchststrafe von zehn Jahren Freiheitsentzug.

Im Gefängnis machte sich Ruloff sehr schnell beliebt. Seine technische Begabung erregte Bewunderung. Ruloff schlug einige Neuerungen vor, die die Einkünfte der Strafanstalt bedeutend vermehrten. Besonders geschickt war Ruloff als Musterzeichner. Er soll hierbei eine so reiche Phantasie und so viel künstlerischen Geschmack entwickelt haben, dass er die Teppichfabrikation in den Vereinigten Staaten stark beeinflusste.

In seinem Verhalten war Ruloff ein vorbildlicher Häftling. Er erhielt deshalb viele Vergünstigungen. Er durfte lesen und bildete sich wissenschaftlich weiter.

Nachdem er bei bester Gesundheit seine zehnjährige Strafe verbüßt hatte, ohne dass seine verschwundene Frau ein Lebenszeichen gegeben hatte, wurde er entlassen. Aber noch ehe er die Strafanstalt als freier Mann verlassen konnte, verhaftete ihn der Sheriff erneut, und diesmal wiederum wegen Mordverdachts.

Ruloff war juristisch viel zu beschlagen, um sich davon schrecken zu lassen. Auch jetzt gab es nicht mehr Beweise gegen ihn als vor zehn Jahren. Er erhob Einspruch gegen seine Verhaftung. Der Staatsanwalt aber klagte ihn wegen Vergiftung seines Kindes an. Ruloff berief sich auf das Gesetz: Es gab keine Kindesleiche und damit keinen Tatbestand eines Mordes.

Dennoch verurteilte ihn das Schwurgericht zum Tode.

Ruloff beantragte Revision.

Die Berufung ging ihren Instanzenweg bis ans Bundesgericht. Aber Ruloff verließ sich nicht auf die unsichere Hoffnung einer Revision. Er dachte sich einen Fluchtplan aus.

Seine gewinnende Art, seine Freundlichkeit und seine hohe Bildung erleichterten es ihm, das Vertrauen des Gefängnisdirektors Jarvis zu gewinnen. Jarvis bat Ruloff, seinen Sohn im Lateinischen, Französischen und in Stenographie zu unterrichten. Das ging einige Zeit gut, Ruloff hatte viel Bewegungsfreiheit. Dann plötzlich waren Ruloff und der Junge verschwunden. Trotz hoher Belohnung gelang es nicht, Ruloff zu ergreifen.

Ruloff war nach Pennsylvanien geflüchtet. Was mit dem Sohn des Gefängnisdirektors geschah, ist aus dem Bericht nicht ersichtlich. Er wird erst Jahre später wieder Ruloffs Lebensweg kreuzen. Ruloff nahm einen falschen Namen an und schloss nun als Mr. Nelson eine Verbindung mit einem Mr. Richmond, der eine Maschine erfunden hatte. Ruloff schlug ihm einige Verbesserungen vor, und Richmond beauftragte ihn mit der Generalvertretung für den Verkauf der Maschine.

Während der gemeinsamen Arbeit konnte sich Richmond von der vielseitigen Bildung Ruloffs überzeugen. Er war nicht nur in der Mechanik beschlagen, er wusste in der Anatomie wie in der Mineralogie Bescheid, er konnte ein naturwissenschaftliches Museum einrichten und hatte Kenntnisse in alten und neuen Sprachen. Auch mit chemischen Untersuchungen, die in den Bereich der Gerichtsmedizin fielen, war er vertraut.

So plötzlich, wie Ruloff bei Mr. Richmond aufgetaucht war, so abrupt endete ihre Zusammenarbeit. Eines Tages war Ruloff verschwunden. Er hatte einige Prospekte der Maschine mit sich genommen.

Als der Sheriff den Einbruch bei einem Goldschmied untersuchte, fand er einige der dabei gestohlenen Uhren, unter einem Holzhaufen versteckt, wieder. Sie waren in Richmonds Prospekte eingewickelt. Die weitere Untersuchung ergab, dass Mr. Nelson, Richmonds Mitarbeiter, der gesuchte Mörder Ruloff war.

Nun nahmen die Behörden erneut die Suche nach Ruloff auf. Als besonderes Kennzeichen war bekannt, dass er wegen erfrorener Füße weiche indianische Mokassins trug.

Ruloff wurde in einer kleinen Stadt entdeckt, wo er als Lehrer Schreibunterricht erteilte. Er wurde nach Ithaka zurückgebracht und verblieb im Gefängnis, bis das Urteil des Appellationsgerichts eintraf. Dieses hob das Todesurteil des Schwurgerichts von Ithaka auf.

Die darüber empörten Bürger von Ithaka wollten daraufhin Ruloff aus dem Gefängnis holen und aufhängen. Doch der Sheriff ließ ihn in eine andere Strafanstalt verlegen und rettete ihn vor dem Lynchen.

Wenig später wurde Ruloff in Freiheit gesetzt.

Was Ruloff in den folgenden Jahren trieb, ließ sich nur noch in einigen markanten Ereignissen feststellen. 1861 erhielt er wegen Einbruchdiebstahls zwei Jahre Zuchthaus. Er wurde in Sing Sing eingeliefert und wurde auch hier wieder der Liebling der Aufseher. Er übernahm die Buchführung der Zuchthaus-Tischlerei.

Hier lernte er einen andern Sträfling, William Dexter, kennen, hier traf er auch einen alten Bekannten wieder, Albert Jarvis, den Sohn des Gefängnisdirektors aus Ithaka, der nach seiner Flucht mit Ruloff ebenfalls zum Verbrecher geworden war.

Nach ihrer Entlassung schlossen sich die drei zu einer Verbrechergang zusammen. Sie lebten von Einbrüchen und Raubüberfällen.

Ruloff nahm erneut einen falschen Namen an, er nannte sich jetzt Professor Leurio.

Merkwürdigerweise konnte das Gangsterleben Ruloffs schöpferische Energien nicht lähmen. Er hegte seit langem einen phantastischen Plan: durch ein wissenschaftliches Werk berühmt zu werden und damit ins bürgerliche Leben zurückzufinden.

Er begann mit der Arbeit an seinem Werk »Methode der Sprachbildung.«

Im selben Jahr tagte ein amerikanischer Philologenkongress, dem Ruloff sein Manuskript zuschickte. Es wurde geprüft, eine Kommission erklärte, Leurios Theorie über die Entstehung der Sprache sei wissenschaftlich anfechtbar.

Ruloff hatte gehofft, der Kongress werde das Werk auf seine Kosten veröffentlichen. Nun war er enttäuscht, gab aber auch nach dem Misserfolg die Weiterarbeit an seinem Werk nicht auf.

Wenige Wochen später, in einer Augustnacht, drangen zwei maskierte Einbrecher in ein Textilwarenlager ein. Als die Einbrecher zwei Wächter erblickten, flohen sie. Die Wächter nahmen die Verfolgung auf, schlugen einen der Einbrecher nieder. Plötzlich tauchte ein dritter Maskierter auf, dem jedoch im Handgemenge die Maske entfiel. Er schoss sofort auf den Wächter Mirrick und streckte ihn mit vier Schüssen nieder. Die Räuber entkamen. Wenige Stunden später starb Mirrick.

Auf der Suche nach Spuren fand man im weichen Boden die Fußabdrücke von zwei Männern. Einer von ihnen hatte nur Strümpfe, der andere Mokassins getragen.

Die Verfolgung der Flüchtigen wurde fortgesetzt. Dabei wurde ein Verdächtiger festgenommen. Der Kollege Mirricks konnte ihn jedoch nicht als den Schützen identifizieren. Da der Mann gutgekleidet war und einen gebildeten Eindruck machte, zweifelte die Polizei, ob das einer der Banditen sei.

Am nächsten Tag spülte der Fluss zwei Leichen an. Die eine trug Strümpfe, die andere Mokassins an den Füßen. Man nahm an, die beiden Räuber seien beim Durchwaten des Flusses ertrunken.

Nachdem der Fremde zu den beiden Leichen geführt worden war und versichert hatte, sie nicht zu kennen, sollte er freigelassen werden. Da erkannte ein zufällig eintretender Richter in dem Verhafteten den Doktor und Sträfling Edward Ruloff. Aber dass Ruloff mehrmals vorbestraft war, war kein Beweis, dass er den Wächter erschossen hatte.

Man ließ ihn frei.

Ruloff hatte die Stadt schon verlassen, als einer der Sheriffs noch einmal das Paar Oxford-Schnürschuhe betrachtete, das am Tatort gefunden worden war. Wahrscheinlich hatte einer der Räuber die Schuhe ausgezogen, um ungehört in das Lager schleichen zu können. An einem dieser Schuhe, nämlich am linken, hatte man rechts vorn eine Ausbuchtung entdeckt, die man sich nicht erklären konnte. Aber dieser Sheriff erinnerte sich jetzt daran, dass Ruloff die große Zehe des linken Fußes fehlte. Sie war ihm erfroren und amputiert worden.

Sofort schickte der Sheriff seine Leute aus, um Ruloff zu suchen. Er wurde gefunden, musste die Schnürschuhe anziehen, sie passten genau. Ruloff blieb im Gewahrsam des Staatsanwalts.

Im Januar 1871 begann der Prozess gegen Ruloff. Niemand sah ihm an, dass er viele Jahre seines Lebens in Gefängnissen verbracht hatte. Er hielt sich gut, seine Kleidung entsprach der Mode, seine Bewegungen waren abgerundet, seine Augen blickten klar.

Nach Auswahl der Geschworenen eröffnete der Staatsanwalt die Verhandlung. Er breitete die Vergangenheit des Angeklagten, soweit sie bekannt war, vor dem Gericht aus und beschuldigte Ruloff der Tötung des Wächters Mirrick.

Zu Beginn der Beweisaufnahme trug der überlebende Wächter die Ereignisse jener Nacht mit dramatischer Lebendigkeit vor, schilderte den Kampf mit den Einbrechern und erklärte schließlich, er sei überzeugt, dass Ruloff Mirrick erschossen habe. Beschwören könne er es jedoch nicht.

Dann wurde ein Papier vorgelegt, das man in der Tasche des ertrunkenen Dexter gefunden hatte. Der Schriftsachverständige bezeugte, es trage die Handschrift Ruloffs.

Edward Jakob, Ruloffs Hauswirt, war sicher, die am Tatort gefundenen Oxford-Schuhe gehörten Ruloff. Jakob identifizierte auch den toten Jarvis als Ruloffs Zimmergenossen.

Zwei als Sachverständige hinzugezogene Schuhmacher bewiesen, dass die Wucherungen an Ruloffs linkem Fuß und die fehlende Zehe genau solche Eindrücke im Schuh verursachen würden wie an dem linken Oxford-Schuh.

Ein Zeuge bestätigte, dass Ruloff am Tage des Mordes in der Stadt gewesen sei.

Der Verteidiger konnte die Indizien gegen Ruloff nicht entkräften. In seinem Plädoyer hob er die Gelehrsamkeit und Bildung seines Klienten hervor und versuchte, Mitleid mit einem jahrzehntelang verfolgten, von Widerwärtigkeiten heimgesuchten alten Mann zu erwecken. Er kritisierte einige formaljuristische Fehler der Prozessführung, die keinen eindeutigen Schuldbeweis erbracht habe. Schlimmstenfalls sei die Tat als Notwehr gegen den auf die Einbrecher eindringenden Mirrick zu beurteilen.

Nach sechs Stunden Beratung verkündete der Obmann der Geschworenen: »Schuldig!«

Nach einem kurzen Schwächeanfall verließ Ruloff ruhig, fast gleichgültig den Gerichtssaal. Ebenso gefasst nahm er am nächsten Tag das Urteil des Richters auf: »Am 3. März am Halse aufgehängt zu werden, bis Sie tot sind. Gott sei Ihrer Seele gnädig!«

In den folgenden Wochen zwischen Urteil und Hinrichtung empfing Ruloff mehrere Besucher. Zwar wies er fromme Damen, die ihm religiösen Trost spenden wollten, ebenso wie Reporter ab. Aber hartnäckig suchte er Gespräche mit Wissenschaftlern, um sie von der Richtigkeit seiner Sprachtheorie zu überzeugen und sie zu überreden, sich für seine Begnadigung einzusetzen, damit er die Arbeit an seinem Lebenswerk vollenden könne.

Diese Arbeit unterbrach er nur dann, wenn er Gesuche an den Obersten Gerichtshof und Appelle an die Öffentlichkeit verfasste.

Aber das Oberste Gericht lehnte eine Revision ab.

Niemand zweifelte an Ruloffs Schuld, im Gegenteil, man war

froh, Ruloff nun endlich auch für seine früheren Morde richten zu können. Einer der Richter soll geäußert haben: »Wir sollten ihn zuerst hängen und dann meinetwegen seinen Fall noch einmal erörtern.«

Nachdem Ruloff die endgültige Bestätigung seines Todesurteils erhalten hatte, schien es ihm doch an der Zeit, einige seiner Verbrechen zu gestehen. Allerdings hatte er nicht den Mut zu einem öffentlichen Geständnis. Aber in stundenlangen Gesprächen mit Mr. Freeman, dem Verleger einer lokalen Zeitung, schilderte Ruloff sein Leben und seine Taten. Erst nach seinem Tode sollte Freeman den Bericht veröffentlichen.

Freeman schwor Ruloff, diese Bedingung einzuhalten. Dann erzählte ihm Ruloff seine Version vom Tod Harriets. Es habe ihn geärgert, dass seine Frau sich dem Einfluss ihrer Familie nicht entziehen konnte oder wollte. Sie habe sich sogar von dem alten Dr. Bull Intimitäten gefallen lassen. Sein Versuch, Harriet zu vergiften, sei fehlgeschlagen. Dann sei er wieder einmal mit ihr in Streit geraten. In seiner Wut habe er ihr mit der Keule eines Mörsers den Schädel zerschmettert. Sie fiel nieder, das schreiende Kind im Arm.

Ruloff fügte hinzu, er bedaure die Tat, es sei kein Mord, sondern eine Tat des Jähzorns gewesen.

Auf Freemans Frage, was mit dem Kind geschehen sei, gab Ruloff immer nur widersprüchliche Antworten. Einmal behauptete er, er habe es zu guten Freunden gebracht, die es aufgezogen hätten. Ein andermal gestand er, das Kind mit einem Betäubungsmittel beruhigt zu haben. In der Aufregung habe er ihm eine zu hohe Dosis gegeben.

Wesentlich ausführlicher berichtete Ruloff über die Jahrzehnte nach der Ermordung von Frau und Kind, über seine Einbrüche, sein Leben im Kerker von Sing Sing. Mit sichtlichem Behagen schilderte er seine Tätigkeit als Sektenprediger.

Schließlich gestand er auch, Mirrick erschossen zu haben.

Nach Ruloffs Hinrichtung am 18. Mai 1872 veröffentlichte Freeman das Interview unter dem Titel »Der gehobene Schleier des Geheimnisses«.

Aber auch dieses Buch enthüllte das Geheimnis dieses merkwürdigen Lebens nur unbefriedigend. Denn Ruloff hatte in seinem Bericht vieles im dunkeln gelassen, und das sicherlich aus Scham. Ruloff verdankte seine traurige Berühmtheit nicht so sehr seinen einzelnen Verbrechen, sondern vielmehr seiner gespaltenen Persönlichkeit, die ihn gleichzeitig zu einem vielseitigen und hoch begabten Menschen und einem von Affekten getriebenen Verbrecher machte. Es fiele schwer, allein widrige äußere Umstände für diese gescheiterte Existenz verantwortlich zu machen. Denn gerade die Gunst der ungeordneten gesellschaftlichen Verhältnisse erlaubte ihm immer wieder, als Arzt, als Lehrer, als Techniker Fuß zu fassen. Niemals nutzte er seine Chancen, Unruhe und Haltlosigkeit ließen ihn nirgends eine familiäre, eine berufliche Bleibe finden. Sicherlich hatte Harriets Familie ihn zurückgestoßen, aber auch das nicht grundlos. Denn mit seinem jähzornigen Charakter stieß auch er die Menschen ab, und seine Frau, die ihn anfangs liebte, war noch zu jung, um ihn behutsam zu lenken. Ob er sie dann im Streit tötete oder ob es ein überlegter Mord war – er hatte ja zuvor nach eigenem Geständnis einen Giftmord geplant – bleibt offen. Von diesem Tage an war er auf der Flucht, vor der Polizei und vor sich selbst. Dieser Jahrzehnte dauernde Kampf um Freiheit und Leben konnte zwar seine Anlagen und seine Intelligenz nicht auslöschen, ließ sie aber auch nicht zu schöpferischer Entfaltung kommen Es gehörte zur Ironie seines Lebens, dass einzig die Zuchthausverwaltung von seinen Erfindungen profitierte.

Der Mordfall Ruloff – ein alter Fall, vom Staub eines Jahrhunderts bedeckt. Und doch nicht überlebt, nie überlebt wie die Spaltung der menschlichen Persönlichkeit.

Lebendig verbrannt

Der Fall des Zahnarztes Dr. Richard Müller, der in zwei Schwurgerichtsprozessen 1955 und 1956 verhandelt wurde, gehört zu den sensationellen Kriminalfällen dieses Jahrhunderts. Er erregte zu seiner Zeit größtes Aufsehen, das auch durch die lange Prozessdauer nicht abgeschwächt wurde.

Der Fall Dr. Müller war, wie der Gerichtsmediziner Prof. Dr. Mueller sagte, kein so genannter Paradefall für die Gerichtsmediziner, den sie völlig geklärt hätten. Das ist, wenn man den Fall in seinen verwirrenden Einzelheiten kennt, jedoch eine Untertreibung. Tatsächlich haben Kriminaltechniker und Gerichtsmediziner viel Licht in das Dunkel der Vorgänge gebracht.

Dass Dr. Müller seine Frau getötet hat, wurde ohne jeden Zweifel geklärt. Unklar allein blieb, wie es geschah.

Die Indizien zogen der Erklärung, wie die Tat geschehen war, enge Grenzen. Dem Täter kam der Tod seiner Ehefrau gelegen, er liebte eine andere Frau. Deshalb könnte vermutet werden, er habe seine Frau vorsätzlich ermordet. Wahrscheinlicher ist, dass er, blind vom Affekt, seine Frau unwissentlich tötete und damit der Kriminalfall eine tragische Note erhielt.

Der 45-jährige Zahnarzt Dr. Richard Müller besaß einen Wagen vom Typ Borgward. Müller war blasenkrank. Die Wagenheizung schien ihm vor allem im Winter unzureichend. Deshalb schaffte er sich zusätzlich ein Heizgerät an, das mit Katalyt, einem Leichtbenzin, betrieben wurde. Müller pflegte das Katalytöfchen vor dem Fahrersitz direkt unter seinen Beinen aufzustellen.

Am 16. Februar 1954 fuhr Müller, dessen Praxis sich in einem Dorf bei Kaiserslautern befand, in die Stadt und kaufte 8 kg loses Katalyt. Der Verkäufer fragte, warum er nicht die verplombten Spezialkanister für Katalyt nehme. Müller erwiderte, die seien ihm zu teuer. In der Garage füllte er das Katalyt in einen großen Kanister um, der 20 Liter fasste.

Am nächsten Tag kaufte er erneut 4 kg Katalyt, das er ebenfalls in den großen Kanister goss. Am Abend dieses Tages erfuhr er, dass seine Mutter gestorben war. Er begab sich dorthin, um die Begräbnisformalitäten zu regeln. Danach schickte er seiner Geliebten Tilly, die zur Zeit in England wohnte, ein Telegramm. Darin teilte er ihr den Tod seiner Mutter mit.

Auf der Rückfahrt versuchte er an mehreren Tankstellen Katalyt zu kaufen, bekam aber keins. Die Tankstellen hielten das Katalyt zurück, weil in den nächsten Tagen eine Preissteigerung für Leichtbenzin zu erwarten war. Daraufhin kaufte Müller im gleichen Geschäft wie an den Tagen zuvor 8 kg loses Katalyt.

Da an einem der Kanister der Schraubverschluss fehlte, gab ihm der Verkäufer einen Korken zum Verschließen und prüfte selbst, ob er auch dicht saß. Das Katalyt aus den beiden 4-kg-Kanistern füllte Müller nicht in den großen Kanister in der Garage um. Er beließ die zwei Kanister im Wagen. Der mit dem Kork verschlossene Kanister stand rechts vorn vor dem Beifahrersitz, der andere hinten auf dem Rücksitz. Unter dem Fahrersitz lag stets eine mit einem Glasstöpsel verschließbare Apothekerflasche. Sie war immer mit drei Litern Katalyt gefüllt. Aus dieser Flasche goss Müller das Katalyt in den Heizofen.

An diesem Abend sprach Müller zu Hause erneut davon, ein Dienstmädchen einzustellen. Frau Müller war seit Jahren kränklich; in letzter Zeit litt sie unter Kreislaufstörungen. Aber sie hatte sich bisher nicht entschließen können, ein Dienstmädchen zu nehmen. Heute wiederholte Müller seinen Vorschlag und forderte seine Frau auf, mit ihm zu fahren, um mit Hilfe ihrer Bekannten eine geeignete Person zu finden.

Es war ein kalter Winterabend. Die Straßen waren vereist. Frau Müller hatte wenig Lust mitzufahren, willigte dann aber doch ein. Die Eheleute zogen sich warm an, er einen Lodenmantel, sie ein pelzbesetztes Winterkostüm. Von besonderer Bedeutung sollte es werden, dass Frau Müller außer dem Ehering einen Schmuckring trug, den Müller ihr ein Jahr zuvor geschenkt hatte.

Im Borgward, der zusätzlich mit dem Katalytöfchen beheizt wurde, fuhren sie zuerst zum Drehentaler Hof. Hier wohnte eine Frau, die früher als Haushaltshilfe bei Müllers beschäftigt gewesen war. Man kam überein, dass sich ihre Tochter am nächsten Sonntag bei Müllers vorstellen sollte. Dann begaben sich die Müllers wieder zu ihrem Wagen. Die ehemalige Haushaltshilfe hörte noch, wie sie sich dabei heftig stritten.

Gegen halb neun erschienen die Müllers bei einer Bekannten in Potzbach und fragten auch dort nach einem Dienstmädchen. Das Gespräch verlief ergebnislos. Müller sagte beim Abschied, sie würden jetzt wieder heimfahren.

Doch eine halbe Stunde später trafen Müllers bei einer weiteren Familie ein. Es waren Patienten von ihm. Man unterhielt sich eine Weile in der Küche. Von einem Dienstmädchen war nicht die Rede. Aus dem nahe gelegenen Birotshof ließ Müller einige Flaschen Bier holen, die etwa gegen halb zehn geleert waren. Nun wollte Müller gleich nach Hause fahren.

Gegen drei viertel zehn verließ das Ehepaar die Familie, die die Besucher bis zum Wagen begleitete. Frau Müller setzte sich auf den Beifahrersitz, hatte aber Schwierigkeiten beim Einsteigen, weil sich einer der Katalytkanister vor dem Sitz befand. Merkwürdigerweise drang sie nicht darauf, den Kanister nach hinten oder in den Kofferraum zu stellen.

Die Kälte hatte sich inzwischen verschärft. Manchmal trat der Vollmond aus den Wolken. Die Straße war voller Schlaglöcher und stark vereist. Müller fuhr langsam. Nach wenigen hundert Metern bog der Wagen von der Hauptstraße in einen Waldweg ein …

Gegen 22.15 Uhr kam der Musiklehrer Martin an der Waldgaststätte Birotshof vorbei. Er hatte Akkordeonunterricht gegeben und fuhr auf dem Fahrrad heim. Plötzlich hörte er einen Mann laut um Hilfe rufen. Da erschien auch schon eine Gestalt in der Straßenbiegung, eilte auf ihn zu und schrie: »Hilfe! Helfen Sie mir! Meine Frau verbrennt!«

Martin hielt an und sprang vom Fahrrad. Der Mann, dessen Gesicht und Hände rußgeschwärzt waren, packte ihn am Arm und zog ihn mit sich fort. Hinter der Straßenkrümmung sah Martin ein Auto. Es stand in hellen Flammen.

Martin lief nahe zum Wagen und erkannte, dass er nicht mehr helfen konnte. Sein Begleiter rannte wie ein Wahnsinniger hin und her, rief, man solle ihm ein Messer geben, damit er sich erstechen könne, jammerte dazwischen: »Meine arme Frau! Warum musste sie auch Streichhölzer anzünden!« Dann wieder bückte er sich, blickte auf die brennenden Reifen und klagte, nun würden sie auch noch verbrennen. Angesichts der inmitten der Flammen sitzenden Toten im Wagen kam Martin diese Bemerkung makaber vor.

Martin erbot sich, im Birotshof Hilfe zu holen. Der Mann nannte ihm mehrere Telefonnummern, die sich Martin jedoch nicht merken konnte. Martin teilte dem Wirt vom Birotshof das Unglück mit, damit dieser Polizei und Feuerwehr rufen konnte.

Martin kehrte zum Unglücksort zurück. Der Mann schlug mit Zweigen ins Feuer und forderte Martin auf, ein Gleiches zu tun. Nur um den Mann zu beruhigen, brach auch Martin Reisig und beteiligte sich an dem sinnlosen Unternehmen.

Schließlich gab der Mann auf und bat Martin, den Wagen etwas nach vorn zu schieben. Das erschien Martin nicht nur gefährlich, sondern auch zwecklos. Trotzdem half er dem Mann dabei. Der Wagen kam nicht weit, nach einem halben Meter platzten die Vorderreifen. Daraufhin setzte sich der Mann auf die Böschung. Er nannte seinen Namen. Nun erkannte ihn der Musiklehrer. Es war Zahnarzt Dr. Müller. Müller hatte sich jetzt etwas beruhigt und erzählte Martin, wie sich das Unglück ereignet hatte.

Müller berichtete, er wäre mit dem Wagen kurz hinter dem Birotshof gewesen, als er hörte, dass eine Radkappe abfiel. Er hielt an, um zurückzugehen und die Radkappe zu suchen. Er fand sie, ging noch austreten und wollte zum Wagen zurückkehren. In diesem Augenblick hörte er eine Explosion und einen Aufschrei seiner Frau. Er lief um die Biegung und sah eine helle Stichflamme aus dem Wagen steigen.

Als er den Wagen erreichte, stand seine Frau schon in Flammen. Er öffnete die Fahrertür, um sie herauszuziehen. Aber wegen der Flammenglut gelang es ihm nur, sie bis auf den Fahrersitz zu zerren. Er nahm die unter dem Fahrersitz liegende Apothekerflasche, die mit Katalyt gefüllt war, und warf sie weit in die Büsche. Müller glaubte auch zu wissen, wie das Feuer ausgebrochen war. Bereits unterwegs hätte seine Frau ihren Schmuckring vermisst. Wahrscheinlich hatte sie ihn, während Müller nach der Radkappe Ausschau hielt, im Wagenfond suchen wollen und dabei ein Streichholz entzündet. Dabei müsse der Heizofen explodiert oder ausgelaufenes Katalyt entflammt worden sein.

Nun erschien der Wirt vom Birotshof. Er hatte Polizei und Feuerwehr alarmiert. Er trat zum Auto, das noch immer lichterloh brannte. Durch die geplatzte linke Vorderscheibe erblickte er die Leiche von Frau Müller. Sie war bereits verkohlt, aber es züngelten weiterhin Flammen aus ihrem Körper. Dr. Müller klagte über die schmerzenden Brandwunden an seinen Händen, die er sich bei seinem Rettungsversuch zugezogen hatte. Er weinte: »Gestern hat mir Gott meine liebe Mutter genommen, heute meine liebe Frau.«

Als nächstes trafen zwei Polizisten ein. Sie nahmen an, es sei ein Unfall passiert. Als sie in den Wagen hineinschauten, traten die Flammen direkt aus den Hüften der Toten. Die linke Wagentür stand einen Spaltbreit offen.

Dann endlich traf die Feuerwehr ein. Der Kommandant entschloss sich, das Feuer nicht zu löschen, um keine Spuren zu vernichten. Später ließ er vorsorglich die noch immer schwelende Leiche mit Wasser begießen, damit sie nicht völlig verkohlte.

Ein Rettungswagen brachte Müller ins Krankenhaus, wo seine Brandwunden behandelt werden sollten.

Gegen Morgen nahm die Kriminalpolizei zusammen mit dem Gerichtsarzt Dr. Petersohn aus Kaiserslautern eine Besichtigung des Ereignisortes vor. Petersohn blickte zuerst in den geöffneten Wagen. Der Boden und die Reste der verbrannten Sitze waren mit einer gleichmäßigen feinen Staubschicht bedeckt, wie mit Schnee.

Die Schicht war unberührt. Es hatte also niemand etwas im Wageninnern oder an der Leiche verändert. Die Leiche war weitgehend zerfallen. Sogar der Schädel war ausgeglüht und auseinandergebrochen. Links von der Leiche, auf dem äußeren Rand des Fahrersitzes, stand ein Katalytkanister, die Öffnung auf die Leiche gerichtet. Ein zweiter Kanister stand in der Mitte hinter den Vordersitzen. Beide Kanister waren ausgebrannt und an einigen Stellen geschmolzen. Auf dem hinteren Kanister lagen Teile des Schädels. Der Katalytofen befand sich vor dem Fahrersitz.

Der Wagen selbst war ungleichmäßig ausgebrannt. Der hintere Teil zeigte geringere Brandspuren. Die Vorderreifen waren verbrannt und geplatzt, die hinteren unzerstört. Auch den Kofferraum hatte das Feuer nicht erreicht. Der Benzintank, der sich hinten befand, war noch fast voll.

Links neben dem Wagen fand man Frau Müllers Schmuckring, die Radkappe etwa 25 Meter in rückwärtiger Richtung.

Die Apothekerflasche lag im Gebüsch, der Glasstöpsel jedoch von der Flasche entfernt. Bedeutungsvoll war die Tatsache, dass der Wagen bei Ausbruch des Brandes, also bevor er von Müller und Martin etwas vorwärts geschoben worden war, ganz dicht an einem Straßenbaum gestanden hatte. Der Baum verhinderte, dass die Beifahrertür geöffnet werden konnte.

Bei seiner ersten Befragung erzählte Müller den Kriminalisten, was er bereits dem Musiklehrer und andern am Unglücksort berichtet hatte. Als die Beamten fragten, warum seine Frau zum Suchen des Ringes Streichhölzer entzündet haben sollte, statt die Innenbeleuchtung einzuschalten, gab Müller eine völlig absurde Erklärung: Er habe die Innenbeleuchtung vor längerer Zeit außer Betrieb gesetzt, weil sie ihn beim Rückwärtseinfahren in die Garage gestört hätte.

Am Morgen des 19. Februar wurde Müller aus dem Krankenhaus entlassen. Seinen drei Söhnen schilderte er das Unglück auf die gleiche Weise. Dann rief er einen befreundeten Förster an und bat ihn dringend, zu ihm zu kommen Als der Förster bei ihm erschien, erzählte Müller, was geschehen war, gab ihm fünfzig Mark und bat ihn, Müllers Freundin in England anzurufen. Sie solle alle Briefe vernichten, die sie von ihm besaß.

Der Förster rief Tilly an, berichtete und übermittelte Müllers Wunsch. Tilly weinte, sie konnte nicht verstehen, was die Vernichtung der Fotos und Briefe mit Frau Müllers Tod zu tun hätten.

Am nächsten Tag untersuchte Gerichtsarzt Dr. Petersohn Dr. Müller. Er stellte nur geringe Brandwunden an der rechten Hand fest und bezweifelte deshalb, dass Müller ernsthaft versucht haben sollte, seine Frau zu retten.

Die Kriminalpolizei führte Dr. Müller dem Vernehmungsrichter vor. Dieser vernahm ihn und verfügte danach die Verhaftung. Er hatte hinreichenden Verdacht, dass Müller seine Frau vorsätzlich getötet hatte.

Weitere kriminalistische Ermittlungen liefen an. Sie konzentrierten sich auf die Person Müllers, seine Ehe und auf die Ereignisse, die der Tat unmittelbar vorausgegangen waren.

Der 45-jährige Dr. Müller wurde von seinen Patienten geschätzt. Er hatte in Heidelberg Zahnmedizin studiert, 1932 promoviert und eine Praxis eröffnet. Seine Frau war zwei Jahre jünger. Müller hatte ein sehr hohes Einkommen. Manchmal ging er auf die Jagd. 1939 verursachte er schuldlos einen tödlichen Verkehrsunfall. Politisch hatte sich Müller weder in der Nazizeit noch danach engagiert.

Müllers einundzwanzigjährige Ehe galt für Außenstehende als harmonisch. Die Eheleute hatten drei Söhne, die noch im Elternhaus lebten. Nur wenige wussten, dass Müllers Ehe in Wirklichkeit zerrüttet war. Gleich nach seiner Heirat hatte der Zahnarzt mit andern Frauen intime Beziehungen aufgenommen, auch mit der wesentlich jüngeren Schwester seiner Frau. 1947 hatte Müller die 20-jährige Tilly als Sprechstundenhilfe eingestellt. Beide verliebten sich ineinander. Das Liebesverhältnis hielt bis 1953 an, als Tilly nach England ging. Auch danach blieben sie miteinander in Verbindung.

Ein Gutachter stellte später fest, Müllers Beziehung zu Tilly sei mehr gewesen als nur ein sexuelles Abenteuer. Er habe sie wirklich geliebt. Der labile Mann sei der charakterlich gefestigten Frau nicht nur sexuell, sondern auch seelisch hörig gewesen.

Frau Müller hatte mehrmals von der Untreue ihres Mannes erfahren, ihm aber immer wieder verziehen. Trotzdem war es in letzter Zeit zu stärkeren Spannungen zwischen beiden gekommen. Einmal hatte Frau Müller ihren Mann verlassen, war aber auf sein Drängen zurückgekehrt. Ihr Herz- und Kreislaufleiden hatte sich verschlimmert, im letzten Jahr vor ihrem Tode erlitt sie mehrmals einen Kollaps.

Die Kriminalpolizei beschäftigte sich auch mit dem mehrmaligen Kauf von Katalyt. Müller erklärte ihn mit der bevorstehenden Preissteigerung. Er habe loses Katalyt gekauft, weil es billiger sei als das in verplombten Kanistern. Doch hatte er, um loses Katalyt aufzutreiben, mehr Benzin verfahren, als er eingespart hatte.

Die Kriminalpolizei erfuhr auch von Müllers Auftrag an Tilly, Briefe und Fotos zu vernichten.

Das Landeskriminalamt erstattete ein kriminaltechnisches und ein kraftfahrzeugtechnisches Gutachten über den Autobrand. Die Sachverständigen schlossen einen Brand aus natürlichen Ursachen aus.

Prof. Wagner nahm die gerichtsmedizinische Untersuchung der Leichenteile vor. Er fand Anzeichen dafür, dass der Frau Müller kurz vor ihrem Verbrennungstod stärkere äußere Verletzungen zugefügt worden waren.

Am 20. Mai 1955 erhob die Staatsanwaltschaft Mordanklage gegen Dr. Müller. Als Motiv nannte sie seine Absicht, sich der Ehefrau zu entledigen, um Tilly heiraten zu können. Indizien für den Mord seien u. a. die Beschaffung und Aufbewahrungsweise des Katalyts und die Autofahrt in der Todesnacht. Die Anklageschrift ließ offen, auf welche Weise Müller seine Frau getötet hatte, um sie anschließend zu verbrennen.

Der Schwurgerichtsprozess fand vom November 1955 bis Februar 1956 beim Landgericht in Kaiserslautern statt. Bereits vor Prozessbeginn war Müller einer Lüge überführt worden. Er hatte behauptet, den Wagen angehalten und verlassen zu haben, um eine abgefallene Radkappe zu suchen. Der Kfz-Sachverständige hatte die Radkappe untersucht. Ihre Federung war intakt. Die Kappe konnte nicht von selbst abgefallen sein. Sie zeigte frische Kratzspuren, war also kürzlich mit Hilfe eines scharfen Gegenstandes abgehoben worden.

Im Prozess musste Müller diese Tatsache zugeben. Nun erklärte er, er habe die Radkappe abgenommen, um einen Igel hineinzulegen, der ihm über den Weg gelaufen war. Seine Behauptung rief lange Debatten hervor, ob im Februar nachts Igel herumliefen.

Müller bestritt entschieden, er habe das Katalyt gekauft, um damit seine Frau zu verbrennen. Einen 20-Liter-Kanister Vorrat zu haben, sei doch nicht ungewöhnlich, zumal der Preis steigen sollte. Zur Brandursache wiederholte er, entweder sei der Heizofen explodiert oder seine Frau habe mit Streichhölzern hantiert und ausgelaufenes Katalyt habe sich entzündet.

Sachverständige wiesen nach, dass Katalytöfen nur bei einem Bedienungsfehler explodieren könnten. Was die Entzündung von ausgelaufenem Katalyt angehe, so argumentierte der Sachverständige Dr. Leszczynski: »Dazu musste Frau Müller einen Kanister an die linke Seite gestellt haben, an der er gefunden worden war. Sie musste zweitens durch Anstoßen an das Steuerrad den Korken, mit dem der Kanister verschlossen war, entfernt haben. Es musste dabei drittens eine größere Menge Benzin aus dem Kanister auf den Boden und auf ihre Kleidung gelaufen sein. Sie musste viertens ein Streichholz entzündet haben, um besser sehen zu können. Fünftens musste sich durch diese offene Flamme das verschüttete Katalyt entzündet haben. Und sechstens musste durch die hierbei entstandene kurze Hitze der Tank des links vorn stehenden Katalytofens einen gewissen Überdruck entwickelt haben, sodass am oberen Ende des Ofens eine offene Flamme entstehen konnte.« So viele Zufälle hielt der Sachverständige für ausgeschlossen. Am unwahrscheinlichsten erschien ihm, dass Frau Müller, wenn schon Benzin ausgelaufen war, dann auch noch ein Streichholz angesteckt haben sollte.

Zwei weitere Kfz-Sachverständige schlossen andere Brandursachen durch Kabel- oder Vergaserbrand aus. Die Kanister waren nicht explodiert. Die Apothekerflasche war bereits vor dem Brand entleert worden.

Alle Zeugen bestätigten, dass die linke Wagentür etwas offen gestanden hatte. Nach Experimenten von Dr. Leszczynski dauert es etwa eine Minute, bis sich ein Brand so weit entwickelt hat, dass man nicht mehr nach draußen gelangen kann. Frau Müller hätte sich retten können. In weiteren Versuchen am gleichen Wagentyp und mit einer Puppe widerlegten die Sachverständigen Müllers Vermutung, ausgelaufenes Katalyt habe den Brand verursacht. Anhand des Tatortsberichts setzten sie, entsprechend den Behauptungen Müllers, einen Wagen mit einer Puppe darin in Brand. Sie protokollierten die Entwicklung des Feuers und wiesen nach, dass die angeblich ausgelaufene Menge Katalyt niemals ausgereicht hätte, um ein so verheerendes Feuer zu entfachen. Es musste eine erheblich größere Menge in den Wagen und auf den Körper der Frau ausgeschüttet worden sein.

Das gerichtsmedizinische Gutachten war das Ergebnis einer komplizierten Untersuchung. Der Brand hatte die Leiche stark zerstört. Das Herz war noch überraschend gut erhalten. Der gerichtsmedizinische Sachverständige, Prof. Dr. Wagner, konnte am Herzen keine äußere Verletzung feststellen, was zumindest eine Stich- oder Schussverletzung ausschloss. Organische Schäden, die einen plötzlichen Herztod verursacht haben könnten, ließen sich nicht finden. In den noch erhaltenen tieferen Luftwegen und in den Lungenbläschen hatte Wagner keine Rußpartikel entdecken können. Frau Wagner hatte bei Ausbruch des Feuers nicht mehr geatmet, war also schon tot gewesen.

Besonders belastete es den Angeklagten, dass Prof. Wagner in Nieren und Lungen Anzeichen für eine Fettembolie gefunden hatte.

Eine Fettembolie kann entstehen, wenn äußere Gewalt Knochenbrüche oder Weichteilquetschungen verursacht. Solange der Kreislauf noch in Tätigkeit ist, transportiert das Blut Fetttröpfchen aus den verletzten Organen in die Haargefäße der Lunge. Diese werden durch das Fett verstopft, was bei massiver Embolie zum Tode führen kann. Die Anzeichen einer Fettembolie bewiesen also, dass Frau Müller vor ihrer Verbrennung eine schwere äußerliche Verletzung erlitten hatte.

Dr. Müller beharrte aber darauf, seine Frau habe auf dem Beifahrersitz gesessen, als er aus dem Wagen stieg. Deshalb musste auch diese Behauptung gerichtsmedizinisch überprüft werden. Wenn eine Leiche verbrennt, kann es dabei zu Eigenbewegungen kommen. Sie entstehen, weil die Muskeln nicht zu gleicher Zeit schrumpfen. Gerichtsarzt Dr. Petersohn äußerte sich zur Frage, ob durch solche Eigenbewegungen der Leichnam vom rechten auf den linken Sitz gelangt sein konnte. Er hielt das für absolut unmöglich.

In diesem Stadium des Prozesses war also bereits bewiesen: Frau Müller war getötet, dann mit Benzin übergossen und verbrannt worden.

Es gelang dem Gericht nicht, Müllers Motiv für diese Tat zu ergründen. Müller bestritt, er habe Tilly heiraten wollen. Und Tilly selbst, die als Zeugin geladen worden war, sagte aus, Müller habe ihr nie die Heirat versprochen, und sie habe auch nie damit gerechnet. Das hätte sie natürlich behaupten können, um Müller zu entlasten. Aber auch alle andern Zeugenaussagen bestätigten, dass Frau Müller ihrem Mann immer wieder seine Seitensprünge verziehen hatte. Sie wusste auch von seiner Beziehung zu Tilly und hatte nie ernstlich etwas dagegen unternommen. Es war auch niemals von Scheidung die Rede gewesen, gegen die sich Frau Müller gesträubt haben könnte. Es gab, so plädierte Müllers Verteidiger, keinen plausiblen Grund für Müller, seine Frau vorsätzlich zu töten.

Noch während der Verhandlungen unternahm der Angeklagte einen Selbstmordversuch. Mit einer Rasierklinge schnitt er sich die rechte Speichenschlagader auf. Im Krankenhaus erhielt er eine Bluttransfusion. Die Verteidigung forderte ein psychiatrisches Gutachten. Der Prozess wurde vertagt.

Während Dr. Müller in einer psychiatrischen Klinik untersucht wurde, wurde der zweite Prozess beim Landgericht in Saarbrücken vorbereitet. Das Gericht bestellte weitere Gutachter, darunter als psychiatrischen Sachverständigen Prof. v. Baeyer und zwei Gerichtsmediziner, Professor Randerath und Prof. Mueller, den Direktor des Gerichtsmedizinischen Instituts der Universität Heidelberg.

Die neu hinzugezogenen Professoren Mueller und Randerath übernahmen vom Erstgutachter Prof. Wagner die Leichenorgane. Sie kamen teils zu gleichen, teils zu andern Ergebnissen. Bei der gemeinsamen Beratung der drei Gutachter näherten sich ihre Standpunkte einander weitgehend an.

Am 16. Juni 1956 begann der zweite Prozess gegen Dr. Müller. Er erbrachte anfangs nichts Neues. Müller beteuerte seine Unschuld und wiederholte seine frühere Darstellung der Vorgänge. Bei verfänglichen Einzelheiten konnte er sich nicht mehr erinnern.

Ein Zeuge belastete Dr. Müller besonders. Er wies nach, dass Müller die Straße verlassen und auf einen Waldweg eingebogen war.

Hier musste geschehen sein, was niemand jemals erfahren wird. Hier musste Müller seine Frau handlungsunfähig und bewusstlos gemacht haben. Dann fuhr er mit dem Wagen auf die Straße zurück, hielt neben einem Baum, übergoss seine Frau mit Benzin und setzte dieses in Brand.

Auf Grund des medizinischen Erstgutachtens und der Fettembolie hatte man bisher angenommen, Müller habe seine Frau mit einem Werkzeug oder einem Stein schwer verletzt. Die neuen Gutachten widerlegten diese Ansicht. Die Zweitgutachter hatten im Gegensatz zum Erstgutachter doch in den Luftwegen reichlich Rußpartikel gefunden. Sie waren in

Schleim eingebettet und von Prof. Wagner übersehen worden. Differenzen zwischen den Gutachtern gab es auch hinsichtlich der Fettembolie. Sie gehört, wie Prof. Randerath äußerte, zu den umstrittenen Symptomen in der Gerichtsmedizin. Prof. Mueller teilte diese Meinung. Die Fettembolie könnte auch anders entstanden sein als durch eine Verletzung: »Sowohl die Lunge als auch die Nieren hatten nach der Freilegung durch das Feuer eine Weile im Körperfett geschmort. Darauf wies ihr makroskopisches Aussehen hin. Hierbei war verflüssigtes Fett von den Gewebespalten angesaugt worden.«

Nach Ansicht der Zweitgutachter lag also keine wirkliche Fettembolie vor. Dies und der Ruß in den Luftwegen ließ mit hoher Wahrscheinlichkeit darauf schließen, dass Frau Müller bei Ausbruch des Brandes noch gelebt hatte.

Alle drei Gutachter einigten sich darauf, dass eine Verletzung durch stumpfe Gewalt nicht bewiesen sei.

Der psychiatrische Sachverständige Prof. v. Baeyer nannte Müller voll zurechnungsfähig. Aber Müller sei kein roher, brutaler Mensch, der seine Frau lebendigen Leibes verbrennen würde. Manche Zeugen hätten gesagt, Müller habe sich am Tatort heuchlerisch und theatralisch benommen. Er als Gutachter könne diese Meinung nicht teilen. Müller sei einer solchen kalt berechneten Verstellung nicht fähig. Seine Verzweiflung über den Tod seiner Frau sei teilweise echt gewesen.

Der Staatsanwalt beantragte lebenslänglich wegen vorsätzlichen Mordes, der Verteidiger Freispruch mangels Beweisen. Das Gericht verurteilte Dr. Müller wegen gefährlicher Körperverletzung und fahrlässiger Tötung zu sechs Jahren Freiheitsentzug. Es begründete das Urteil folgendermaßen: Müller hatte kein einleuchtendes Motiv, seine Frau zu töten. Es gab auch keinen Beweis, dass er die Tötung vorbereitet hatte. Der Kauf von 20 Litern Katalyt sei durch die angekündigte Preissteigerung erklärbar.

Im Prozess war Müller jedoch nach Meinung des Gericht mehrerer Lügen überführt worden. Die Radkappe hatte sich nicht von selbst gelöst, er hatte sie abmontiert. Auch hatte er nach Ausbruch des Feuers nicht ernstlich versucht, seine Frau zu retten. Dass er die rechte Wagentür durch den Baum absichtlich blockiert hatte, war anzunehmen, aber nicht zu beweisen. Die Apothekerflasche hatte er nicht während des Brandes aus dem Wagen gezogen, sondern ihren Inhalt zuvor auf seine Frau ausgegossen. Seine Frau hatte bei Ausbruch des Feuers nicht mehr auf dem Beifahrersitz gesessen, sondern er hatte sie zuvor auf den Fahrersitz gezogen. Besonders belastend war, dass er einen Benzinkanister, mit der offenen Mündung auf seine Frau gerichtet, neben sie auf den Sitz gestellt hatte.

Wie jedoch Müller seine Frau handlungsunfähig und bewusstlos gemacht hatte, konnte das Gericht nicht beantworten, und der Angeklagte schwieg.

Der Gerichtsmediziner Prof. Mueller, dem wir diesen Bericht verdanken, schließt daran seine eigene Tatrekonstruktion. Er stützt sich dabei auf die Ermittlung und die Gutachten der Sachverständigen. Das meiste deckt sich mit den Auffassungen des Gerichts. Wo direkte Beweise fehlen, schließt der Gerichtsmediziner die Lücke durch eigene Vermutungen.

Es lässt sich denken, schreibt Prof. Mueller, dass es irgendwann auf der Heimfahrt zwischen Dr. Müller und seiner Frau zu einem Streit kam. Dieser begann, wie von Zeugen bekundet, wahrscheinlich schon nach dem ersten Besuch. Vielleicht hielt Frau Müller ihrem Mann einen Seitensprung vor. Vielleicht sogar zog sie wütend den von ihrem Mann geschenkten Ring ab und warf ihn zu Boden. Müller wurde im Zorn handgreiflich und würgte sie so, dass sie bewusstlos wurde. Bewusstlosigkeit tritt rasch ein, wenn bei einem Würgegriff Druck auf einen Nervenknoten an der Teilungsstelle der Halsschlagader ausgeübt wird.

Man kann sich vorstellen, führt Prof. Mueller weiter aus, dass Dr. Müller nun die Nerven verlor und seine Frau für tot hielt. Er wollte die vermeintliche Tötung als Unfall tarnen, indem er den Wagen in Brand setzte. Sicherlich hätte Müller das Feuer nicht gelegt, hätte er gewusst, dass seine Frau noch lebte. Davon hatte er sich nicht überzeugt, deshalb machte er sich der fahrlässigen Tötung schuldig. Prof. Mueller schließt mit den Worten: »Zum Beweis eines Mordes reichte das Gesamtmaterial nicht aus. Das ganze Geschehen und das Verhalten des Angeklagten waren aber so ungeheuerlich, dass auch ein Freispruch nicht angemessen erschien.«

Man könnte noch hinzufügen: Affekte machen blind, führen oft zu ungewollten Katastrophen. Das ist der Stoff für tragische Geschichten.

Das Zyklopenauge

Es liegt eine bedrückende Gleichförmigkeit über dem menschlichen Tun. So unendlich verschieden auch die Menschen sind an Verstand und Gefühl, so wiederholen sie doch immer wieder in einer bestimmten Situation dieselben Verhaltensweisen.

Deshalb überrascht es nicht, dass sich auch mörderische Ärzte oft darin gleichen oder zumindest ähneln, wie sie ihre Tat zu verbergen und sich selbst der Verantwortung zu entziehen versuchen.

So war es auch bei Dr. Buck Ruxton. Bukhtyar Hakim war in Indien geboren, hatte in Bombay und London Medizin studiert, danach im indischen und englischen Gesundheitswesen gearbeitet und sich dann 1930 unter dem englischen Namen Buck Ruxton in Lancaster niedergelassen. Hier war er als praktischer Arzt tätig, bis er fünf Jahre später zum Totschläger und Mörder wurde.

Sieben Jahre zuvor hatte Ruxton die Engländerin Isabella kennengelernt. Der damals Vierundzwanzigjährige verliebte sich in die zwei Jahre jüngere Frau, die seine Liebe erwiderte. Sie zog in seine Wohnung ein, und sie lebten seitdem in freier Lebensgemeinschaft zusammen. Isabella wurde Mrs. Ruxton genannt, wie eine angetraute Ehefrau, und gebar in diesen sieben Jahren drei Kinder.

Das siebente Ehejahr wurde für Ruxton und Isabella zum Schicksalsjahr. Ihre exaltierte Liebesbeziehung trug von Anfang an den Keim des Verhängnisses in sich.

Leidenschaftliches Temperament beherrschte Mann und Frau. Beide waren starke Charaktere, stolz und selbstbewusst. Die Liebe solcher Menschen ist zwiespältig. Sie scheint grenzenlos zu sein und stößt doch ständig an Grenzen. Jeder fordert vom andern bedingungslose Hingabe und ist doch selber, im Hochmut der eigenen Überheblichkeit, unfähig dazu. Eine solche Beziehung wird zu einer sich ständig wiederholenden Folge von Anziehung und Abstoßung, einem Wechselbad der Gefühle. Dr. Ruxton drückte es so aus: »Wir gehören zu den Leuten, die nicht miteinander, aber auch nicht ohne einander leben können.«

Jede menschliche Verhaltensweise kann gegensätzliche Motive haben. Eifersucht beispielsweise kann der Schwäche, kann mangelndem Selbstbewusstsein entspringen, sie kann auch Ausdruck besitzergreifenden Machtanspruchs sein. Es muss offen bleiben, was Dr. Ruxton extrem eifersüchtig machte. Möglicherweise fürchtete er, die weiße Frau könnte ihn, den Eingewanderten, den Farbigen, wieder verlassen. Möglicherweise aber riss ihn auch uralte patriarchalische Tradition immer wieder zu Gewalttätigkeiten gegen Isabella hin. Er schlug sie, würgte sie, bedrohte sie mit dem Messer. »Was man besonders liebt, züchtigt man am meisten«, suchte er sich dann zu erklären und zu entschuldigen.

Schließlich überwucherte die Angst Isabellas Liebe, sie suchte sich von ihm zu befreien. Wenn sie nach neuer Gewalttat die Polizei zu Hilfe rief, erhielt sie Schutz nur für Stunden. Sie floh mit ihren Kindern, Ruxton spürte sie auf und zwang sie zurückzukehren. Sie versöhnten sich, der Friede hielt nicht lange an. Hat die Eifersucht erst einmal Wurzeln geschlagen, wuchert sie unaufhaltsam weiter, so mager der Boden auch sein mag, auf dem sie sich ausbreitet.

Ruxtons Hass richtete sich vor allem gegen einen gemeinsamen Bekannten namens Edmondson, der im Hause Ruxton verkehrte. Ob Ruxtons wütende Eifersucht Isabella dem jungen Mann geradezu in die Arme trieb oder ob hier nur eine platonische Liebe im Spiel war oder ob es tatsächlich eine rein freundschaftliche Beziehung war, ist unerheblich gewesen. Für den Eifersüchtigen wird selbst der Schatten eines Verdachts zu bedrohlicher Wirklichkeit.

Eines Tages wollte Edmondson mit Mutter und Schwester einen Ausflug unternehmen. Er lud auch Isabella dazu ein, und sie fuhr mit. Ruxton folgte ihr heimlich und stellte fest, dass sie im selben Hotel wie die Edmondsons übernachtete. Ruxton war überzeugt, dass Isabella nachts Edmondsons Zimmer aufsuchte – obwohl er dafür keinen Beweis hatte.

Er kehrte wieder nach Hause zurück und erwartete, rasend vor Zorn, Isabellas Heimkehr.

Wie er sie tötete, hat er nie verraten. Es entsprach seinem Wesen, dass es eine Affekthandlung war: Totschlag bei einer Auseinandersetzung aus Eifersucht.

Aber Ruxton beließ es nicht beim Totschlag. Er fügte ihm gleich noch einen Mord hinzu. Im Hause Ruxton wohnte das 20-jährige Dienstmädchen Mary Rogerson. Mary nahm, sicherlich zufällig und unbeabsichtigt, das tödliche Ende des Streits wahr. Ruxton brachte noch in derselben Nacht die Zeugin um.

Und danach setzte sich auch bei diesem Mörder in Gang, was Dr. Crippen und Ruloff und andere auf gleiche Weise zu vermeintlichem Selbstschutz trieb: Er versuchte, die Leichen zu verbergen und ihr Verschwinden auf harmlose Weise zu erklären …

An der Autostraße, die die englische Stadt Lancaster mit dem schottischen Edinburgh verbindet, liegt in der Nähe des Kurortes Moffat die Linnschlucht, über die eine weitgeschwungene hohe Brücke führt.

Am 29. September 1935 ging Miss Johnson, die in Moffat zur Kur war, in der Schlucht spazieren. Unweit des Brückenpfeilers sah sie mehrere verschnürte Pakete liegen. Sie waren mit Zeitungen und blutiger Wäsche umhüllt. Miss Johnson benachrichtigte die Polizei.

Die Polizei durchsuchte das Gelände und sammelte weitere Pakete ein. Beim Öffnen der Bündel kamen insgesamt etwa siebzig zerstückelte menschliche Körperteile, darunter zwei Köpfe und ein Rumpf, zum Vorschein.

Bei genauerer Untersuchung fand man auch ein so genanntes Zyklopenauge. Das ist eine Missbildung, bei der beide Augäpfel miteinander verwachsen sind und in einer gemeinsamen Augenhöhle liegen. Dieser Defekt kommt manchmal bei Tieren vor, sehr selten auch beim Menschen. Die Anwesenheit des Zyklopenauges war besonders rätselhaft. Es gehörte nicht zu den aufgefundenen Köpfen.

Prof. Sidney Smith, Ordinarius des Gerichtsmedizinischen Instituts in Edinburgh, erhielt die Leichenteile zur Begutachtung. Er sollte sie identifizieren. Das war in diesem Fall schwierig genug. Bei einer Leiche fehlte der gesamte Rumpf, bei der andern mehrere Körperteile. Außerdem hatte der Mörder mit methodischer Genauigkeit die Toten unkenntlich zu machen versucht. Er hatte ihre Gesichter zerstört und besondere Kennzeichen am Körper beseitigt. Er hatte sogar begonnen, die Fingerkuppen zu entfernen, damit keine Fingerabdrücke genommen werden konnten.

Zunächst ordneten die Gerichtsmediziner die einzelnen Teile, um sie möglichst zu einem Ganzen zusammenfügen zu können. Bei einem der Körper war das verhältnismäßig einfach. Hier waren noch sämtliche Wirbel erhalten. Die aneinandergelegten Teile wurden geröntgt. Erst dann war die Rekonstruktion erfolgreich Die einzelnen Teile passten zueinander. Mit Hilfe des Halswirbels konnte der zugehörige Kopf bestimmt werden.

Auch das Geschlecht der Leichen ließ sich feststellen. Der Mörder hatte unter den Fleisch-, Fett- und Hautmassen, die er abgeschnitten hatte, drei weibliche Brüste und Teile von Geschlechtsorganen übersehen.

Nach der Länge der Knochen wurde die Körpergröße berechnet, nach der Knochenstruktur das Alter der Leichen. Die eine war 157 cm groß und zwischen 35 und 45 Jahren alt gewesen, die andere 151 cm und zwischen 21 und 22 Jahren.

Als nächstes suchte man nach der Todesursache. Die Schnitte waren den Opfern erst nach dem Tode, bei ihrer Zerstückelung, zugefügt worden. Bei beiden Toten war das Zungenbein gebrochen. Diese Verletzung sowie die Beschaffenheit von Herz und Lungen deuteten auf einen Erstickungstod durch Erwürgen. Nach dem Grad der Fäulnis zu schließen, war der Tod vor zehn bis vierzehn Tagen erfolgt.

Mit Hilfe der Todeszeitbestimmung begann die Polizei nachzuforschen, wer zu dieser Zeit als vermisst gemeldet worden war. Sie stieß auf die Anzeige des Arbeiters Rogerson aus Lancaster. Seine Tochter, die als Kindermädchen bei dem Arzt Dr. Ruxton gearbeitet hatte, war seit zwei Wochen spurlos verschwunden.

Und, wie sich bald herausstellte, verschwunden seit diesem Tage war auch Isabella Ruxton.

Die Kriminalpolizei begann sich für Dr. Ruxton zu interessieren. Er hatte das Verschwinden seiner Frau nicht verheimlicht. Im Gegenteil, er hatte allen möglichen Leuten erzählt, sie wäre mit einem Geliebten davongegangen. Manche glaubten die Geschichte, andere nicht. Und einige bekamen eine ganz neue Version zu hören: Isabella besuche ihre Schwester in Edinburgh. Und schließlich: Sie sei zur Kur in Schottland.

Aber niemand hatte Ruxton genauere Fragen gestellt. Nur die Putzfrauen im Arzthaushalt hatten sich über verschiedene Dinge gewundert. Das Badezimmer und Frau Ruxtons Zimmer waren tagelang verschlossen geblieben. Ruxton war eines Nachmittags weggefahren und erst am nächsten Morgen unrasiert und übernächtigt mit einem völlig verschmutzten Wagen zurückgekehrt. Ruxton verbrannte auf dem Hof mehrere Tage lang benzingetränkte Textilien. Einige Teppiche wiesen schwer entfernbare braunrote Flecken auf. Im Mülleimer wurde ein blutiges Kleid gefunden, das Mary Rogerson gehört hatte. Einer Putzfrau schenkte der Doktor einen blutverschmierten Anzug, den er jedoch nach einigen Tagen zurückhaben wollte. Er begnügte sich dann damit, dass sein Namensschild aus dem Jackett entfernt wurde.

Das alles machte natürlich Ruxton der Polizei äußerst verdächtig. Aber solange die Leichen nicht einwandfrei identifiziert waren, reichten die Beweise gegen den Doktor nicht aus.

Ein Zufall brachte dann die Wende in der Ermittlung. Ein Radfahrer meldete sich. Er war in einer Nacht kurz nach dem Verschwinden der beiden Frauen nahe der Linnschlucht von einem Auto gestreift worden. Er hatte sich die Wagennummer gemerkt. Die Polizei stellte fest, es war ein Mietwagen, den sich Dr. Ruxton geliehen hatte.

In Ruxtons Haus fand die Polizei Stroh, das Sachverständige mit Strohhalmen in den Leichenpaketen verglichen; das Ergebnis war unbefriedigend.

Überzeugender war ein Vergleich zwischen den Stücken eines Betttuchs, in das Leichenteile eingewickelt gewesen waren, und einem Laken aus Ruxtons Haus. Die Textilexperten stellten absolute Identität fest.

Ein Gerichtsmediziner untersuchte Ruxtons Haus gründlich und fand große Mengen eingetrockneten Blutes und einige Leichenteile im Abflussrohr. Die Leichen waren nachweislich in der Badewanne zerstückelt worden.

Ruxton wurde verhaftet. Aber er leugnete standhaft die Tat.

Der Staatsanwalt drängte auf Identifizierung der Leichen. Prof. Sidney Smith hatte nun, nachdem die Identität der Leichen ziemlich sicher feststand, brauchbares Vergleichsmaterial zur Verfügung.

Dafür ein Beispiel, das Sidney Smith die »Ironie der Verschleierungsmanöver« nannte: »Nachdem einmal die Identität der Überreste gemutmaßt war, trugen die Mutilationen zur Bestätigung der angenommenen Identifizierung bei, da sie die Aufmerksamkeit gerade auf die Merkmale lenkten, die sie verbergen sollten. Der linke Fuß wurde augenscheinlich deshalb verstümmelt, weil Mrs. Ruxton an einer Entzündung litt und ihre Zehen gekrümmt waren. Der Täter hatte sich allerdings nicht viel Mühe gegeben, denn die Knochendeformation, die auf die Entzündung schließen ließ, war noch zu erkennen. Die Entfernung der Haut an Mary Rogersons rechtem Arm sollte eine Identifizierung durch ein Muttermal verhindern und die Ausschneidung von Gewebeteilen ihres rechten Daumens von einer Daumennarbe ablenken.«

Den entscheidenden Beweis für die Identität der Toten brachte Smiths Kollege Prof. Brash. Brash verglich die Schädel der Leichen mit den Porträtfotos, die zu ihren Lebzeiten aufgenommen worden waren.

Zuerst reproduzierte Brash Frau Ruxtons Porträtfoto in Lebensgröße. Dann zog er die charakteristischen Umrisslinien mit Tusche auf dem Foto nach und übertrug sie auf durchsichtiges Papier. Er brachte den von Weichteilen befreiten Schädel, den er für Frau Ruxtons Kopf hielt, in eine Stellung, die der Kopfhaltung auf dem Porträtfoto entsprach. Der Schädel wurde ebenfalls fotografiert. Auch seine bestimmenden Umrisslinien wurden auf transparentes Papier übertragen. Er legte beide durchsichtigen Papiere übereinander, sie waren deckungsgleich.

Ebenso verfuhr Brash mit Mary Rogersons Schädel und Foto und erhielt völlige Kongruenz. Die Gegenprobe lieferte den negativen Beweis. Frau Ruxtons Schädelfoto stimmte mit Marys Porträtfoto nicht überein.

So ergab sich eine überwältigende Anzahl von Indizien – materielle Spuren wie medizinische Beweise. Auch das mysteriöse Zyklopenauge gehörte dazu. Es entstammte Ruxtons Sammlung anatomischer Präparate. Wie es in ein Leichenpaket geraten war, blieb allerdings ungeklärt.

Dr. Ruxton wurde zum Tode verurteilt und hingerichtet.

Mitleid unerwünscht

Der Fall des Dr. Sander ist die Geschichte eines Arztes, der aus Mitleid einer Todkranken aktive Sterbehilfe gab und unter dem Druck einer Mordanklage sein Motiv und seine Tat verleugnete. Schon damals, im Jahre 1950, wurden an Dr. Sanders Person alle Probleme der Euthanasie sichtbar, die bis heute ungelöst sind, aber immer drängender öffentlich diskutiert werden und eine praktikable Antwort verlangen.

Im Krankenhaus von Manchester (New Hampshire, USA) lag seit Wochen die todkranke 59-jährige Mrs. Borroto. Sie hatte Dickdarmkrebs, war erfolglos operiert worden und zum Skelett abgemagert. Metastasen hatten Leber, Nieren, Nebennieren, die Schilddrüse und die Bauchspeicheldrüse befallen. Auch die Lymphdrüsen waren verkrebst. Zudem hatte sich auch noch eine Lungenentzündung eingestellt, die erfahrungsgemäß bei diesem hinfälligen Körper das nahe Ende einleitete. Die Patientin musste bereits künstlich ernährt werden. Sie konnte auch nicht mehr sprechen, nur noch ein heiseres Flüstern kam von ihren Lippen. Sie litt unter unsäglichen Schmerzen. Die Betäubungsmittel schlugen nicht mehr an.

Am Morgen des 4. Dezember 1949 stellte die Tagesschwester Miss Rose fest, dass die Kranke das Bewusstsein verloren hatte. Ihr Körper war steif, Arme und Beine fühlten sich kalt an. Der Puls war kaum noch zu spüren. Wenig später hatte er ganz aufgehört. Miss Rose glaubte, die Patientin sei tot. Sie rief den Arzt Dr. Snay. Snay konnte auch mit dem Stethoskop keinen Herzschlag mehr vernehmen.

Kurz darauf hörte Miss Rose Atemgeräusche und schnarchende Laute. Die Schwester war ebenso überrascht wie ratlos, was sie nun tun sollte. Die Patientin schien doch noch zu leben.

Miss Rose benachrichtigte einen der leitenden Klinikärzte, den Internisten Dr. Sander.

Dr. Sander untersuchte die Bewusstlose und ließ sich dann von der Schwester eine 10-Kubikzentimeter-Injektionsspritze bringen. Er zog den Kolben hoch und füllte so die Spritze mit Luft. Er suchte eine Armvene und injizierte in diese die Luft. Er wiederholte dreimal den Vorgang. Dann setzte er sich an das Bett der Patientin und wartete. Auch Miss Rose blieb im Zimmer.

Es vergingen kaum zehn Minuten, bis anscheinend alle Lebensfunktionen erloschen waren.

Dr. Sander benachrichtigte den Ehemann vom Tod seiner Frau. Mr. Borroto, ein kaufmännischer Angestellter, nahm die Todesnachricht gefasst auf, er hatte seit Tagen damit rechnen müssen. Als Mr. Borroto ins Krankenhaus kam, sagte ihm Dr. Sander, seine Frau sei friedlich eingeschlafen. Borroto war erleichtert: »Ihr Leben war zuletzt doch nur noch eine furchtbare Qual, für sie, aber auch für mich, der das alles mitansehen musste und doch nicht helfen konnte.«

Borroto erhielt den Totenschein, auf dem Dr. Sander als Todesursache Dickdarmkrebs genannt hatte.

Am 12. Dezember schloss Dr. Sander das Krankenblatt ab. Er diktierte der Sekretärin Miss Connor den entsprechenden Text, u. a. den abschließenden Satz: »Der Patientin wurden intravenös etwa 40 Kubikzentimeter Luft gegeben. Verschied danach innerhalb von zehn Minuten.«

Miss Connor war über diesen Vermerk sehr erstaunt. Dr. Sander sagte ihr, die Patientin sei an einer von ihm bewirkten Luftembolie gestorben. Und erklärte: Injiziere man Luft in eine Vene, so führe das bald darauf zum Leerschlagen des Herzens und zum Herzstillstand. Dadurch habe die Patientin einen leichten Tod gehabt.

Kurz nach Weihnachten erwähnte Miss Connor gegenüber

dem Chefarzt der Klinik den sie beunruhigenden Vermerk über die Luftinjektion. Der Chefarzt war entsetzt und beschloss sofort zu handeln, ohne vorher mit Dr. Sander zu sprechen.

Er rief den Kreisarzt Dr. Biron an und teilte ihm den schockierenden Vorfall mit. Dr. Biron wiederum informierte umgehend die Staatsanwaltschaft über die Ermordung von Mrs. Borroto.

Von diesem Augenblick an geriet Dr. Sander in das Räderwerk der Justiz.

Noch am gleichen Tage forderte Dr. Biron den Internisten auf, ihm über den Vorfall zu berichten. Dr. Sander erklärte, er habe einer Todkranken 40 Kubikzentimeter Luft injiziert, um ihr das qualvolle Sterben zu erleichtern.

»Aber das ist doch Mord!«, rief Dr. Biron aus.

»Ich sehe das anders«, erwiderte Sander gelassen. »Ich habe ein gutes Gewissen, denn ich habe nichts moralisch Unrechtes getan.«

»Und Sie fürchten nicht, Mr. Borroto werde Sie anzeigen?«

»Das wird er nicht tun. Er war eher dankbar, dass seine Frau endlich von ihren Leiden erlöst war.«

Dr. Biron wusste nicht, was er darauf sagen sollte. »Sie scheinen den Ernst Ihrer Lage nicht zu begreifen«, hielt er schließlich Sander entgegen.

»Ich glaube nicht, dass die Ärztliche Standesvertretung meine Maßnahme verurteilen würde. Sie spräche mir höchstens eine Rüge aus.«

»Wenn es nur die Standesvertretung wäre! Aber leider ist es bereits ein Kriminalfall! Ich musste die Staatsanwaltschaft informieren, und die wird zweifellos Mordanklage erheben!«

Noch am selben Tag erschien der örtliche Sheriff in der Klinik. Er las den Vermerk in der Krankenakte, danach vernahm er den Arzt.

Auch gegenüber dem Sheriff zeigte sich Sander nicht beunruhigt: »Der Ehemann der Verstorbenen hat schon vor Tagen durchblicken lassen, man sollte doch das Leiden seiner Frau beenden. Das habe ich getan, aus Mitleid mit der Kranken und mit ihrem Mann. Ich kann Ihnen versichern, Mrs. Borroto hätte keine Woche mehr gelebt, aber diese Woche wäre schrecklich für sie gewesen.«

»Doktor, es gibt in diesem Staat kein Gesetz, das gestattet, aus Mitleid zu töten.«

»Ich weiß das, Sheriff. Alle Ärzte wissen das. Was ich getan habe, mag gegen das Gesetz sein, aber ich tat es mit gutem Gewissen.«

Doch darüber war der Sheriff anderer Meinung. Dr. Sander hatte soeben selbst zugegeben, gegen das Gesetz verstoßen zu haben. Er verhaftete den Arzt. Nach zwei Tagen Untersuchungshaft wurde Sander gegen Kaution wieder freigelassen und kehrte in die Klinik zurück.

Während die Staatsanwaltschaft die Anklage vorbereitete, äußerte sich die Ärztliche Standesvertretung öffentlich über Dr. Sander. Zum Fall selbst, so hieß es in der Pressemitteilung, wolle sie keine Stellung nehmen. Sie dürfe sich nicht in ein laufendes Verfahren einmischen. Aber sie wolle betonen, »dass Dr. Sander in seiner praktischen Arbeit an der Klinik bei seinen Kollegen und Mitarbeitern sehr gut angesehen sei und als ein fähiger Arzt von hohen charakterlichen Qualitäten betrachtet werde.«

Anfang Januar 1950 erfolgte die Anklage auf Mord ersten Grades, also auf vorsätzliche Tötung. Würde Dr. Sander schuldig gesprochen, erwartete ihn eine lebenslängliche Freiheitsstrafe. Er praktizierte bis zu Beginn der Hauptverhandlung weiter an der Klinik.

Den Prozess selbst leitete die Auswahl der Geschworenen ein. Das war in diesem Fall ein besonders zähes Ringen zwischen Anklage und Verteidigung um jeden der 160 Kandidaten, die für dieses Amt bestimmt worden waren. Die Staatsanwaltschaft suchte Geschworene zu finden, die die aktive Sterbehilfe ablehnten, die Verteidigung solche, die dafür Verständnis hatten. Bei dieser ersten Machtprobe war die Anklage in der stärkeren Position. Die Meinung der Menschen über Euthanasie wurde hier hauptsächlich durch religiöse Gründe bestimmt. Die Bevölkerung Manchesters war überwiegend katholisch, und die katholische Kirche lehnt die direkte Euthanasie, wie sie Dr. Sander vollzogen hatte, grundsätzlich ab. So endete die Auswahl der Geschworenen schließlich zugunsten der Anklage. Unter den Geschworenen hatten die Katholiken eine Zweidrittelmehrheit.

Auch die erste Phase des Prozesses, die Vernehmung der Zeugen der Anklage, brachte der Staatsanwaltschaft einen deutlichen Sieg. Der Generalstaatsanwalt des Staates New Hampshire vertrat persönlich die Anklage. Das zeigt, welche Bedeutung man diesem Prozess beimaß. Mit Hilfe seiner Zeugen konnte der Ankläger die Beweise gegen Sander noch fester zementieren.

Der Sheriff berichtete, dass der Doktor bei seiner Vernehmung zugegeben habe, gegen das Gesetz verstoßen zu haben.

Die Kliniksekretärin bestätigte die Äußerung von Dr. Sander, er habe die Patientin mit Luftinjektionen getötet.

Kreisarzt Dr. Biron sagte aus, der Angeklagte habe den Vorwurf des Mordes zurückgewiesen und für seine angeblich moralisch gerechtfertigte Handlung höchstens eine Rüge der Standesvertretung erwartet.

Miss Rose überraschte das Gericht dadurch, dass sie ihre Aussage bei der Voruntersuchung zurücknahm. Damals hatte sie noch erklärt, die Patientin habe kein Lebenszeichen mehr von sich gegeben, bevor Dr. Sander ihr die Luft injizierte. Nun sagte sie, sie habe vor der Injektion noch geatmet und nach der Injektion geröchelt. Unklar blieb, warum Miss Rose ihre Aussage zuungunsten von Dr. Sander geändert hatte.

Lediglich Dr. Snay, den Miss Rose im Glauben gerufen hatte, die Patientin sei tot, konnte die Aussage der Schwester zumindest etwas in Frage stellen. Er bestätigte, er habe auch mit dem Stethoskop keinen Herzschlag mehr gehört, und das sei vor der Luftinjektion gewesen. Allerdings wusste Snay auf die Frage des Anklägers, warum denn Dr. Sander dann überhaupt Luft injiziert hätte, keine Antwort.

Von Mr. Borroto wiederum hatte Dr. Sander keine Entlastung zu erwarten. Borroto widersprach der Behauptung des Angeklagten, er hätte ihn gebeten, das Sterben seiner Frau zu verkürzen. Allerdings betonte er, dass sich der Doktor aufopfernd um seine Frau gekümmert und ihr immer wieder Mut zugesprochen habe.

Schließlich kam als Zeuge der Anklage noch der Chefpathologe Dr. Miller zu Wort. Er hatte die Tote obduziert. Dr. Miller sollte die Auswirkung von Luftinjektionen erklären. Er sagte, eine Luftinjektion verhindere, dass das Blut vom Herzen zur Lunge fließt. Es gebe verschiedene Arten der Luftembolie, je nachdem, ob Luft in die Arterien oder in die Venen gelangte. Gerät Luft in Form von Blutschaum in die rechte Herzkammer, schlägt das Herz leer. Es kommt dabei zu plötzlichem Herzstillstand. Man kenne aber auch eine verzögerte Luftembolie, die nicht innerhalb von Minuten zum Tode führt. Entscheidend sei auch, wie viel und in welcher Zeit Luft injiziert wird. Als tödlich gelte eine intravenöse Injektion von 70 bis 130 Kubikzentimeter. Dann bestätigte Dr. Miller, die Todesursache von Mrs. Borroto sei eine Luftembolie gewesen.

Der Verteidiger wies den Chefpathologen daraufhin, dass Dr. Snay bereits vor der Injektion keinen Herzschlag mehr gehört hätte. Daraus sei doch zu schließen, dass die Luft einer bereits Toten injiziert worden sei.

Nach dieser Frage kam es zu einem Disput zwischen dem Verteidiger und dem Pathologen. »Was heißt überhaupt Tod?«, so fragte der Verteidiger, »wann ist er eingetreten? Leben einige Organe und Zellen noch eine Weile weiter? Wann hört das Leben endgültig auf?«

»Tod ist gleichbedeutend mit dem Aufhören aller vitalen Aktivitäten.«

»Gibt es nicht einige individuelle Gewebe, wie z. B. den Herzmuskel, die Muskeln an den Eingeweiden, die Skelettmuskeln und die Spermatozoen, die noch einige Stunden nach dem Tode Lebenszeichen von sich geben?«

»Sie mögen noch Zeichen individuellen Zellenlebens von sich geben, das Individuum, die Gesamtpersönlichkeit hat aber kein Leben mehr.«

»Gibt es nach dem, was Sie als Tod bezeichnen, nicht manchmal noch einen Ausstoß von Luft, sei es durch den Mund, sei es durch den After?«

»Das gibt es allerdings manchmal.«

Dr. Miller erklärte dann weiter, der Puls könne minutenlang stillliegen, ohne dass damit der Tod des betreffenden Menschen bewiesen sei.

Zu Anfang des Prozesses hatte sich Dr. Sander als nicht schuldig bekannt. Aber die Vernehmung der Zeugen der Anklage war niederschmetternd für ihn. Es schien bewiesen, dass er die Patientin bewusst durch Luftinjektionen getötet hatte.

Sanders Verteidiger Wyman war sich der hoffnungslosen Lage seines Mandanten bewusst. Das Verbrechen, dessen er angeklagt wurde, erregte – ausgenommen vielleicht die Problematik der Abtreibung – wie kein anderes die Öffentlichkeit. Pro und Contra standen sich unversöhnlich gegenüber.

Wie bei allen Fragen, bei denen es um Tod und Leben geht, waren die Antworten emotional gefärbt und affektiv angeheizt. Mit dem hippokratischen Eid, der fordert, der Arzt solle niemandem, auch sollte er darum gebeten werden, ein tödliches Mittel verabreichen, ist dem Arzt, der dieses Gebot ernst nimmt, eine unübersteigbare Grenze gesetzt. Dr. Sander hatte sie missachtet, aus einem für jedermann verständlichen Gefühl heraus, aus Mitleid, das jedoch für einen Arzt nicht gelten soll. Und hier setzt folgerichtig die Frage nach der ehernen Gültigkeit dieses ethischen Prinzips von Hippokrates ein: Darf ein Arzt seinem Mitleid folgen und einen unheilbar Kranken, der vor dem nahen Tod steht, vorzeitig von seinen Schmerzen befreien? Selbst wenn dieser ihn darum bittet?

Mit einer solchen Entscheidung hängen ungeahnte ethische, juristische, medizinische, religiöse, politische Probleme zusammen. Im Fall Dr. Sander waren die Gegner einer ärztlichen Sterbehilfe in Manchester besonders aktiv und putschten die Stimmung gegen den Arzt auf. Deshalb erschien es Anwalt Wyman zu riskant, für seinen Mandanten das Recht auf Mitleid einzufordern, zumal nicht einmal die Patientin selbst die Sterbehilfe erbeten hatte.

In Strafprozessen lässt sich die Verteidigung manchmal auf waghalsige Strategien ein. Was Wyman jedoch plante, war geradezu abenteuerlich und für seinen Mandanten äußerst demütigend. Nach dem Willen des Anwalts sollte sich Sander dem Gericht als ein Arzt präsentieren, der sozusagen eine sinnlose irrationale Handlung beging – indem er einer bereits Toten noch Luft in die Vene spritzte.

Gewiss gab es jenen Widerspruch zwischen der Aussage von Schwester Rose und dem Arzt Dr. Snay, ob Mrs. Borroto zum Zeitpunkt der Luftinjektionen noch lebte oder schon tot war. Aber in den ersten Vernehmungen hatte Sander selbst erklärt, er habe aus Mitleid bewusst den Tod seiner Patientin herbeigeführt und damit gegen das Gesetz verstoßen. Nun aber sollte er sein Motiv und seine eigene Aussage verleugnen. Und sollte sich zu einer Handlung bekennen, die ihm sowieso niemand glauben würde, sodass er dann auch noch als jämmerlicher Lügner dastünde.

Sander beugte sich dieser schweren Entscheidung, denn Wyman sah keine andere Möglichkeit, ihn vor einer lebenslänglichen Freiheitsstrafe zu bewahren.

Und so verkündete Wyman also in der Eröffnungsansprache, Dr. Sander sei nicht schuldig. Er habe seine Patientin nicht durch Luftinjektionen getötet, vielmehr sei sie, wie auf dem Totenschein vermerkt, an Darmkrebs gestorben. Nach Dr. Snays Aussage habe Mrs. Borroto nicht mehr gelebt, als sie die Injektionen erhielt. Warum Dr. Sander einer bereits Toten diese Injektionen gegeben habe, könne er sich selbst nicht erklären. Sander sei an jenem Tage völlig überarbeitet gewesen und habe aus einem unerklärlichen spontanen Entschluss heraus gehandelt, wahrscheinlich um zu verhindern, dass die tote Patientin wieder in ihr qualvolles Leben zurückkehrte.

Als erstes versuchte Wyman, den Geschworenen die ärztliche Lauterkeit seines Mandanten zu beweisen. 23 Zeugen – Ärztekollegen, Schwestern, Patienten – bekundeten Sanders fachliche Qualitäten, seine Fürsorglichkeit und Anteilnahme am Schicksal seiner Patienten.

Aber Sanders ärztliche und menschliche Tugenden bezweifelte niemand, waren sie doch augenscheinlich das Motiv für seine Handlung. Peinvoll wurde es für den Angeklagten erst, als er sich von seinem Verteidiger zur eigenen Person vernehmen ließ. Das war notwendig, denn nur so konnte er verhindern, dass der Generalstaatsanwalt als erster die heikelsten Probleme aufgriff und Sander in die Enge trieb. Griff er dagegen bereits alle Widersprüche auf, in die sich Dr. Sander verstrickt hatte, besaß er eine geringe Chance, sie den Geschworenen glaubhaft zu erklären.

Wyman forderte Sander auf, den Zustand der Patientin zu beschreiben, als Schwester Rose ihn zu ihr rief. »Sie machte den Eindruck einer Toten«, sagte Sander. »Totenstill, wie sie dalag. Sie war bleich, ihr Gesicht hatte diesen entspannten

Ausdruck. Ihre Augen waren offen und starr gegen die Decke gerichtet. Als ich nach ihrem Handgelenk griff, um den Puls festzustellen, war die Hand kalt. Ich fühlte keinen Puls mehr. Dann versuchte ich es mit dem Stethoskop. Aber ich konnte nichts hören, weder Atemzüge noch Herztöne.«

»Was schlossen Sie daraus, Doktor?«

»Ich war überzeugt, sie war tot.«

»Baten Sie dann die Tagesschwester Miss Rose um eine sterile Spritze?«

»Ich kann mich nicht mehr erinnern.«

»Können Sie sich erinnern, was Sie mit der Spritze taten?«

»Ich injizierte ein paar Kubikzentimeter Luft in den Arm, und nichts geschah. Ich sah eine leichte Schwellung um die Nadel herum, und ich injizierte noch ein paar Kubikzentimeter langsam in den Arm hinein und blickte auf die Patientin, und nichts geschah. Es war keine Veränderung im Ausdruck festzustellen, aber es gab eine leichte Schwellung um die Nadel und die Aderpartie herum. Ich war noch nicht sicher, ob ich in der Ader war oder nicht, ich fuhr aber fort, kleine Luftmengen zu injizieren, bis schließlich die ganzen 10 Kubikzentimeter erschöpft waren.«

»War irgendeine Veränderung im Ausdruck oder irgendeine Bewegung bei Mrs. Borroto festzustellen?«

»Während dieser ganzen Prozedur kein Lebenszeichen, keine Reaktion.«

»Wie viel Injektionen waren es im ganzen, Doktor?«

»Vier Injektionen.«

»Wie viel Luft haben Sie insgesamt in den Arm injiziert?«

»Zwischen 25 oder 30 Kubikzentimeter.«

»Sie sagten, während der ganzen Prozedur keine Reaktion. Warum dann nahmen Sie überhaupt die Injektionen vor?«

»Ich weiß es nicht. Ich kann es nicht genau erklären. Als ich auf ihr Gesicht sah und alle Gedanken an die Vergangenheit durch meine Seele gingen, fühlte ich mich plötzlich angetrieben, war gewissermaßen davon besessen, etwas zu tun; warum ich es aber tat, kann ich nicht sagen. Es hatte keinen Sinn.«

Der Anwalt blickte zu den Geschworenen. Würden sie diese absurde Behauptung glauben? Richtet ein Arzt mit einer solchen Aussage nicht seine Reputation zugrunde? Waren Gewinn und Preis einer solchen Lüge nicht gleich hoch?

Wyman blieb nichts anderes übrig, als den einmal beschrittenen Weg weiterzugehen. »Wollten Sie Mrs. Borroto töten?«

Dr. Sander suchte seiner Stimme Festigkeit zu geben. »Ich hatte nie die Absicht, sie zu töten.«

Wyman fragte, ob Dr. Sander grundsätzlich der Meinung sei, ein Arzt dürfe einen unrettbar dem Tode geweihten Menschen töten, um ihm weiteres Leiden zu ersparen.

»Ich denke«, antwortete Dr. Sander, »alle von uns haben die Empfindung, dass es schrecklich ist, wenn Menschen leiden müssen. Ich bin mir aber klar, dass die Gesetze eingehalten werden müssen. Ich halte mich an sie, habe es in der Vergangenheit stets getan und werde es auch in der Zukunft immer tun. Ich habe immer versucht, nach dem Eid des Hippokrates zu leben.«

Nach dieser prinzipiellen Stellungnahme gegen die Euthanasie wurde es für den Angeklagten wie auch für seinen Verteidiger noch aussichtsloser, sich aus dem Widerspruch zwischen den früheren Aussagen und der gegenwärtigen herauszuwinden.

»Doktor, Sie diktierten für den Krankenbericht, dass Mrs. Borroto 10 Minuten nach der Injektion von 40 Kubikzentimetern Luft verstorben sei. Heute aber erklären Sie, dass Ihre Patientin schon vor der Injektion verstorben war.«

»An Dickdarmkrebs, wie ich es auf dem Totenschein angegeben hatte. Dickdarmkrebs mit Metastasen in der Leber.«

»Todesursache Krebs – wenn das damals schon Ihre Meinung war, warum dann die Notiz im Krankenblatt über die tödlich verlaufene Luftinjektion?«

Wie zu erwarten, konnte Dr. Sander diesen Widerspruch nicht lösen. Er verfing sich in sinnlosen Erklärungen, bis er schließlich stammelte, er wäre ein ehrenhafter Arzt und zu anständig, etwas zu verschweigen, was er getan habe, ganz gleich, ob es eine Wirkung gehabt habe oder nicht. Aber anscheinend zahlte sich solche Ehrlichkeit nicht aus.

»Wie meinen Sie das, Doktor?«

»Ich meine damit nur, diese ganze Aufregung wäre nicht entstanden, wenn ich diesen Vermerk nicht eingetragen hätte. Die Zeit ist noch nicht gekommen, da man sich offen zu diesen Fragen äußern darf.«

Ein Aufblitzen der Wahrheit, wenn auch nur für Sekunden. Wyman stockte der Atem. Aber er konnte Sanders Worte nicht ungeschehen machen. Begreift denn Sander nicht, wie er sich damit schadet?

Resigniert sagte er: »Erklären Sie uns das bitte genauer, Doktor.«

»Nun, nachdem diese Angelegenheit in den Zeitungen berichtet worden ist und dass ich wegen Mordes angeklagt werden soll, haben mir viele Ärzte sinngemäß geschrieben, sie hätten dasselbe getan wie ich, es nur nicht zu Papier gebracht.«

Nein, dachte Wyman, es ist nichts mehr zu retten, er reitet sich nur immer tiefer hinein.

Und als der Generalstaatsanwalt Dr. Sander dann ins Kreuzverhör nahm, verlor Sander vollends sein Gesicht als Arzt.

Schon mit der Antwort auf die erste Frage des Anklägers erschütterte Sander seinen Ruf beträchtlich. Der Staatsanwalt wollte wissen, welche Kenntnisse Sander über die Luftembolie hatte, bevor er die Injektionen vornahm.

»Ich hatte absolut keine Kenntnis über Luft in den Adern. Natürlich ist das jetzt anders, nachdem die Sache aufgekommen ist. Wir haben eine Menge gehört und gelesen inzwischen. Und was ich jetzt denke, entspricht sicherlich nicht dem, was ich damals dachte.«

So leicht wollte der Ankläger dem Angeklagten seine Schutzbehauptung nicht durchgehen lassen. Hartnäckig bohrte er mit seinen Fragen weiter: »Und doch gaben Sie eine detaillierte Beschreibung von den Umständen.«

»Ich glaube nicht, dass sie sehr ins einzelne ging.«

»Sie sagen jetzt, dass die Eintragung über die Ereignisse am 4. Dezember nicht stimmte?«

»Es ist keine korrekte Eintragung.«

»Die Eintragung wurde aber allein durch Sie bewirkt.«

»Allerdings.«

»Und nach dem Diktat fragte Miss Connor Sie, wie die Sache gewirkt hätte?«

»Ja, gewiss.«

»Sie antworteten ihr doch wohl, dass die Sache gut gewirkt hätte und die Patientin leicht gestorben wäre?«

»Sie war ja offensichtlich leicht gestorben. Sie war ja schon einige Stunden bewusstlos gewesen.«

»Sie wissen, dass sie bewusstlos war?«

»Ich wusste, sie war tot.«

»Und doch hatten Sie die fixe Idee, Luft in diese arme tote Seele zu pumpen!«

»Ich bin sicher, dass die Tatsache, dass sie tot war, mir Gewissheit gab, dass ich ihr keinen Schaden mehr zufügen konnte.«

»Als Sie die ersten zehn Kubikzentimeter Luft intravenös einführten – warum nahmen Sie die Spritze vom Arm und öffneten sie und führten neue Luft ein?«

»Warum ich all das tat, weiß ich nicht.«

»Sie sagen, Sie wissen nicht, warum Sie all das taten?«

»Ja, warum ich es tat, weiß ich nicht. Ich wurde innerlich dazu gezwungen, ich kann es nicht erklären.«

Man konnte fast Mitleid mit Dr. Sander haben, der wohl noch immer hoffte, sich mit solchen unglaubwürdigen Behauptungen retten zu können.

Und in dieser hoffnungslosen Situation kam die Wende für ihn.

Hatten die bisher befragten medizinischen Gutachter ihn anscheinend des Mordes durch Luftinjektionen überführt, sprach ihn nun ein weiterer medizinischer Sachverständiger von dieser Anklage frei. Anwalt Wyman hatte wohl selbst wenig Zutrauen zu seiner Strategie gehabt, seinen Mandanten als Trottel auftreten zu lassen, der von der Wirkung einer Luftinjektion keine Ahnung hatte und nicht wusste, was er tat. Wyman hatte einen Sachverständigen gefunden, der dem Prozess einen sensationell anderen Verlauf gab.

Das war Dr. Ford, ein anerkannter Pathologe von der Harvard-Universität.

Dr. Fords Auftritt erzeugte atemlose Spannung, als er zu Beginn seines Vortrags erklärte, er habe an Mrs. Borrotos Leiche etwa hundert Gewebeproben untersucht und sei zu einer gänzlich andern Schlussfolgerung gekommen als die andern Gutachter. Die Gewebeproben habe er vornehmlich dem Arm entnommen, an dem Dr. Sander die Luftinjektionen durchgeführt hatte. Dabei habe er festgestellt, dass die betreffende Vene schon Tage zuvor durch zwei Blutpfropfen so verstopft gewesen war, dass die Luft gar nicht die Vene passieren konnte. Ferner sei die Vene durch vorangegangene Injektionen bereits so verhärtet gewesen, dass eine Nadel kaum noch in sie eindringen konnte. Wahrscheinlich sei die Luft vom umgebenden Gewebe absorbiert worden. Außerdem reichten selbst 40 Kubikzentimeter Luft nicht aus, um eine tödliche Embolie hervorzurufen. Das habe auch Dr. Miller, der Zeuge der Anklage, zugegeben.

Dr. Fords Gutachten führte zu einem erregten Disput mit den andern Sachverständigen und dem Generalstaatsanwalt.

Aber es gelang Fords Gegnern nicht, seine Argumente überzeugend zu widerlegen.

So blieb dem Generalstaatsanwalt in seinem Schlussplädoyer nicht weiter übrig, als sich bitter darüber zu beklagen, dass die Justiz durch die Schachzüge der Verteidigung eine unverdiente Niederlage erlitten habe. Er forderte die Jury auf, Dr. Sander zu verurteilen, vermied es aber, ihn weiterhin einen Mörder zu nennen. Dann, so wird berichtet, versagte dem Generalstaatsanwalt die Stimme Als er danach seine Rede fortsetzen konnte, gestand er, es sei für ihn sehr aufreibend gewesen, den Prozess gegen Dr. Sander zu führen. Er und Dr. Sander seien von Kindheit an miteinander bekannt, sie wären auch auf dem College Schulfreunde gewesen.

Der Verteidiger wies in seinem Schlussplädoyer daraufhin, die Anklage habe in vielen Punkten berechtigte Zweifel an ihren angeblichen Beweisen offen gelassen. Es sei nicht bewiesen, dass Mrs. Borroto noch lebte, als sie die Injektionen erhielt, oder ob die Luft überhaupt durch die verstopften Venen eindringen konnte oder ob die injizierte Luft für eine Embolie ausreichte. Zum Schluss hielt es Wyman für notwendig zu erklären, auch wenn er Dr. Sander verteidigt habe, bedeute das nicht, dass er auch die Euthanasie verteidige.

Als der Richter die Geschworenen belehrte, nahm er sichtlich die Argumente der Verteidigung auf, wenn er sagte: »Wenn keine Luft in die Venen von Mrs. Borroto injiziert wurde, oder wenn sie schon tot war, als die Luft injiziert wurde, oder wenn die Luft nicht ausreichte, um ihren Tod herbeizuführen, oder wenn ihr Tod auf ihrer Krankheit beruhte, dann sollten Sie den Angeklagten nicht für schuldig befinden …«

Der Freispruch für Dr. Sander kam nun nicht mehr überraschend und wurde sogar mit Beifall begrüßt. Die Stimmung im Gerichtssaal und in der Stadt war zugunsten des Arztes umgeschlagen. Später stellte sich heraus, dass Dr. Sander viele Sympathisanten in Manchester gehabt hatte, die insgeheim Geld für die Prozesskosten gespendet hatten.

Verständlicherweise hatte dieser landesweit beachtete Prozess noch ein weltanschauliches Nachspiel, in dem sich erneut die unversöhnlich gegensätzlichen Fronten eine Schlacht lieferten.

Die Ärztliche Standesvertretung des Staates New Hampshire verurteilte in einer öffentlichen Erklärung jede Handlung, »die darauf abzielt, Leiden durch bewusste Lebensbeendigung aufzuheben, eingeschlossen das, was Euthanasie oder Tötung aus Mitleid genannt wird. Die Gesellschaft wünscht weiterhin zu unterstreichen, dass ihre Mitglieder ihr Leben der Verhütung von Krankheit, der Krankheitsheilung und der Erhaltung menschlichen Lebens gewidmet haben.«

Die Medizinische Gesellschaft schloss Dr. Sander als Mitglied aus. Die Medizinalbehörde untersagte ihm jede ärztliche Tätigkeit.

Dr. Sander hatte sich aber auch die Kritik der Anhänger einer aktiven Sterbehilfe zugezogen. Sie warfen ihm vor, er habe sich nicht zu seiner Handlung bekannt, sondern sie unter dem Druck der Öffentlichkeit verleugnet. Damit habe er dem Kampf um die Legalisierung der Euthanasie einen schlechten Dienst erwiesen.

Einige Zeit später erhielt Dr. Sander die Zulassung als Arzt wieder zurück.

Seit dem Mordprozess gegen Dr. Sander ist ein halbes Jahrhundert vergangen. Aber die Fronten der Gegner und der Verteidiger der Sterbehilfe durch Ärzte erscheinen noch genau so verhärtet wie damals. Und dennoch gibt es einen Unterschied: Die Anhänger der Euthanasie auf Verlangen sind noch zahlreicher geworden und haben in einigen Ländern bereits eine Lockerung des strengen gesetzlichen Euthanasieverbots erreicht.

Eine sachliche Auseinandersetzung über die Euthanasie war

lange Zeit erschwert und mit schrecklichen Erinnerungen belastet.

Das NS-System hatte die Euthanasie verbrecherisch missbraucht. Hitlers erklärtes Ziel, »eine gewalttätige und grausame Jugend« heranzuziehen und »alles Schwache wegzuhämmern«, setzten willige Ärzte in die Praxis um. Sie betrieben in den dafür eingerichteten Tötungsanstalten »industriemäßig die Vernichtung von großen Menschengruppen, die vom Nazismus als ›lebensunwert‹ bezeichnet wurden« – so formulierte es Prof. F. K. Kaul. Insgesamt wurden etwa 70 000 Kranke und Behinderte, Kinder wie Erwachsene, umgebracht.

Deshalb ist es verständlich, dass nach dem Ende des NS-Reiches Euthanasie mit Massenmord gleichgesetzt wurde.

Es ist nicht Aufgabe dieses Tatsachenberichtes, das Pro und Contra über ärztliche Sterbehilfe zu erörtern. Ihre Problematik ist juristisch, ethisch, politisch und religiös vielschichtiger, als der Begriff der Sterbehilfe vermuten lässt.

Bemerkenswert am heutigen Stand der Auseinandersetzung sind zwei Aspekte. Erstens weicht im juristischen wie im medizinischen Bereich die absolute Verurteilung der Sterbehilfe einer nachdenklichen und milderen Beurteilung, zumindest was die Sterbehilfe auf Verlangen des Patienten betrifft. Das Selbstbestimmungsrecht des Patienten, so beginnt man zu begreifen, darf nicht im Krankenzimmer enden. Unterschiedliche Auffassungen gibt es über die Art der Sterbehilfe auf Wunsch: Ob der Arzt aktiv, beispielsweise durch ein tödliches Medikament, den Tod herbeiführt oder indirekt, indem er lebensverlängernde Maßnahmen einfach unterlässt. Die Bedenken gegen aktive wie indirekte Sterbehilfe durch den Arzt richten sich vor allem gegen ihren möglichen Missbrauch. Der Tod ist etwas Endgültiges, er kann nicht rückgängig gemacht werden. Ein anscheinend todkranker, zum Sterben entschlossener Patient könnte dennoch wieder genesen. Oder die Horrorvision: Kliniken,

Behörden, Institutionen könnten, um Kosten zu sparen, moribunde Patienten töten.

Ein zweites Merkmal der gegenwärtigen Euthanasie-Diskussion ist die Tatsache, dass sie bereits praktiziert wird. Nach einer Umfrage des *Stern* im Jahre 1996 vollzieht die Mehrheit vor allem der Klinikärzte, die Todkranke betreuen, bei Bedarf indirekte Sterbehilfe, beispielsweise durch hochdosierte Medikamente. Und eine Anzahl dieser Ärzte ist auch zu aktiver Sterbehilfe bereit.

Das Ringen um eine gesetzliche Regelung und Absicherung der Sterbehilfe ist in vollem Gange.

Die letzte Wahrheit im Pro und Contra liegt jedoch nicht in einer wie auch immer bestimmten ideologischen Entscheidung. Die letzte Wahrheit liegt im Erleben des Schmerzes, des Sterbens selbst. Was der Todkranke dann denkt und wünscht, wird erst in diesem Augenblick offenbar und sollte, gemäß dem Selbstbestimmungsrecht des Menschen, auch als sein letzter Wille erfüllt werden.

IV. Kapitel

WENN DIE KARRIERE DAS GEWISSEN TÖTET

Traumfrau: reiche Erbin

»Zwölfe schlug's, da drang durch die Gardine / eine bleiche kalte Totenhand …«

Es ist das alte Lied und ist die alte Geschichte, die diese Moritat verkündet. Darin verlässt ein Mann die arme Verlobte, um eine reiche Erbin zu heiraten. Die Geliebte bringt sich um vor Gram und erscheint dem ungetreuen Mann nachts als ein sein Gewissen bedrängendes Gespenst. Und treibt ihn – welch ausgleichende Gerechtigkeit? – in den Selbstmord.

Das alte Lied wird auf keinem Jahrmarkt mehr vorgetragen. Aber es wiederholt sich immer wieder in allen möglichen Variationen.

Es wiederholte sich auch bei Dr. William Amos Hadley, wenn auch in einer neuen Fassung. Er selbst brachte – um eine reiche Erbin zu heiraten – seine Frau um. Und er tötete sich nicht aus Reue, sondern starb auf dem Elektrischen Stuhl.

Es war um die Jahrhundertwende. In Friendswood in Texas gab es den Kurzwarenladen des sittenstrengen Mr. Hadley.

Wie die meisten Einwohner dieses Ortes gehörte auch Hadleys Familie einer religiösen Sekte an, der »Gesellschaft der Freunde«. Den Quäkern nahe stehend, war diese Gemeinschaft stark sozial eingestellt. Sie versorgte Bedürftige mit Speisung, Lebensmitteln und Kleidung. Sie lehnte den Kriegsdienst ab und verurteilte Sklaverei und Rassismus. Hilfe für den Nächsten, stille Andacht, eine karge bescheidene Lebensweise – das war die Umwelt, in der einer der Söhne des Kurzwarenhändlers, William Amos, aufwuchs.

Diese Umwelt prägte den Jungen auf doppelte und sehr widersprüchliche Weise.

Wer als Heranwachsender den Alltag als religiöse Übung und religiöse Tätigkeit als Bewährung im Alltag erlebt, wer noch dazu in einer Gemeinschaft zu Hause ist, die sich durch ihre Glaubensdogmen fest zusammenschließt, wird sich zuerst einmal keine andere Zukunft vorstellen können, als in dieser Gemeinschaft und für sie wirksam zu werden. So war es für William selbstverständlich, dass er sich nach dem Ende seiner Schulzeit für den Priesterberuf in der »Gesellschaft der Freunde« entschloss.

Die Sekte besaß eine eigene theologische Akademie in Kansas, wo der Priesternachwuchs ausgebildet wurde. Dem intelligenten 20-jährigen William fiel das Studium anfangs leicht. Doch auf die Dauer fiel es ihm schwer, sich in die Disziplin des Studiums und das asketische Leben an der Akademie einzuordnen. So kam es, wie es so oft kommt, wenn ein junger Mensch, der in einer streng dogmatischen Umwelt – mag sie religiös oder politisch geprägt sein – aufwächst und schließlich selbständig zu denken und kritisch zu urteilen lernt. Er wird sich bewusst, wie lebensfremd alle Dogmen sind.

Irgendwann während des Studiums kam auch für William Hadley der Augenblick, wo er mit seinem bisher geführten Leben brach und sich in eine extrem entgegengesetzte Existenz flüchtete. Er trieb sich in Kneipen herum, zog sich den streng verpönten Alkohol an die Brust, gab sich der missbilligten Fleischeslust mit jungen Mädchen hin und fühlte sich rundum behaglich in dieser neu entdeckten Freiheit.

Bis er auch dieser überdrüssig wurde und wieder in die Lebensweise zurückfiel, die er bereits endgültig verlassen zu haben glaubte. Ihre Macht war wohl doch stärker, als es ihm bisher erschienen war. Er heiratete Bertha, ein schlichtes, ihm treu ergebenes Mädchen, kehrte mit ihr in seinen Heimatort Friendswood zurück und verkaufte im väterlichen Laden Nähgarn, Wollknäuel und Stecknadeln.

Bertha bekam ein Kind. Nun waren sie eine Familie. Es sah aus, als hätte sich William zu einem Leben verurteilt, das dem seines Vaters glich, zu einem stillen, bescheidenen, wohltätigen Leben in der Gesellschaft der Gläubigen.

Aber in William steckte zu viel Energie, seine Intelligenz war zu wach, sein Temperament zu unruhig, um auf die Dauer mit dieser eingeschränkten Existenz zufrieden zu sein. Er begann, von einem erneuten Studium zu träumen. Am meisten verlockte ihn das Medizinstudium. Aber der Vater war enttäuscht, weil William die Priesterausbildung abgebrochen hatte. Er versagte ihm jegliche finanzielle Unterstützung für ein weiteres Studium.

Bertha dachte da anders. Als William ihr seine Pläne vortrug, beschloss sie, sich eine Arbeit zu suchen und dadurch das Studium ihres Mannes zu finanzieren. William dankte ihr beglückt.

Er erhielt einen Studienplatz. Seine Abwesenheit von zu Hause nutzte er gründlich aus, einmal fürs Studium, das er höchst erfolgreich absolvierte, zum andern, um ebenso erfolgreich seine sexuellen Erfahrungen mit ständig wechselnden Freundinnen zu vervollkommnen.

1911 verließ er die Universität als Doktor der Medizin, kehrte kurzfristig nach Friendswood zurück, um sich von Bertha scheiden zu lassen, und richtete sich dann in Galveston eine Praxis ein.

»Seiner Neigung entsprechend«, heißt es in einem Bericht über Hadley, »etablierte er sich als Frauenarzt, denn er fühlte, dass in diesem Fach seine Talente am besten zur Geltung kommen würden.« Ob hohe finanzielle Erwartungen oder erotische Illusionen oder beides zugleich Hadley zu dieser Entscheidung bewogen, mag dahingestellt bleiben. Jedenfalls erwies sich dieser Entschluss bald als glücklich. Das Wartezimmer füllte sich mit Hilfe suchenden Frauen, und die Patientinnen waren voll des Lobes über den einfühlsamen Arzt, der so viel Verständnis für ihre organischen und seelischen Probleme hatte.

Aber die Einnahmen, die die Praxis erbrachte, genügten Hadley nicht. Die Einrichtung der Praxis hatte ihn verschuldet, er musste beträchtliche Kredite abzahlen und konnte sich noch nicht den Wohlstand leisten, den er beanspruchte. Schaudernd dachte er an den Kurzwarenladen zurück, an das eingeschränkte Leben in seinem Heimatort. Was er dort und damals entbehren musste, das wollte er nun so rasch und so bequem wie möglich nachholen.

Er wollte viel. Wer viel will, muss viel geben. Was, so überlegte er sich, kann ich geben? Dr. Hadley kannte den Kredit, den er besaß. Erstens war er Akademiker. Zweitens hatte er einen guten Ruf als Arzt. Drittens konnte er Frauen faszinieren und fast jede, die er wollte, in sein Bett holen. Und viertens: Er war Junggeselle.

Diesen vierfachen Kredit musste er wohlüberlegt einsetzen. Dafür wollte er eine reiche Frau.

Was sich zuerst nur als kühle Planung vorbereitet hatte, schien bald ein Zufall zu verwirklichen.

Die Sonne war das Werkzeug des Zufalls.

Im Garten des Landhauses von Commodore Hartwick hatten einige Gäste zu lange in der Sonne gelegen und sich einen so starken Sonnenbrand zugezogen, dass sie glaubten, ärztliche Hilfe zu brauchen. Und obwohl er kein Hautarzt war, ließen die Damen ihren Gynäkologen Dr. Hadley kommen, um sich von seinen erfahrenen Händen Brandsalbe einmassieren zu lassen. Unter diesen »Patientinnen« war auch die 20-jährige Sue Tinsley, hübsch und jugendfrisch, die sofort Hadleys Begehrlichkeit erweckte. Als er ihren Rücken bearbeitete, erfuhr er nicht nur ihren Namen, sondern dass sie aus einer alteingesessenen angesehenen Familie aus Cincinnati stammte. Dass Sue aus bestem Hause kam, hatte er schon geahnt. Denn Commodore Hartwicks Gäste gehörten zur Crème der Gesellschaft.

In diesem Augenblick fasste Dr. Hadley einen Entschluss. Das ist die Frau für mich! Ich werde sie heiraten. Die Ehe mit Sue ist die Tür zur Welt der oberen zehntausend, zu Einfluss und Reichtum.

Dem Frauenheld fiel es nicht schwer, seinen Entschluss mit Energie zu verwirklichen. Sein Charme, sein Nimbus als Arzt, seine gesellschaftliche Gewandtheit machten ihn für Sue höchst attraktiv.

Und anscheinend auch für Sues Eltern. Hatte Hadley anfangs noch befürchtet, Sues altehrwürdige Familie könnte ihn als nicht standesgemäßen Emporkömmling ablehnen, so hatte er sich getäuscht. Sues Eltern stimmten der Heirat zu. Die Hochzeit wurde noch im gleichen Jahr, im Oktober 1913, mit Pomp und vielen illustren Gästen gefeiert.

An diesem Tage sah sich Dr. Hadley an der Pforte einer paradiesischen Zukunft. Er hatte eine junge schöne Frau, gehörte nun zu einer einflussreichen Familie, war ein erfolgreicher Arzt mit üppiger Gelegenheit, sexuelle Abwechslung bei seinen Patientinnen zu finden.

Niemals hatte Hadley seine Vergangenheit vergessen, die

Jahre im verschlafenen Friendswood, die asketischen Lebensregeln der Quäker, die theologische Engstirnigkeit, die Arbeit im Kurzwarenladen. Nun lag das alles weit hinter ihm.

»Ich bin ein glücklicher Mensch«, sagte er eines Abends, kurz nach der Hochzeit, zu Sue.

»Ja«, bestätigte sie, »ich auch.«

»Und ich bin ein methodischer Mensch«, fuhr er fort. »Ich lebe nicht wie die meisten sinnlos vor mich hin. Ich setze mir Ziele, eins nach dem andern. Mein nächstes Ziel, Sue, ist, dass wir uns einige Zeit bei deinen Eltern in Cincinnati aufhalten.«

»Die Eltern werden sich freuen.«

»Und deshalb werden sie dir und mir zuliebe sicherlich all ihre gesellschaftlichen Beziehungen spielen lassen, die es mir erleichtern, Karriere zu machen.«

»Karriere? Aber welche Karriere denn? Du bist ein beliebter Arzt!«

»Das genügt mir nicht. Ich denke auch an andere Möglichkeiten. An einträgliche Unternehmungen an der Börse. Immobiliengeschäfte. Medizinische Forschung. Dein Vater gibt die üblichen glänzenden Partys, lädt einflussreiche Leute ein – alles andere ist dann meine Sache.«

»Mein Vater kann keine glänzenden Partys geben.«

Hadley blickte seine Frau verständnislos an. »Er kann nicht? Oder meinst du, er will nicht?«

»Er – kann – es – nicht! Er hat gar nicht die Mittel dazu. Es war einmal, verstehst du? Mein Vater hat Pech in seinen Unternehmungen gehabt. Konkurs, Schulden. Die Eltern besitzen nichts mehr, nichts!«

Sie scherzt, dachte Hadley im ersten Augenblick. »Und unsere Hochzeit?«, fragte er triumphierend. »Wovon haben deine Eltern denn die kostspielige Hochzeit bezahlt?«

»Die haben nicht die Eltern bezahlt, sondern meine Schwester. Die mit dem reichen Texaner verheiratet ist. Sie unterstützt sogar ständig meine Eltern, damit sie überleben. Wusstest du das nicht?«

Ihre Frage war blanker Hohn. Woher sollte er das wissen? Niemand hatte es ihm gesagt. Unbändige Wut stieg in ihm auf, Wut über sich selbst. Warum hatte er keine Fragen vor der Heirat gestellt, keine Erkundigungen eingezogen, sich auf den Glanz eines Namens verlassen, der längst abgeblättert war! Er wollte ein Gentleman sein, und ein Gentleman spricht nicht über Geld. Ein Mädchen, das unter Millionären verkehrt, kann nur den gleichen Kreisen angehören, so hatte er damals gedacht.

Aber ein Mann wie Hadley verträgt keinen Selbstvorwurf. Statt mit sich und seiner Unterlassung ins Gericht zugehen, richtete er seinen Zorn gegen Sue. »Du hast mich betrogen! Hast die reiche Millionärstochter gespielt, nur um mich einzufangen!«

Sue war entsetzt. Der liebevolle Ehemann hatte sich in einen Wüterich verwandelt. »Du hast mich also nur wegen des Geldes geheiratet!«, rief sie anklagend.

»Und du? Warum hast du mich geheiratet? Auch nur aus materiellen Gründen! Die arme Kirchenmaus setzt sich ins Nest eines gutsituierten Arztes! Das war dein Motiv!«

Und plötzlich begann er zu lachen. Es war ein böses Gelächter, das Sue Angst machte.

Die nächsten Monate vergingen, ohne dass Hadley jemals dieses Thema wieder erwähnte. Sue atmete auf. Vielleicht, so hoffte sie, überwindet er seine Enttäuschung. Alles wird wieder gut.

Und so schien es auch zu sein. Eines Tages eröffnete er ihr, sie würden in den Staat Colorado umziehen, nach Eagle County. »Glänzende Aussichten«, sagte er, »dort ist viel Geld zu machen. Reich entwickelter Bergbau, Kupfer, Zink, Blei, Silber, Gold. Steinreiche Männer, die nur Sinn fürs Geschäft haben.

Aber nicht für ihre Frauen, die dann erfahrungsgemäß in Hysterie und Neurosen verfallen und einen verständnisvollen Arzt brauchen.«

Auch in seinem neuen Wirkungsort erwies sich Hadley als sehr risikofreudig. Obwohl er hier ein noch unbekannter Arzt ohne jegliche Verbindungen war, gründete er eine Privatklinik.

Und bald zeigte sich auch hier, dass das kein Risiko gewesen war. Wieder war er der Arzt, »dem die Frauen vertrauten«, die kranken, die unfruchtbaren, die unverstandenen, die frustrierten. Und sie alle hatten Geld, das heißt, ihre Männer zahlten willig und reichlich in der Hoffnung auf Erfolg.

Nach jenem erschreckenden, aber nie wieder ausgebrochenen Streit hatte sich Hadleys Ehe anscheinend normalisiert. Von seinen Bettgeschichten außer Haus wusste Sue nichts oder wollte nichts wissen. Sie war ja abhängig von ihm, von seinem Wohlwollen.

Hadley hatte es sich zur Regel gemacht, seine Sexpartnerinnen nur unter verheirateten Frauen zu wählen. Die waren, meist aus materiellen Gründen, an ihre Männer gebunden. Sie genossen einen Seitensprung mit dem Charmeur, stellten jedoch keine Besitzansprüche an ihn.

Eines Tages aber durchbrach er diese Regel. Vielleicht war er bereits zu selbstsicher, dass er sich diese Unvorsichtigkeit leistete. Sie hatte verhängnisvolle, aber noch keine katastrophalen Folgen.

Eine neue Krankenschwester namens Jeanie nahm ihren Dienst an seiner Klinik auf. Er erblickte sie zum ersten Mal, als er – so jedenfalls wird berichtet – gerade zu später Nachtstunde aus dem Einzelzimmer einer Patientin kam. Die Situation war eindeutig.

Jeanie dachte, was die Patientin erreicht hatte, könnte sie auch erreichen. Und Hadley dachte ebenso. Jeanie war sexy und gefiel ihm. Sie schliefen zusammen, wo sich nur eine Gelegenheit bot. Bald legten sich beide keinen Zwang mehr an, ihre Beziehung zu verheimlichen. Hadley glaubte in seinem Machtbewusstsein als Herr der Klinik, sich auch dieses Abenteuer leisten zu können. Und Jeanie fühlte sich in seinem Schatten ebenso mächtig wie sicher.

Aber beide hatten sich darin getäuscht. Jeanies Besitz am Chef und ihr Einfluss auf ihn erregten die Eifersucht aller Frauen, die sich einst mit Hadley vergnügt hatten oder noch hofften, in sein Bett zu gelangen. Und Hadleys Bindung an Jeanie zog ihm gleichermaßen den Zorn verflossener und künftiger Geliebter zu. Gerüchte über Hadleys unärztliche Praxis steigerten sich zum öffentlichen Ärgernis. Er erhielt Drohbriefe. Die Stadtverwaltung legte ihm nahe, aus Eagle County zu verschwinden.

Hadleys Frau blieb die skandalöse Affäre nicht verborgen. Anonyme Briefschreiberinnen hatten sie mit dem Ausdruck des Bedauerns darüber informiert. Fatalerweise konnte das aber Sues Liebe zu Hadley nicht erschüttern. Vielleicht fürchtete sie auch die Unsicherheit ihres Lebens nach einer Scheidung. So verließ sie also an der Seite ihres Mannes die Stadt und zog mit ihm nach Red Cliff in Colorado. Hier fasste der clevere Doktor schnell wieder Fuß. Er erhielt eine Stelle in einer Klinik für Bergarbeiter, die einem Zink-Unternehmen gehörte.

Dass er diese Stelle annahm, war zuerst nur eine Augenblicksentscheidung des soeben vertriebenen Arztes. Denn es war keine Frauenklinik! Aber er tröstete sich vorerst damit, dass er als Chefarzt eingesetzt wurde. So blieben ihm gewisse Machtpositionen erhalten, und er nutzte sie sogleich aus, um Jeanie hierherzuholen und sie zur Personalleiterin zu machen.

So ging das alte Leben weiter. Sue saß als treue und betrogene Ehefrau zu Hause, ihr Mann verbrachte den Tag in der Klinik und die Nächte bei seiner Geliebten. Hadley war überzeugt, Sue würde diese Situation auch weiterhin klaglos hinnehmen.

Er war zwar Chefarzt, aber es war eben doch eine abhängige Stellung. Sie erbrachte ihm nur einen Bruchteil der Einkünfte, die er einst aus seiner eigenen Klinik gezogen hatte. Dazu zwei Frauen am Hals, die auch nichts hatten! Noch immer hielt er verbissen an seinem einfachen großen Plan fest: Reichtum durch Heirat mit einer Millionenerbin. Doch der Verwirklichung dieser Hoffnung war er ferner denn je.

Er war nun fast vier Jahre mit Sue verheiratet, und als er einmal von Scheidung sprach, widersetzte sie sich entschieden. Er fühlte sich gefangen und wusste keinen Ausweg.

Da brachte ein weltpolitisches Ereignis die Wende in seinem Leben. Drei Jahre bereits tobte in Europa ein Weltkrieg. 1917 endlich entschlossen sich die Vereinigten Staaten, am Krieg gegen Deutschland und seine Verbündeten teilzunehmen. Bald trafen in den amerikanischen Lazaretten die ersten Verwundeten vom europäischen Kriegsschauplatz ein. Von patriotischem Mitgefühl erfüllt, meldeten sich gerade aus den reichen Familien junge Frauen, um als Hilfskrankenschwestern die Verwundeten zu betreuen und dabei eine sinnvolle Beschäftigung zu finden.

Hadleys Phantasie arbeitete rasch und präzis. Gab der Krieg vielleicht auch ihm eine Chance, seine unbefriedigende Lebenssituation zu ändern und seinen geheimen Traum doch noch zu verwirklichen? Er brauchte sich nur auf diesen Markt zu begeben, der ihm reiche Auswahl unter reichen jungen Damen bot. Dazu musste er sich zur Armee melden, um dann in einem Militärlazarett eingesetzt zu werden – natürlich nicht an der Front.

Glücklicherweise gehörte Hadley noch immer der Quäkersekte an, die vom Waffen- und Kriegsdienst befreit war. Er konnte in den USA bleiben und wurde als Lazarettarzt in Virginia beschäftigt.

Endlich war er weg von Sue, endlich auch von Jeanie, die ihm längst schon lästig geworden war. Neue Frauen, neue Abenteuer, mit aller Vorsicht natürlich, denn er war Offizier und der strengen Militärdisziplin unterworfen.

Diesmal zog er Erkundigungen über seine Opfer ein. Aber eine fette Beute hatte er bisher noch nicht gefunden.

Bis ihm eines Tages Cheryl Johnson in den Weg lief. Sie war nicht hübsch. Aber sie besaß die entscheidende Eigenschaft, die seinen ganzen Charme zur Höchstleistung mobilisierte: Sie war das einzige Kind eines bekannten reichen Börsenmaklers. Und da Geld bekanntlich auch die weniger Schöne zur Madonna werden lässt, entschloss sich Hadley zuzugreifen.

Doch Geld macht nicht nur die Hässlichen schön, es kann auch die Schlauen verdummen. Ob es blinde Geldgier oder unbekümmerte Naivität war oder ob der mörderische Vorsatz bereits Gestalt angenommen hatte, als Hadley, noch immer mit Sue verheiratet, Cheryl einen Heiratsantrag machte – das lässt sich nicht mehr klären.

Vielleicht vereinten sich alle drei Antriebe zu diesem unbegreiflichen Schritt. Cheryl war beglückt von Dr. Hadleys temperamentvoller Persönlichkeit und stimmte seinem Wunsch sofort zu. Allerdings mit der Einschränkung, ihr autoritärer Vater sei auch damit einverstanden.

Daddy war einverstanden.

Die Hochzeit sollte im April des nächsten Jahres stattfinden. Die wenigen Monate, die Hadley bis dahin noch verblieben, waren von seiner verzweifelten Suche nach einem Ausweg aus dieser Situation erfüllt. Zu allem Unglück tauchte auch noch Jeanie plötzlich bei ihm auf. Sie arbeitete ebenfalls in einem Militärlazarett ganz in der Nähe und hoffte, sie könnte die alte Beziehung auffrischen und fortsetzen. Hadley bekam Angst. Wenn Cheryl das erführe! Er nahm sich dienstfrei, quartierte sich mit Jeanie in einem Hotelzimmer ein, animierte sie, sich sinnlos zu betrinken und schickte ihr dann die Militärpolizei auf den Hals.

Jeanie wurde festgenommen und strafversetzt. Er atmete auf, sie würde ihn nicht mehr belästigen.

Aber da war noch immer Sue. So duldsam sie bisher gegenüber seinen Seitensprüngen gewesen war, so hartnäckig würde sie sich immer noch einer Scheidung widersetzen. Einfach mit Cheryl irgendwo untertauchen? Unmöglich. Er war Soldat, er würde als Deserteur gesucht werden. Oder einfach heiraten und Sue dann vor vollendete Tatsachen stellen? Das hätte unkalkulierbare juristische Folgen, abgesehen davon, dass Cheryl ihn sofort verlassen würde, wenn sie erführe, dass er noch verheiratet war.

Es blieb nur eins. Sue musste für immer aus seinem Leben verschwinden. Und da sie das nicht freiwillig täte, musste er nachhelfen.

Noch überlegte er, wo und wie er Sue umbringen sollte. Da beschleunigte Sue selbst unbewusst ihr tödliches Ende.

Eines Morgens wurde Hadley ans Telefon gerufen. Sue wollte ihn sprechen.

»Überraschung!«, rief sie fröhlich. »Ich hatte Sehnsucht nach dir und will dich besuchen. Ich bin schon unterwegs.«

Hadley war entsetzt. Sue taucht hier auf, wird Cheryl begegnen! Es wäre eine Katastrophe.

Während er belanglose Liebenswürdigkeiten in den Hörer sprach, überlegte er zugleich fieberhaft, wie er Sue davon abhalten könnte, hierher zu kommen. Und wie immer hatte er einen rettenden Einfall. »Wir haben Seuchenkranke hier im Lazarett, es besteht Besuchsverbot. Wir müssen uns in der Stadt treffen, am besten im Hotel, wo du wohnen musst. Vielleicht im Bahnhofshotel? Ich nehme Urlaub und komme ins Hotel.«

Er ließ sich ihre Ankunftszeit sagen, bestellte ein Hotelzimmer, nahm Urlaub und fuhr zur verabredeten Zeit ins Hotel.

Sue erwartete ihn schon.

Anfangs hatte er befürchtet, Sue könnte von der bevorstehenden Hochzeit mit Cheryl erfahren haben und sei gekommen, um seinen Plan zu durchkreuzen. Glücklicherweise hatte er sich getäuscht. Sue ahnte nichts. Bald wurde ihm der Grund ihres Besuches klar. Sie bedrängte ihn mit Zärtlichkeiten, beteuerte unaufhörlich, wie sehr sie ihn liebe. Sie hängte sich wie eine Klette an ihn. Es gab keinen Zweifel, sie würde ihn nie aufgeben.

Aber noch immer wusste er nicht, wie er sich von ihr befreien sollte. Vorsorglich hatte er ein starkes Schlafmittel mitgebracht. Vielleicht ließe sich damit ein Selbstmord arrangieren. Aber ihre Leiche würde gefunden und identifiziert werden. Er geriete dann sofort ins Blickfeld der Polizei, er hatte ja mit der Toten das gleiche Zimmer bewohnt. Sie töten und zerstückeln und die Leichenteile irgendwo verstecken – zu aufwendig, dazu hatte er weder Zeit noch Gelegenheit.

Da schlug ihm Sue selbst eine Möglichkeit vor. Sie wünschte sich eine romantische Bootsfahrt im Mondschein.

In diesem Augenblick sagte er sich: Das ist deine Chance! Er zwang sich zu einem liebevollen Lächeln: »Eine wunderbare Idee, Sue.«

Die Vorbereitung zum Mord erschien ihm denkbar einfach. Er sah nur das Ziel, nicht den Weg. Er war zu unbekümmert, vor allem aber zu selbstsicher, um alle Folgen zu überblicken. Und ging deshalb so unüberlegt und dilettantisch vor, dass seine Tat von vornherein zum Scheitern verurteilt war.

Als erstes lieh sich Hadley ein Ruderboot, das er zusammen mit einigen Kleidungsstücken an einer entlegenen Uferstelle des James River versteckte.

Das war sein erster Fehler: Er trat als Entleiher des Bootes in Erscheinung.

Am Abend begab er sich mit Sue zum Bootsversteck. Es war ein kalter Novemberabend. Sie stiegen ins Boot, Hadley übernahm das Ruder. Er lenkte es in die neblige Wasserwelt hinein. Bald zitterte Sue vor Kälte. Das hatte er vorausgesehen. Er zog eine Flasche Gin aus der Tasche. »Nimm einen kräftigen Schluck, das wärmt dich auf.« In den Gin hatte er ein starkes Schlafmittel gemischt. Sue würde einschlafen, dann wollte er sie in der Nähe des Ufers ins Wasser werfen und das Boot zum Kentern bringen. Es würde aussehen wie ein Unfall durch Ertrinken. Er selbst würde ans nahe Ufer zurückschwimmen und sich die dort versteckte trockene Kleidung anziehen.

Dieser Ablaufplan war sein zweiter Fehler.

Er hatte zu viel Schlafmittel in den Gin gegeben. Zusammen mit dem Alkohol wirkte es auf Sues wahrscheinlich schwachen Kreislauf wie eine Bombe. Sie sank auf den Boden des Bootes. Er beugte sich vorsichtig hinab und hob ihren Körper empor, um ihn ins Wasser zu werfen. Sein Triumph, wie schnell und sicher das Gift gewirkt hatte, verwandelte sich in Entsetzen.

Sue war tot.

Damit war sein Plan, einen Tod durch Ertrinken vorzutäuschen, zunichte geworden. Ertrinkende atmen im Todeskampf Wasser ein. Bei Menschen dagegen, die bereits tot ins Wasser gelangen, sind die Lungen frei von eingeatmetem Wasser. Keine Chance also mehr, einen Unfalltod glaubhaft zu machen. Dann läge ein Mordverdacht nahe. Eine Obduktion wäre notwendig. Sie würde die tödliche Mischung von Alkohol und Schlafmittel offenbaren.

Die Spur führte direkt zu ihm.

Und nun beging Hadley den dritten Fehler. Er wickelte Anker und Ankerkette um die Tote und versenkte sie im Fluss.

Er brachte das Boot zum Verleiher, holte Sues und sein Gepäck aus dem Hotel und kehrte ins Lazarett zurück.

Sues Verschwinden erklärte er auf die gleiche Weise wie so mancher seiner mörderischen Kollegen – wie Ruloff, Grippen, Ruxton. Sues Eltern teilte er mit, Sue sei nach Südamerika gereist und dort verstorben und bestattet worden.

Vorerst schienen Sues Verwandte sich mit dieser Nachricht abzufinden. Es ist nicht überliefert, ob sie Hadleys Geschichte bezweifelten oder sogar nähere Informationen und Nachweise von ihm forderten. Hadley glaubte, alle Hindernisse für eine Heirat mit Cheryl aus dem Weg geräumt zu haben. Beide schwelgten in Zukunftsplänen.

Ob dem Doktor, wenn er nachts bei seiner Geliebten lag, wie in der Moritat das bleiche Gespenst der Toten erschien, ist nicht anzunehmen. Aber Hadleys Geschichte endete ebenso unheilvoll wie in dem alten Lied. Zwar beging er keinen Selbstmord, weil er Reue nicht kannte. Aber einige Wochen nach dem Mord trieb Sues Leiche aus dem Wasser empor und konnte identifiziert werden.

Hadley erfuhr durch die Presse, dass er der Tat verdächtigt wurde. Er hatte sein Millionenspiel verloren. Noch bevor er verhaftet werden konnte, floh er und tauchte in Mexiko unter.

Zwei Jahre später hatte die intensive Fahndung nach ihm Erfolg. Man spürte ihn auf, er wurde verhaftet und in die USA zurückgebracht.

Er gestand den Mord.

Der Mordprozess erregte großes Aufsehen. Als Mörder angeklagt war ein bemerkenswerter Mensch. Dieser Mann war in bescheidenen Verhältnissen aufgewachsen. In seiner Jugend hatten ihn religiöse und soziale Grundsätze geprägt. Er hatte sich zum Priesterberuf bestimmt gesehen und sich schließlich mit Energie zu einem erfolgreichen Arzt entwickelt. Dieser Arzt hatte sich für seine asketische Jugend durch ein ungezügeltes Sexualleben, die Gier nach Reichtum und Einfluss entschädigen wollen und deshalb die Frau ermordet, die ihn trotz alledem geliebt hatte. Hadley wurde zum Tode verurteilt und auf dem Elektrischen Stuhl hingerichtet.

Eine alte Geschichte. Ein altes Lied, das sich dennoch immer wieder in Variationen wiederholt.

»Mörderische Wissenschaft«

1930 ereignete sich in Lübeck ein Massensterben von Säuglingen, die kurz zuvor gegen Tuberkulose geimpft worden waren. Von 243 erkrankten Kindern starben in wenigen Wochen 68 an Tuberkulose und ihren Folgeerscheinungen.

Die Untersuchung dieser Katastrophe mündete in einem Monsterprozess, der fast vier Monate dauerte. Er wurde damals unter dem Namen »Calmette-Prozess« nicht nur in Deutschland, sondern in der ganzen Welt bekannt.

Im Calmette-Prozess ging es um das Schicksal eines Impfstoffs, den der französische Wissenschaftler Calmette Anfang der 20er Jahre entwickelt hatte.

Damals war dieser Impfstoff in der Fachwelt heftig umstritten.

Der von diesem Impfstoff angeblich verursachte Tod so vieler Kinder brachte den wissenschaftlichen Streit zum offenen Ausbruch. Anhänger und Gegner der Calmette-Impfung lieferten sich nicht nur auf Kongressen und in den Fachzeitschriften, sondern auch im Lübecker Gerichtssaal erbitterte Gefechte. Es ging dabei nicht nur um den Impfstoff BCG, sondern um das Leben von Millionen Kindern in aller Welt, für die Calmette seinen Impfstoff entwickelt hatte.

Die juristische Entscheidung in diesem Prozess beruhte auf den Gutachten medizinischer Kapazitäten. Sie sahen sich dabei, wie einer von ihnen sagte, in den schwersten Konflikt ihrer Laufbahn gestellt, in den Konflikt zwischen Pflicht und Neigung.

Die Neigung führte sie in die Versuchung, die am Massensterben schuldigen Ärztekollegen zu entlasten. Ihre ärztliche Pflicht aber zwang sie, die Schuldigen auch für schuldig zu befinden.

Im Dezember 1929 erhielten im Lübecker Säuglingsheim drei Neugeborene, die Kinder Griese, Schulz und Golchert, eine im Lübecker Krankenhaus hergestellte Emulsion, die die Kinder gegen Tuberkulose immun machen sollte. Die Emulsion wurde mit der Nahrung vermischt und, wie man sagte, mit ihr zusammen »verfüttert«.

Diese Verfütterung eines Tuberkulose-Impfstoffs war ein Vorversuch. In Kürze sollten Säuglinge massenhaft auf diese Weise geimpft werden. Einige Wochen später erkrankte das Kind Griese an Lymphdrüsentuberkulose. Ein Klinikarzt kam auf den Gedanken, die Erkrankung könnte mit der Schutzimpfung zusammenhängen. Er setzte sich deshalb mit Prof. Deycke, dem Chefarzt des Allgemeinen Krankenhauses Lübeck, in Verbindung, denn Prof. Deycke hatte im Labor des Krankenhauses den Impfstoff hergestellt.

Deycke ließ sich die Krankheitssymptome schildern und meinte schließlich, die Lymphdrüsentuberkulose habe nichts mit der Impfung zu tun, es sei eine angeborene, schon im Mutterleib erworbene Tb. Der behandelnde Arzt gab sich mit der Diagnose des Professors zufrieden, obwohl er wusste, wie selten diese kongeniale Tuberkulose ist. Er unterließ es auch nachzuforschen, ob überhaupt familiäre Bedingungen für eine angeborene Tuberkulose vorhanden waren.

Anfang März wurde an eine größere Anzahl Säuglinge der in Lübeck hergestellte BCG-Impfstoff verfüttert.

Der Säugling Griese war inzwischen verstorben.

Am 26. April starb ein mit dem BCG geimpfter Säugling namens Schwarz ebenfalls an Lymphdrüsentuberkulose. Die Leiche wurde seziert. Die Obduzenten führten die tödliche Erkrankung auf die BCG-Verfütterung zurück und teilten ihren Befund Prof. Deycke mit.

Prof. Deycke rief den Physikus Obermedizinalrat Dr. Altstaedt an. Altstaedt war Leiter des Lübecker Gesundheitsamtes.

Er kannte sich mit Tuberkulosefällen aus, denn seit fast einem Jahrzehnt arbeitete er als ehrenamtlicher Vorsitzender der Tuberkulosefürsorge.

Altstaedt nahm Deyckes Mitteilung sehr betroffen auf. Als Leiter des Gesundheitsamtes hatte er die Einführung der BCG-Impfung vorgeschlagen.

»Ein Todesfall? Wie ist das möglich, Herr Professor? Sie waren doch ebenso wie ich von der absoluten Unschädlichkeit des BCG überzeugt!«

»Das können wir auch jetzt noch sein, lieber Altstaedt. Es ist ein Einzelfall, einer jener seltenen Fälle, wobei die abgeschwächten Tuberkelbazillen unerwartet wieder aktiv werden.«

»Aber dann müssen wir doch etwas unternehmen. Schließlich kann es zu weiteren Erkrankungen kommen!«

»Ich habe bereits die Verfütterung einstellen lassen. Mehr lässt sich im Augenblick nicht tun.«

Mit dieser beruhigenden Mitteilung begnügte sich Dr. Altstaedt. Er unternahm nichts, um die noch in andern Anstalten vorhandenen Emulsionen zurückzuziehen. So erhielten in den nächsten Tagen weitere 19 Säuglinge die tödliche Emulsion. Dr. Altstaedt forderte auch Prof. Deycke nicht auf, die Umstände zu erforschen, die zu dieser ganz ungewöhnlichen Virulenz der abgeschwächten Tuberkelbazillen geführt hatten.

Zwei Tage später bat Prof. Deycke Dr. Altstaedt, ihn im Krankenhaus aufzusuchen. Dort teilte Deycke Altstaedt mit, inzwischen seien 8 weitere Säuglinge an Tuberkulose erkrankt. Vier seien bereits verstorben. Altstaedts Erschrecken wäre noch größer gewesen, hätte er gewusst, dass ihm Prof. Klotz, der Direktor der Kinderklinik, der ebenfalls an dem Gespräch teilnahm, einfach verschwieg, dass auch in seiner Klinik Kinder an Tuberkulose erkrankt waren.

Altstaedt fragte, ob sich noch überprüfen lasse, mit welchem Stamm die erkrankten Kinder gefüttert worden waren. Deycke erwiderte, die betreffende Emulsion sei am 28. Februar hergestellt worden. Altstaedt schwieg lange. Dann nahm er allen Mut zusammen, der dazu gehört, wenn man seinem ehemaligen, verehrten alten Lehrer eine unangenehme Frage stellen muss.

»Haben Sie, Herr Professor, den Impfstoff vom 28. Februar inzwischen untersucht?«

»Da war nichts zu untersuchen, Herr Altstaedt.«

»Wie darf ich das verstehen, Herr Professor?«

»Diese Emulsion gibt es nicht mehr, keinen Tropfen. Ich habe sie restlos vernichten lassen.«

Altstaedt verbarg seine Bestürzung und nickte, als billige er diese unbegreifliche Maßnahme. »Und später? Ist später noch einmal Impfstoff hergestellt worden?«

»Am 4. März. Aber von diesem Stamm ist kein Kind erkrankt.«

Altstaedt glaubte jetzt klarzusehen. Die eine tödliche Erkrankung des Säuglings Schwarz konnte man vielleicht noch als seltene Ausnahme betrachten. Die aus Paris bezogene Kultur war aus unerklärlichen Gründen virulent geworden. Aber nun 8 weitere Erkrankungen! Und die Reste der Emulsion hat Deycke vernichtet! Altstaedt musste befürchten, dass hier in Deyckes Lübecker Labor irgendetwas passiert sein musste, ein Fehler, dem Deycke nicht nachgehen wollte.

Trotz dieser Ahnungen unternahm Altstaedt wiederum nichts. Er beruhigte sich mit der Tatsache, dass die am 4. März hergestellte Emulsion keine Erkrankungen hervorgerufen hatte.

Am 5. Mai erfuhr Altstaedt jedoch, dass nun auch mehrere Säuglinge, die mit der am 4. März hergestellten Emulsion gefüttert worden waren, Tuberkulosesymptome zeigten.

Erst jetzt informierte Altstaedt den Innensenator, dem das Gesundheitsamt unterstand, von den Vorfällen. Der Innensenator war zunächst unschlüssig, was er tun sollte. Er berief mehrere Beratungen mit den zuständigen Fachleuten ein. Darüber verging eine Woche. Dann endlich entschloss sich der Innensenator, das Reichsgesundheitsamt und die Öffentlichkeit von der bedrohlichen Situation zu unterrichten.

An diesem Tage, dem 13. Mai, waren schon 23 Kinder an Tuberkulose erkrankt und 8 von ihnen gestorben.

Am 14. Mai berichtete die *Vossische Zeitung* über das Lübecker Säuglingssterben. Der Reichstag musste sich mit den Ereignissen beschäftigen. Innenminister Wirth versprach, die Angelegenheit sofort untersuchen zu lassen. Zugleich warnte er alle Landesregierungen, Impfungen mit BCG vorzunehmen.

Am 17. Mai waren bereits 50 Kinder erkrankt und 12 tot. Am 24. Mai gab das Gesundheitsamt den Namen des 19. verstorbenen Kindes bekannt. Nun folgte jeden Tag eine amtliche Verlautbarung über die steigende Zahl der Erkrankten und Toten.

Panik ergriff die Lübecker Eltern, die ihre Kinder hatten impfen lassen. Spontan bildeten sich Elternausschüsse, die eine öffentliche Untersuchung forderten. Unter dem Druck dieser Aktionen und der Erregung in ganz Deutschland musste die Staatsanwaltschaft schließlich handeln. Aber sie wusste nicht, wen sie anklagen sollte. Die Kommission des Reichsgesundheitsamtes, die inzwischen in Lübeck ihre Untersuchungen aufgenommen hatte, stand vor einem Rätsel. Die Staatsanwaltschaft erhob Anklage gegen »Unbekannt« wegen fahrlässiger Tötung.

In Wirklichkeit jedoch wusste Oberstaatsanwalt Dr. Lienau bereits ziemlich genau, wer sich hinter dem großen Unbekannten verbarg: zwei Männer, die schuld an der Katastrophe waren: Prof. Deycke, der den BCG-Impfstoff hergestellt, oder Prof. Calmette, der ihn vor Jahren entwickelt hatte. Es gab nur diese Alternative, so viel stand für Lienau fest. Entweder war Calmettes Impfstoff BCG nicht so unschädlich, wie behauptet wurde. Dann wäre in letzter Instanz der französische Bakteriologe Calmette schuldig am Massensterben der Kinder. Oder der Originalimpfstoff Calmettes war tatsächlich unschädlich, dann musste Prof. Deycke bei der hauseigenen Herstellung des BCG ein verhängnisvoller Fehler unterlaufen sein.

Calmette oder Deycke – diese Alternative war nicht nur eine juristische, sie wurde auch sofort eine politische Alternative. Calmette war Franzose. Nationalisten und Chauvinisten sahen hier eine günstige Gelegenheit, den »Erbfeind Frankreich« international bloßzustellen. Die reaktionäre Presse erging sich in Schmähungen gegen Calmette und nannte sein Verfahren kurzweg ein Mordinstrument an deutschen Kindern.

Dabei war das Calmette-Verfahren bereits in vielen Ländern der Welt in Gebrauch. Kein einziger Fall war bekannt geworden, dass ein Säugling durch BCG erkrankt oder sogar gestorben wäre. In Belgien, Bulgarien, Spanien, in den USA, in Italien, Schweden und in der Sowjetunion waren inzwischen über eine halbe Million Kinder mit BCG geimpft worden. 1928 hatte die Hygienesektion des Völkerbundes, der namhafte Wissenschaftler aus aller Welt angehörten, Calmettes Verfahren geprüft und war einstimmig zu dem Urteil gelangt, dass es ein unschädlicher Impfstoff sei und keine fortschreitende Tuberkulose zur Folge habe.

Es gab allerdings auch Bakteriologen, die diese Meinung nicht teilten, so Dr. v. Kirchner, Vorstand der Deutschen Forschungsanstalt für Tuberkulose. Kirchner hatte sich mit den Meerschweinchenversuchen, mit denen Calmette sein Verfahren erprobt hatte, beschäftigt. Er bezweifelte, dass Tierversuche ausreichten, um die Unschädlichkeit des BCG für Menschen nachzuweisen. Er hatte seine Bedenken in dem Satz zusammengefasst: »Säuglinge sind empfindlicher als Meerschweinchen.« Kirchner erinnerte an Versuche, die eine Virulenzsteigerung beim BCG-Impfstoff ergeben hätten. Trotzdem erklärte

Kirchner, der Original-Calmette-Impfstoff könne keinesfalls das Massensterben von Lübeck bewirkt haben.

Calmettes Verfahren beruhte auf der klassischen Erkenntnis Robert Kochs, dass sich nach dem Abklingen einer Infektion keine zweite Infektion bildet, weil die erste Infektion den Organismus angeregt hat, Abwehrstoffe zu erzeugen. Diese Erkenntnis bildete die Grundlage der Impfungen gegen Infektionserreger. Auch Calmette hatte sein Verfahren darauf aufgebaut. Er schwächte bestimmte Stämme der Rindertuberkeln so weit ab, dass sie im menschlichen Organismus nur eine leichte, rasch abklingende Infektion hervorriefen, die gegen eine spätere Tuberkulose-Infektion immun machen sollte. Bei seinem Verfahren verwendete er die Erkenntnis von Behring, dass bei Neugeborenen die Darmschleimhaut durchlässig ist. Wird der Impfstoff zusammen mit der Nahrung verfüttert, gelangt er durch die Darmschleimhaut ins Blut und erzeugt dort die Abwehrstoffe. Unklar aber war, wie lange diese Resistenz gegen Tuberkulose anhielt. Einige Forscher meinten, nicht länger als ein Jahr. Das stellte den Wert dieser Impfung in Frage. Einig aber waren sich die meisten Bakteriologen und Kliniker, dass BCG, wenn auch nicht auf Dauer wirksam, dennoch völlig unschädlich sei.

Das war der Stand der wissenschaftlichen Erkenntnis um 1930. Überzeugt von der Unschädlichkeit des BCG, hatte der Leiter des Lübecker Gesundheitsamtes, Dr. Altstaedt, sich entschlossen, in der Hansestadt als erstem Land in Deutschland die BCG-Impfung einzuführen. Ein persönlicher Freund Calmettes hatte ihn dazu ermuntert. Altstaedt war sich nicht bewusst, welches Risiko er damit auf sich nahm. Denn kurz zuvor hatte das Reichsgesundheitsamt davor gewarnt, das Calmette-Verfahren ohne entsprechende wissenschaftlich-technische Voraussetzungen zu übernehmen. Altstaedt glaubte, diese Warnung sei durch die Empfehlung der Hygienesektion des

Völkerbundes überholt. Er wollte mit der Calmette-Impfung eine der schlimmsten Volksseuchen, die Tuberkulose, in seinem Amtsbereich eindämmen.

Die Tuberkulosestatistik für Deutschland nannte im Jahre 1928 fast 56 000 Todesfälle durch Tuberkulose. Mehr als eine Million Menschen befanden sich in Tuberkulosefürsorge. Als Leiter der Lübecker Tuberkulosefürsorge begegnete Dr. Altstaedt täglich den Kranken und Dahinsterbenden.

Nachdem sich Altstaedt mit dem Lübecker Gesundheitsamt, dem Ärzteverein und dem Innensenator beraten hatte, hatte er den Chefarzt des Allgemeinen Krankenhauses, Prof. Deycke, gefragt, ob er bereit sei, mit dem Calmette-Verfahren zu arbeiten. Deycke hatte sein Einverständnis gegeben, vorausgesetzt, er dürfe aus der von Paris bezogenen Originalkultur den Impfstoff in seinem eigenen Labor herstellen.

Altstaedt hatte also nicht darauf gedrungen, für die Impfung nur Original-BCG aus Paris zu beziehen. Er hatte Deycke erlaubt, die Tochterkulturen in Lübeck zu ziehen. Altstaedt glaubte Deyckes Fähigkeiten vertrauen zu können, denn Deycke hatte lange Erfahrungen als Bakteriologe und beschäftigte sich selbst mit der Entwicklung eines Verfahrens zur Bekämpfung der Tuberkulose.

Das also stand am Beginn der tragischen Ereignisse in Lübeck im Herbst 1929: Ebenso von humanitärem Interesse wie vom Ehrgeiz getrieben, als erster in Deutschland die BCG-Impfung gegen Tuberkulose einzuführen, legte Dr. Altstaedt die Verwirklichung dieses Plans in die Hände von Prof. Deycke, beachtete jedoch nicht die Hinweise des Reichsgesundheitsamtes, die wissenschaftlich-technischen Voraussetzungen und die nötige wissenschaftliche Vorsicht und Verantwortung zu gewährleisten.

Nachdem die Staatsanwaltschaft Anklage gegen »Unbekannt« erhoben hatte, folgten weitere Todesfälle. Bereits Mitte

Juni 1930 wurde der Tod von 39 Kindern gemeldet, Mitte Juli waren es bereits 57.

Die Voruntersuchung richtete sich gegen vier Personen: gegen Dr. Altstaedt, Prof. Deycke, Prof. Klotz als Direktor der Kinderklinik und gegen die Krankenschwester Anna Schütze, die im Auftrag Deyckes maßgeblich an der Herstellung des Impfstoffs beteiligt gewesen war. Die Voruntersuchung verstärkte den Verdacht, dass nicht das Calmette-Verfahren, sondern der in Lübeck produzierte Impfstoff schuld am Tode der Kinder war.

Am 12. Oktober begann der »Calmette-Prozess«. Eigentlich hätte er »Deycke-Prozess« heißen müssen. Er zog sich über fast vier Monate hin und gehört zu den großen Sensationsprozessen dieses Jahrhunderts. Er war deshalb schwierig, weil die Juristen über einen Tatbestand entscheiden mussten, den nur medizinische Experten aufklären konnten.

Immer wieder drohte aus dem Gerichtsprozess ein Medizinerkongress zu werden, klagte einmal der Vorsitzende.

Kennzeichnend für den Prozess war das leidenschaftliche Engagement der Parteien. Der Vorsitzende des Gerichts, Amtsgerichtsrat Wibel, sympathisierte mit den Angeklagten. Der Staatsanwalt lavierte. Die Nebenkläger, die Anwälte, die die Interessen der Eltern der toten Kinder vertraten, ergriffen so kompromisslos Partei gegen die Angeklagten, dass das Gericht gegen einige von ihnen disziplinarische Strafen verhängte.

Die Anklage warf Dr. Altstaedt vor, er habe vor der Herstellung des Impfstoffs keine Expertengutachten angefordert. Altstaedt verwies auf das Gutachten der Hygienesektion des Völkerbundes. Außerdem habe er im Unterschied zu einem Kreisarzt in Preußen keine Weisungsbefugnis und dürfe die Herstellung von Impfstoffen in staatlichen Anstalten nicht kontrollieren. Auf den Vorwurf, dass er den in Lübeck hergestellten Impfstoff nicht in Tierversuchen erproben ließ, entgegnete er, das sei Aufgabe des Herstellers, also von Prof. Deycke gewesen. Offensichtlich suchte sich Altstaedt schon jetzt von Deycke zu distanzieren.

Die Vernehmung von Deycke verlief unter ungünstigen Umständen. Mehrmals brach der alte Mann unter dem Druck der Anschuldigungen zusammen, sodass die Verhandlung ausgesetzt werden musste. Nach solchen Zusammenbrüchen versuchte er dann um so erregter, sich zu rechtfertigen. Unangenehmen Fragen der Nebenkläger wich er durch Schweigen aus.

Deyckes Vernehmung erbrachte im wesentlichen folgende Tatsachen: Deycke arbeitete seit Jahren an einem eigenen Verfahren für einen Tuberkulose-Impfstoff. Im Unterschied zu Calmette, der abgeschwächte Erreger der Rindertuberkulose benutzte, verwendete Deycke für sein Verfahren Erreger der Tuberkulose beim Menschen. Deshalb befanden sich in Deyckes Labor virulente Tb-Kulturen. Deycke hatte sie aus einem Kieler Institut bezogen. Im Prozess wurden sie deshalb »Kieler Stamm« genannt.

Deycke hatte eigenmächtig Calmettes Züchtungsvorschriften abgeändert und Nährböden verwendet, die Calmette für ungeeignet gehalten hatte.

Deycke musste auch zugeben, dass er durch seine Überlastung als Klinikchef die Herstellung des Impfstoffs nicht regelmäßig kontrolliert hatte. Er vertraute der Krankenschwester Schütze Arbeitsgänge an, die nur er selbst hätte ausführen dürfen. Er wusste nicht, dass die Schwester auf eigene Faust Bakterienkulturen züchtete.

Trotz all dieser Eingeständnisse wollte Deycke nicht zugeben, der entscheidende Fehler könnte in seinem Labor unterlaufen sein. Immer wieder berief er sich auf eine »höhere Macht«, durch die das BCG virulent geworden sei.

Im Mittelpunkt der Beweisaufnahme stand die Frage, ob

Deyckes Labor geeignet gewesen sei, den Calmette-Impfstoff herzustellen.

Der Sachverständige Prof. W. Kolle aus Frankfurt a. M. hatte die dafür notwendigen Bedingungen genannt, die das Gericht nun in einem Lokaltermin überprüfen wollte.

Kolle hatte u. a. gefordert, eine nichtvirulente Bakterienkultur wie das BCG unter Verschluss getrennt von virulenten Kulturen aufzubewahren. Regelmäßige Tierversuche seien ebenso unerlässlich wie Aufzeichnungen über die einzelnen Züchtungen und die genaue Signierung jeder Kultur.

Beim Lokaltermin sollte Deycke einige Arbeitsgänge vorführen. Er war nervös, seine Hände zitterten, ein Herzanfall zwang ihn, die Demonstration abzubrechen.

Als die Sachverständigen den Laborbetrieb und die technischen Einrichtungen besichtigten, waren sie entsetzt. Sie entdeckten im Korridor eine virulente Bakterienkultur in einem Glaskolben, der nicht einmal beschriftet war. Eine von Deycke als nichtvirulent bezeichnete Impfemulsion erwies sich als hochvirulent. Sie stießen auf Bakterienkulturen, die Schwester Schütze nach eigenem Gutdünken hergestellt hatte, damit sie während ihres Urlaubs verwendet werden konnten. Die schlimmste Entdeckung machten die Sachverständigen im Brutschrank, in dem die Kulturen aufbewahrt wurden. Im obersten Fach befanden sich unverschlossen die Calmette-Kulturen, in einem Fach darunter offen die hochvirulenten Kulturen des »Kieler Stammes«.

Nach diesen Entdeckungen sah die Öffentlichkeit mit Spannung dem dritten Prozessabschnitt entgegen, dem Auftritt der medizinischen Gutachter.

Die Verteidiger der Angeklagten suchten natürlich die Kompetenz der Gutachter in Zweifel zu ziehen. Charakteristisch dafür die Worte des Rechtsanwalts Dr. Hoffmann: »Dieser Prozess ist ein Prozess der Fahrlässigkeit, und in diesem Rahmen sind Überlegungen geboten. Konnte dieser Täter, unter den Umständen, unter denen er handelte, anders handeln? Hat er die gebotene Vorsicht verletzt oder nicht? Was ist gebotene Vorsicht? Ich kann mich des Verdachts nicht erwehren, dass vor allem die Sachverständigen sich diese Frage nicht gestellt haben. Bei jedem Prozess, in dem es sich um Fahrlässigkeitsfragen handelt, besteht die Gefahr, dass der, der über die Fahrlässigkeit zu entscheiden hat, den späteren Ablauf der Dinge berücksichtigt und eine Besserwisserei sich breit macht. Diese Gefahr ist hier gegeben … Keiner der vernommenen Sachverständigen hat jemals BCG-Impfstoff hergestellt …«

Die Sachverständigen waren sich dieser Problematik durchaus bewusst. Selbst Ärzte, standen sie vor der tragischen Tatsache, dass Ärzte, die dem Leben dienen sollten, fahrlässig Leben vernichtet hatten.

Diese Situation drückte Geheimrat Prof. Hahn am deutlichsten aus: »Jeder von uns Sachverständigen hat wohl hier wochenlang mit sich selbst gerungen, ehe er zu seinen endgültigen Schlüssen gekommen ist. Jeder ist in einen Konflikt zwischen Pflicht und Neigung geraten, aber wir sind nun einmal eidlichverpflichtet, unserer innersten wissenschaftlichen Überzeugung Ausdruck zu geben.«

Und der schärfste Kritiker der Angeklagten, Prof. Kolle, sprach zugleich von seinem tiefsten Mitempfinden für ihre seelischen Leiden.

Sicherlich hätten die Sachverständigen am liebsten aus Neigung zu den angeklagten Kollegen deren Fahrlässigkeit entschuldigt. Aber aus hippokratischer Pflicht mussten sie sie hart und entschieden verurteilen.

Über Dr. Altstaedts Schuld gingen die Ansichten der Sachverständigen weit auseinander. Man konnte sich nicht einigen, ob die Einführung des Calmette-Verfahrens schuldhaft war oder nicht, kritisierte jedoch übereinstimmend die fehlende

Kontrolle durch Altstaedt. Ein anderer Gutachter sah in Altstaedts Handlung sogar einen Zug nationalistischen Ehrgeizes: »Lübeck in Deutschland voran!«

Eine der wichtigsten Fragen des Gerichts an die Sachverständigen war, ob die abgeschwächten BCG-Kulturen wieder virulent geworden sein könnten. Einige Gutachter hielten das im Hinblick auf die internationalen Erfahrungen mit BCG für unmöglich, andere wollten diese Gefahr nicht ganz ausschließen, aber dann nur durch Verschulden von Prof. Deycke.

So wurde immer deutlicher, dass es eigentlich gar nicht mehr um den »Calmette-Impfstoff« ging, sondern um einen »Deycke-Impfstoff«. Das Gericht musste also fragen, worin sich das originale BCG vom Deycke-Impfstoff unterschied.

Die Sachverständigen gaben darauf eine eindeutige Antwort. Die Beweisaufnahme hatte ergeben, dass im Brutschrank Calmette-Stamm und hochvirulenter »Kieler Stamm« gemeinsam unverschlossen aufbewahrt worden waren. Die Sachverständigen hatten die krank machenden Tuberkelbazillen, die aus den in Lübeck zur Impfung benutzten vermeintlichen BCG-Kulturen gewonnen worden waren, mit den Kulturen verglichen, die aus den von den erkrankten Säuglingen gewonnenen Kulturen und dem »Kieler Stamm« gezüchtet worden waren. Alle diese Kulturen wiesen in ihrem Verhalten große Ähnlichkeit miteinander auf.

Damit wurden Deyckes »höhere Mächte« recht unsanft auf den Erdboden zurückgeholt. Es gab nur eine Erklärung: Im Brutschrank waren virulente Bakterien des »Kieler Stammes« in die unschädliche BCG-Impfemulsion hineingelangt. Selbst Prof. Uhlenhuth, ein Gegner der Calmette-Impfung, kam also nicht umhin zu erklären:

»Nach dem Gang der Beweisaufnahme erscheint mir ein Hineingelangen fremder Tuberkelbazillen in die Lübecker Kultur wahrscheinlicher zu sein als ein Rückschlag in die virulente

Form. Alles in allem habe ich die Überzeugung, dass in der Verwechslung beziehungsweise Verunreinigung wohl in erster Linie der Grund des Unglücks zu suchen ist.«

Professor Kolle wandte sich gegen diese immer noch sehr vorsichtige Äußerung von Uhlenhuth, der weiterhin einen Virulenzrückschlag für möglich, wenn auch für unwahrscheinlich hielt. Vorsicht im wissenschaftlichen Urteil sei zwar richtig, könne aber auch jede wissenschaftliche Erkenntnis verhindern. Die Identität des »Kieler Stammes« mit dem aus den erkrankten Kindern gewonnenen Stamm sei erwiesen. »Wäre die Kultur hier in Lübeck unter Verschluss gehalten und mit den erforderlichen Vorsichtsmaßregeln fortgezüchtet worden, so wäre mit einer solchen Hypothese zu rechnen. Die Hypothese würde eine Theorie, wenn das gleiche Unglück sich zu gleicher Zeit auch an andern Orten ereignet hätte. So aber sehe ich in diesem Unglück, das so tragisch verlief für die armen Opfer und die, die das Beste mit der Einführung des Calmette-Verfahrens wollten, aber mit unzureichenden Mitteln einleiteten, keine Erschütterung der begründeten Schutzmaßnahmen gegen andere Krankheiten, gegen Pocken, Cholera, Typhus, Diphtherie.«

Nach dieser Kritik an der skeptischen Haltung Professor Uhlenhuths gab dann Professor Kolle sein endgültiges Urteil ab: »Nach meiner festen wissenschaftlichen Überzeugung und auf Grund der Erfahrungen, die ich als Bakteriologe besitze, ist der Beweis erbracht, dass der ›Kieler Stamm‹ tatsächlich in die BCG-Kulturen gelangt ist und mit ihnen verfüttert wurde. Es sind Kunstfehler vorgekommen.«

Professor Lange kam zu einer gleichen entschiedenen Schlussfolgerung: »Die Unglücksfälle bei der Impfung in Lübeck können nach meiner Überzeugung nur durch ein Versehen bei der Impfstoffherstellung erklärt werden.«

Nach Langes Meinung gab es für ein solches Versehen zwei

Möglichkeiten: Entweder wurde ein Kulturröhrchen bzw. -kölbchen doppelt beimpft, erst mit dem Stamm BCG und danach mit dem »Kieler Stamm« – oder eine Reinkultur des BCG wurde mit einer Reinkultur des »Kieler Stammes« verwechselt. Lange hielt es aufgrund der Beweisaufnahme für wahrscheinlicher, dass eine Eierkultur des »Kieler Stammes« irrtümlich für eine BCG-Kultur gehalten wurde, sodass aus späteren Abimpfungen des »Kieler Stammes« der Impfstoff für die Kinder hergestellt wurde.

Am 19. Januar 1931 hielt Oberstaatsanwalt Dr. Lienau sein Plädoyer und begründete die Strafanträge.

Die Staatsanwaltschaft hielt es für bewiesen, dass Dr. Altstaedt als Leiter des Gesundheitsamtes durch fahrlässiges Verhalten mitschuldig am Tode von 68 Kindern und an der schweren Erkrankung von mehr als 150 Kindern geworden sei. Hauptsächlich seien Altstaedt ungenügende Vorbereitung der Impfaktion, fehlende Kontrolle und Unterlassungen nach Bekanntwerden der ersten Todesfälle vorzuwerfen.

Wesentlich massiver klagte die Staatsanwaltschaft Professor Deycke an. Er habe sich vor Beginn der Impfstoffherstellung weder mit Experten beraten noch für die notwendigen technisch-wissenschaftlichen Einrichtungen gesorgt. Er habe seine Kontrollpflicht verletzt und seine Mitarbeiter nicht genügend angeleitet. Er sei verantwortlich für die verhängnisvolle Verwechslung der Kulturen. Auch habe er sich, nachdem er von den ersten Todesfällen erfahren habe, höchst leichtfertig verhalten, durch Vernichtung des virulenten Impfstoffs die rasche Aufklärung verhindert und damit die Ausbreitung der Katastrophe begünstigt.

Der Oberstaatsanwalt beantragte für Dr. Altstaedt 3 Jahre Gefängnis wegen fahrlässiger Körperverletzung, für Professor Deycke ebenfalls 3 Jahre wegen fahrlässiger Tötung und Körperverletzung, für Professor Klotz, den Direktor der Kinderklinik, ein Jahr Gefängnis und Freispruch für die Krankenschwester Anna Schütze mangels Beweises.

Es folgten die Plädoyers der Nebenkläger, die die Interessen der Eltern der toten Kinder vertraten. Dr. Erich Frey ging in seinem Plädoyer bis an die Grenze des damals Möglichen, als er sagte: »Die medizinische Wissenschaft ist zur Mörderin geworden. Aber wir haben hier ja nicht nur das Ansehen der Medizin zu wahren, sondern auch das Ansehen der deutschen Rechtswissenschaft. Lübeck steht im Brennpunkt des Weltinteresses, und wir haben eine einzigartige Gelegenheit, das Vorurteil zu beseitigen, dass bei Akademikern ein anderer Maßstab angelegt wird als bei Arbeitern. Die Angeklagten dieses Prozesses, mit denen wir als Menschen Mitgefühl haben, sind moralisch, ethisch und deshalb auch juristisch schuldig. Aber ich spreche nicht gegen sie. Ich klage das barbarische und grausame System an, das sie vertreten. Das System, das mit seiner Experimentiersucht bei den Ärmsten der Armen anfängt …«

Die Verteidiger wiesen in ihren Plädoyers vor allem auf die lauteren Interessen der Angeklagten bei der Einführung des neuen Impfverfahrens hin. Sie machten deutlich, dass die bestehende Gesetzgebung in diesem Bereich teilweise noch aus dem vorigen Jahrhundert stamme und den heutigen Anforderungen nicht mehr gerecht werde. So wenn beispielsweise der Staat die Herstellung von Impfstoffen in staatlichen Kliniken nicht kontrolliere.

Altstaedts Verteidiger Dr. Hoffmann versuchte aber auch, der Medizin eine Sonderstellung in der Gesellschaft zu geben, die die juristische und moralische Beurteilung des Verhaltens von Ärzten nicht zulasse. Indirekt forderte er damit einen pauschalen Freibrief für Ärzte, die fahrlässig den Tod von Menschen verschulden.

Die Verteidiger forderten sämtlich Freispruch für ihre Mandanten.

Die Beweise der medizinischen Sachverständigen waren jedoch so überzeugend gewesen, dass sich das Gericht mit einem Freispruch schärfster öffentlicher Kritik ausgesetzt hätte. So verkündete die Große Strafkammer Lübeck dann auch folgendes Urteil: Dr. Altstaedt erhielt ein Jahr und drei Monate, Professor Deycke zwei Jahre Gefängnis. Professor Klotz und Anna Schütze wurden mangels Beweisen freigesprochen.

In der Urteilsbegründung führte das Gericht den Tod der Kinder auf ein »unerkanntes Versehen« bei der Impfstoffzubereitung zurück. Damit distanzierte sich das Gericht indirekt von der gegen Professor Deycke erhobenen Beschuldigung, er habe aus wissenschaftlichem Ehrgeiz und Eigeninteresse absichtlich den Calmette-Impfstoff mit virulenten Bakterien vermischt. Diese schwerwiegende Anschuldigung hatte zum ersten Mal Professor Calmette selbst erhoben. In einer öffentlichen Erklärung schrieb Calmette, Deycke habe dem BCG bewusst virulente Bakterien zugefügt, um seine eigene Methode der Tuberkulosebekämpfung zu erproben.

Diese Behauptung Calmettes ist sicherlich als eine Reaktion auf die Angriffe zu sehen, die gerade aus Deutschland und nicht zuletzt auch von Deycke kamen. Deycke hatte die Anschuldigung Calmettes entschieden zurückgewiesen. Aber hatte er nicht selbst genug Indizien geschaffen, die diesen Vorwurf zu stützen schienen?

Erstens hatte Deycke es abgelehnt, die Impfungen mit dem originalen Calmette-Impfstoff vorzunehmen.

Zweitens hatte er darauf bestanden, den Impfstoff in seinem eigenen Labor herzustellen.

Drittens hatte er auf die Frage des Nebenklägers Dr. Frey, ob er zur Herstellung des Impfstoffs menschliche Tuberkelbazillen benutzt habe, geantwortet: »Damals, vom September bis Mai 1930, sind die Kulturen nie vermischt worden.«

Diese Antwort ist dunkel. Sie könnte sprachlich unglücklich

formuliert sein. Aber es könnte auch eine sprachliche Fehlleistung sein, die unbewusst offenbart, dass es tatsächlich eine Zeit gab, in der die Kulturen vermischt wurden.

Viertens besaß Deycke mit dem »Kieler Stamm« eine virulente Kultur für seine eigenen Experimente, die auf der Verwendung menschlicher Tuberkelbazillen beruhten.

Fünftens, und das war ein besonders schwerwiegendes Indiz, hatte Deycke sofort nach Bekanntwerden der ersten Todesfälle den von ihm hergestellten Impfstoff vernichtet. Die Staatsanwaltschaft sah das als Vernichtung von Beweismitteln an.

Sechstens gab es Beweise, dass Deycke bestimmte Aussagen seiner Mitarbeiter manipuliert hatte.

Es blieb und bleibt ungewiss, ob Deycke nur fahrlässig den Tod vieler Kinder verschuldet oder ob er aus eigensüchtigem wissenschaftlichem Ehrgeiz getötet hat.

Aber heute wie damals gerät, wie Rechtsanwalt Dr. Frey sagte, die medizinische Wissenschaft immer wieder einmal in die fatale Situation, zur Mörderin zu werden.

Ein Arzt als Serienkiller

Am Ende dieses Berichtes steht die Geschichte eines Arztes, der eigenhändig mehr als 150 Menschen zu Tode quälte. Sie mutet in ihrem Verlauf fast wie eine antike Tragödie an. Der schuldbeladene Täter büßt seine Blutschuld am Ort seiner Verbrechen, wobei die rächenden Erinnyen, die ihn töten, die gleichen sind, die ihm bei seinen Morden zur Seite standen. Aber alles sträubt sich, diesem Serienmörder das Format eines klassischen Untäters zuzubilligen. Er war nichts anderes als ein Psychopath, dem sein Arztberuf und die gesellschaftlichen Verhältnisse ermöglichten, jahrelang auf unvorstellbar grausame Weise seinen perversen Tötungstrieb auszuleben. Viele wussten, dass er mordete. Manche ermunterten ihn dazu, die meisten schwiegen.

Sigmund Raschers Entwicklung zum Massenmörder begann, wie meist in solchen Fällen, allmählich, unmerklich. Noch schien es völlig normal, dass sich der junge Doktor der Medizin, der in Freiburg, Basel und München studiert hatte und danach als unbezahlter Assistenzarzt in einer Klinik arbeitete, unzufrieden fühlte. Hilfsdienste am Operationstisch für die Professoren und Oberärzte, das entsprach seinen hochfliegenden Plänen nicht. Er träumte von einer Laufbahn als Wissenschaftler, der mit Aufsehen erregenden Entdeckungen die Welt aufhorchen ließ. Aber die arroganten Klinik-Hierarchen, so klagte er immer wieder, waren weder bereit, seine politische Verlässlichkeit als SA-Mann noch seine außerordentlichen Fähigkeiten als Chirurg zu würdigen. Sie nahmen auch seine ersten Forschungsversuche zur Krebsdiagnose nicht zur Kenntnis.

Aber es gab wenigstens jemanden, dem er sein Herz über all diesen Frust ausschütten konnte: seine Geliebte Nini. Die frühere Opernsängerin Karoline Diehl war zwar 16 Jahre älter als der Doktor, doch der Altersunterschied zu dem 30-jährigen Assistenzarzt spielte bei beiden anscheinend keine Rolle. Wie weit Liebe im Spiel war, bleibe dahingestellt. Rascher soll der skrupellosen und machtgierigen Frau sexuell hörig gewesen sein. Sicher aber ist, jeder brauchte den andern. Nini spürte den drängenden Ehrgeiz des Mannes, hatte seine gestaute Energie erkannt, mit der er sein Ziel einer akademischen Laufbahn zu verwirklichen suchte. Einst würde sie die Gattin eines angesehenen Gelehrten sein – ein zeitgemäßes Ideal für eine alternde, vom Künstlerruhm unerfüllte Sängerin.

Der von Selbstzweifeln geplagte Arzt dagegen mag in der älteren Frau unbewusst einen Mutterersatz gesucht haben. Nach der Scheidung seiner Eltern hatte er sich enttäuscht von seiner Mutter zurückgezogen. Aber Nini war für Rascher weit mehr als eine Geliebte und Ersatzmutter. Nini konnte die Himmelsleiter in die Höhen der Karriere werden. Sie war eine alte Freundin von Heinrich Himmler, noch aus den Münchener Anfangszeiten der Hitlerbewegung. Himmler war nun einer der mächtigsten Männer Nazideutschlands geworden, Reichsminister, Chef der SS und Herr über die Konzentrationslager. Aber die freundliche Beziehung zu Nini hatte er immer aufrechterhalten. Und als ihm Nini 1939 die Geburt des ersten Sohnes meldete, hatte Himmler Nini mit Glückwünschen, Geld und Liebesgaben bedacht.

Dr. Rascher hatte lange genug auf eine günstige Gelegenheit für seine Karriere gewartet. Nini kannte seine Ambitionen und war entschlossen, sie tatkräftig zu fördern. Nun, im Frühjahr 1939, als ihr Himmler mit seinen Glückwünschen zur Geburt des Sohnes erneut seine Gunst bewies, sah Rascher die Stunde gekommen, die Freundschaft zwischen Himmler und Nini für seine allerdings noch völlig vagen und konfusen Forschungsprojekte zu nutzen.

Nini war glücklich, etwa für die Karriere ihres Geliebten tun zu können. Sie arrangierte ein Gespräch zwischen ihren beiden Freunden.

Vom ersten Augenblick an müssen Funken der Sympathie zwischen dem allmächtigen SS-Führer und dem namenlosen Assistenzarzt übergesprungen sein. Intuitiv erkannte der eine im andern ein brauchbares Werkzeug für die eigenen Interessen.

An diesem Apriltag 1939 schlossen beide ein Bündnis miteinander, das anfangs humanen Zielen zu dienen schien, aber bereits den Keim krimineller Verwirklichung in sich barg.

In diesem Gespräch erzählte Rascher von seinen ersten Forschungen zur Krebsdiagnose, die die Fachwelt nach seiner Meinung nicht genügend gewürdigt hatte.

Himmler hörte aufmerksam zu. In Raschers Worten spürte er die hektische Besessenheit eines bisher unbeachteten Forschers. Möglicherweise faszinierte es Himmler auch, dass Raschers Experimente Blutanalysen erforderten. Und so bildete sich im Wechselgespräch beider ein Auftrag heraus, der wie eine Umsetzung des nazistischen Blut-und-Boden-Mythos in den medizinischen Bereich anmutet. Himmler hatte vor seiner politischen Laufbahn mit Kunstdünger gehandelt. Nun sollte Rascher in bestimmten Gebieten des Reiches untersuchen, ob künstliche Düngung die Entstehung von Krebs begünstige. Rascher wollte diese Untersuchung mit seinen bisherigen Forschungen zur Krebs-Frühdiagnose verbinden. Er erklärte Himmler, dazu seien weitere Untersuchungen mit der Auskristallisation des Blutes erforderlich. Himmler versprach ihm, dafür umfangreiches »Menschenmaterial« zur Verfügung zu stellen: »Ich liefere Ihnen dafür Personen, die lebenslänglich im Konzentrationslager untergebracht sind.«

Nun also hatte der ehrgeizige Assistenzarzt einen Mäzen gefunden, der ihm alles beschaffen konnte, was er für seine dilettantischen Experimente brauchte: Geld, Instrumentarien, menschliches »Material«. Und noch eins über allem: Vollmacht. Volle Macht, überall und jederzeit als Beauftragter des Reichsführers SS aufzutreten und damit die erträumte Karriere als Wissenschaftler voranzutreiben.

Und Himmler hatte in Rascher einen Mann entdeckt, den er ohne Bedenken in das Panoptikum seines »Ahnenerbe« einreihen konnte.

Himmler hatte das »Ahnenerbe« als »Lehr- und Forschungsgemeinschaft« der SS ins Leben gerufen. Sie sollte mit einer Anzahl dubioser Projekte das »arisch-germanische« Brauchtum erforschen und es für die Ideologie vom germanischen Herrenmenschen nutzbar machen. In den 40 Abteilungen des »Ahnenerbe« herrschte der Ungeist des Mythos, des Irrationalismus, des rassistischen Hochmuts. In diese Einrichtung also wurde Rascher als Mitarbeiter berufen.

Für Rascher war es nun selbstverständlich, der SS beizutreten.

Bald erhielt er auch den Ausweis, der ihn berechtigte, das Konzentrationslager Dachau aufzusuchen und dort seine Versuche vorzubereiten.

Hochgestimmt sahen Rascher und Nini im Mai 1939 ihrer Zukunft entgegen.

Doch nur zu bald schien sich die sonnige Zukunft zu verdunkeln. Unübersehbar steuerte Hitler einer kriegerischen Lösung seiner Weltmacht-Ansprüche entgegen. Schon im Mai erhielt Rascher den Gestellungsbefehl und wurde als Stabsarzt d. R. der Luftwaffe zugeteilt. Für den möglichen Zusammenhang zwischen Kunstdüngung und Karzinombildung gab es kein Interesse mehr. Zwar ließ sich Rascher auch jetzt noch Häftlingsblut aus Dachau liefern, arbeitete er in seiner Freizeit weiter an seinem Projekt, sah sich aber durch den kommenden Krieg auf den Nullpunkt seiner Karriere zurückgeworfen.

Bis er schließlich begriff, dass er diese fatale Situation nicht als Hemmnis beklagen, sondern sie zu seinem Vorteil nutzen sollte.

Im Mai 1941 nahm Stabsarzt Dr. Rascher an einem Fortbildungs-Kurs des Luftgaukommandos VII in München teil. Dort hörte er einen Vortrag, wie sich der Flug in großer Höhe auf das Flugpersonal auswirke. Um im Luftkampf den englischen Jagdflugzeugen überlegen zu sein, wollte die deutsche Luftwaffe Raketenjäger bauen lassen, die eine bis dahin nie erreichte Höhensteigfähigkeit besaßen.

Vorerst waren nur die Reaktionen des Piloten in einer Höhe von etwa 12 000 Metern bekannt. Die neu zu entwickelnden Maschinen sollten jedoch 18 000 Meter hoch steigen können, um ihre Überlegenheit gegenüber den englischen Jägern zu verwirklichen.

In einer solchen Höhe konnte ein plötzlicher Druckabfall tödlich werden, beispielsweise wenn die Druckkabine durch einen Treffer leck wurde und die Piloten in wenigen Sekunden niedrigstem Luftdruck und Sauerstoffmangel ausgesetzt wurden. Zu fragen war auch, ob sie nach einem Abschuss der Maschine in dieser eisigen sauerstoffarmen Luft einen Fallschirmabsprung überleben könnten.

Alle diese Fragen brauchten eine Antwort. Deshalb hatten fliegermedizinische Institute in Berlin und München begonnen, mit freiwilligen Versuchspersonen – Piloten oder Ärzten – Versuche durchzuführen. Für diese Tests war eine spezielle Unterdruckkammer gebaut worden.

In jenem Fortbildungskurs also erfuhr Rascher, dass die Luftwaffe es für nötig hielt, das Verhalten der Piloten bei extremem Sauerstoffmangel durch weitere Versuche mit Piloten und Ärzten zu erkunden. Auch Tierversuche mit Affen sollten dabei wiederholt werden.

An diesem Maitag hatte Rascher einen Einfall, den er als Wende seines Schicksals empfand.

Noch am gleichen Abend berichtete er Nini von seinem Plan. Kürzlich hatte sich die Familie um ein zweites Kind, wiederum einen Sohn, vergrößert. Himmler hatte Raschers einen regelmäßigen finanziellen Zuschuss versprochen und Blumen übersandt.

»Ein Dankschreiben an den Reichsführer ist fällig«, begann Rascher das Gespräch.

Nini stimmte zu. »Ich übernehme das schon.«

»Diesmal werde ich das tun, Nini. Ich möchte ihm nämlich einen Vorschlag machen, der glänzende Aussichten für unsere Zukunft eröffnet!«

Nini horchte auf. »Erzähle!«

»Ich habe nicht die geringste Lust, mich wie bisher als kleinen Stabsarzt auf alle möglichen Kommandos schicken zu lassen. Ich will hier in München bleiben, bei dir. Und ich will endlich heraus aus dieser entwürdigenden Situation. Sie entspricht in keiner Weise meinen Ambitionen und meinen Fähigkeiten.«

»Und wie soll der Reichsführer dir dabei helfen?«

»Er mag dich. Und ich gehöre der SS an und immer noch zum »Ahnenerbe«. Nach dem Krieg werde ich nicht wieder an den OP-Tisch zurückkehren. Ich bin fest entschlossen zu einer wissenschaftlichen Laufbahn. Habilitation, später eine Professur. Und dafür leiste ich jetzt schon die Vorarbeit. Jetzt schon werde ich mir das Forschungsmaterial beschaffen. Niemals gab es eine so günstige Gelegenheit, auf sich aufmerksam zu machen wie jetzt im Krieg. Eine kriegswichtige Forschung: Das ist das Geheimnis des Erfolges. Da bekommst du alle Mittel, alle Freiheit, alles Material. Davon muss ich den Reichsführer überzeugen.«

Und dann trug Rascher seiner Geliebten das Projekt vor. Sie hörte gespannt zu und sagte: »Der Reichsführer wird dir zustimmen, da bin ich ganz sicher.«

»Schließlich erhöhen meine Versuche auch das Prestige der SS gegenüber der Luftwaffe.«

»Das wird er auch so sehen. Lege deinem Schreiben Bilder unserer zwei Jungen bei.«

Am 15. Mai 1941 schrieb Rascher an Himmler. Nach seiner Danksagung für Blumen und Geld berichtete er dem »hochverehrten Reichsführer«, dass er in München an einem Fortbildungskurs teilnehme: »Während dieses Kurses, bei dem die Höhenflugforschung eine sehr große Rolle spielt – bedingt durch die etwas größere Gipfelhöhe der englischen Jagdflugzeuge –, wurde mit großem Bedauern erwähnt, dass leider noch keinerlei Versuche mit Menschenmaterial bei uns angestellt werden konnten, da die Versuche sehr gefährlich sind und sich freiwillig keiner dazu hergibt. Daher stelle ich die ernste Frage: ob zwei oder drei Berufsverbrecher für diese Experimente zur Verfügung gestellt werden können? Die Versuche werden angestellt in der ›Bodenständigen Prüfstelle für die Höhenforschung der Luftwaffe‹ in München. Die Versuche, bei denen selbstverständlich die Versuchspersonen sterben können, würden unter meiner Mitarbeit vor sich gehen. Sie sind absolut wichtig … (Es können als Versuchsmaterial auch Schwachsinnige Verwendung finden).«

Mit diesem Brief war der erste Schritt zum Mord vollzogen.

Denn Rascher kalkulierte überlegt und vorsätzlich den Tod seiner Versuchspersonen ein, nun konnte er endlich seinen dunklen Tötungstrieb befriedigen. Hatte er zuvor für seine Krebsforschung das Blut von KZ-Häftlingen verwendet, lag es nun nahe, dieses »Menschenmaterial« auch für seine Höhenversuche zu benutzen. Deshalb unterbreitete er seinen Plan auch nicht den Forschungsinstituten der Luftwaffe, deren Zustimmung er sich nicht sicher war. Er schlug sein Projekt Himmler vor. Nur der allmächtige Herrscher über die Konzentrationslager konnte ihm dabei helfen. Zugleich machte er sein Anliegen noch besonders dringlich durch die Behauptung, Piloten der Luftwaffe würden sich zu solchen gefährlichen Versuchen nicht hergeben.

Himmler stimmte den erwünschten Versuchen an »Berufsverbrechern« zu. Diese offizielle Sprachregelung, KZ-Insassen als Verbrecher zu bezeichnen, beruhigte das Gewissen.

Er genehmigte die Versuche »unter der Voraussetzung, dass Dr. Rascher daran teilnimmt« und dass Versuchspersonen, die die Experimente überleben, »zu lebenslänglichem Konzentrationslager begnadigt werden sollten«.

Der Sommer 1941 verging mit organisatorischen Vorbereitungen.

Der Russlandkrieg hatte begonnen, Rascher hatte keinen Fronteinsatz zu befürchten, er war jetzt unabkömmlich.

Bisher hatten sich zwei Institute mit luftfahrtmedizinischen Forschungen beschäftigt: ein militärisches in München, das die Luftwaffe betrieb, und ein ziviles in Berlin unter Leitung von Dr. Ruff. Rascher wurde als Mitarbeiter an das Münchener Institut versetzt, dem Prof. Dr. Weltz vorstand.

Prof. Weltz, der natürlich darüber informiert war, dass Rascher von Himmler persönlich ermächtigt worden war, Höhenflugversuche mit KZ-Häftlingen durchzuführen, setzte sich mit dem Berliner Institut in Verbindung. Beide Direktoren beschlossen, die Versuche zu koordinieren. Bevor Weltz, Ruff und ein ziviler Mitarbeiter namens Dr. Romberg in das KZ Dachau fuhren, um das Unternehmen mit der Lagerleitung abzusprechen, diskutierten sie erst untereinander den ungewöhnlichen Auftrag.

Prof. Weltz hatte anfangs Vorbehalte gegen Raschers Projekt gehabt. Erst als ihm Rascher klarmachte, dass Himmler persönlich hinter diesem Auftrag stand, verdrängte er seine Bedenken gegen Menschenversuche. Nun, im Gespräch mit den Kollegen, suchte er sie zur Mitarbeit zu gewinnen: »Unser Projekt ist kriegswichtig. Tierversuche können es nicht klären. Auch ist uns ja versichert worden, die Versuchspersonen seien Verbrecher, die sich freiwillig dafür zur Verfügung stellen, gegen eine Belohnung. Solche Experimente mit freiwilligen Todeskandidaten hat es ja auch schon früher gegeben, beispielsweise in den USA.«

Dr. Ruff aus Berlin stimmte ihm zu. »Ich sehe auch nichts Verwerfliches an diesem Auftrag. Schließlich stammt er vom Reichsführer der SS, der ja als Chef der Polizei dem Innenministerium angehört und die Verantwortung übernommen hat.«

Grundsätzliche Bedenken, ob sie mit diesen Versuchen das ärztliche Ethos verrieten, kamen nicht auf. Und zu diesem Zeitpunkt, so sagten sie später, konnten sie sich auch nicht vorstellen, dass in der Uniform eines deutschen Luftwaffen-Stabsarztes ein Sadist steckte, der von vornherein entschlossen war, die Versuche bis zu ihrem tödlichen Ende zu treiben.

Und so begaben sich Weltz, Ruff, Romberg und Rascher ins Lager nach Dachau, um die Versuche vorzubereiten und sich die entsprechenden Versuchspersonen liefern zu lassen.

Obwohl Prof. Weltz aufgrund seines höheren Ranges und seiner Qualifikation formell der Chef der »Forschungsgruppe« war, ließ er Rascher freie Hand. Damit hatte Rascher faktisch die Leitung der Versuche, wie es seinem mörderischen Ehrgeiz entsprach.

Die Flughöhe, deren Auswirkung auf die Piloten getestet werden sollte, wurde in einer Unterdruckkammer simuliert. Vakuumpumpen stellten Bedingungen eines niedrigen Luftdrucks her, wie sie einer Flughöhe von 21 000 Metern entsprachen. Diese Unterdruckkammer, mit der bisher nur Versuche für eine Höhe von 12 000 Metern vorgenommen worden waren, wurde aus Berlin nach Dachau verbracht. Rascher selbst stieg einmal in die Kammer. Aber bereits bei einer simulierten Höhe von 12 000 Metern verließ er die Kammer wieder. »Nie wieder da hinein«, sagte er. »Wahnsinnige Kopfschmerzen. Als würde der Schädel auseinandergesprengt.«

Im Frühjahr 1942 begann Rascher, dem Dr. Romberg als

ziviler Angestellter der Luftwaffe zur Assistenz zugeteilt war, mit den Höhenversuchen in der Unterdruckkammer. In den Schriftstücken und Briefen sprach man, wie schon erwähnt, von Asozialen oder zum Tode verurteilten Berufsverbrechern. Tatsächlich jedoch nahm Rascher die Versuchspersonen aus den Reihen gefangener russischer Offiziere, polnischer Geistlicher, deutscher und ausländischer jüdischer Häftlinge. Von den 200 Versuchspersonen hatten sich nur 10 freiwillig gemeldet.

Manchmal experimentierte Rascher zusammen mit Romberg, der dann die Herztätigkeit der Versuchspersonen überwachte und durch EKG kontrollierte. Meist aber führte er die Versuche allein aus, um unbeobachtet töten zu können. Nur ein Häftling namens Neff war bei fast allen Versuchen dabei. Als KZ-Insasse war er ein Nichts, er war da und als Unperson doch nicht da. Rascher sah keinen Anlass, etwas vor ihm zu verbergen, er war sowieso ein Todeskandidat. Neff war später ein wichtiger Zeuge zu Raschers Mordtaten.

Die Versuchsperson wurde in der Unterdruckkammer durch ein Sauerstoff-Bläser-Gerät rasch in die simulierte Höhe von 12 000 Metern gebracht. Dann musste sie die Sauerstoffmaske abnehmen. Rascher drehte den Hahn der Kammer, um den Druck darin entsprechend zu verringern. Die Versuchsperson begann krampfhaft zu zucken, die Atmung wurde röchelnd wie bei einem Sterbenden. Der Körper erschlaffte, die Atemnot wuchs. Arme und Beine bewegten sich sinnlos. Das Stöhnen des Mannes ging in laute Schreie über. Dabei biss er sich die Zunge blutig.

Als Rascher den Versuch beendete, wies er auf den Bewusstlosen und sagte zu Romberg: »Sieht aus wie ein völlig Geistesgestörter.«

Erst nach Tagen ließen bei den Versuchspersonen die Gedächtnisstörungen nach. Aber an den Versuch selbst konnten sich die Opfer nicht mehr erinnern.

Rascher führte eine große Anzahl dieser »Sinkversuche« durch. Sie sollten einem Fallschirmabsprung aus großer Höhe in der Dauer von 25 Minuten entsprechen. Rascher stellte dabei fest, dass entgegen der bisher herrschenden Meinung ein Absprung aus dieser Höhe überlebt werden könne.

Nun beschloss Rascher, die Dauer des Absinkens über eine halbe Stunde hinaus auszudehnen. Die ersten zwei Versuche endeten tödlich. Nach einer halben Stunde Aufenthalt in einer simulierten Höhe von 10 500 Metern hörte die Atmung auf, es kam bald zum Herzstillstand.

Die dritte Versuchsvariante faszinierte Rascher so, dass er sich einen SS-Lagerarzt als Zuschauer holte. Rascher berichtete Himmler darüber: »Es handelte sich um einen Dauerversuch ohne Sauerstoff in 12 km Höhe bei einem 37-jährigen Juden in gutem Allgemeinzustand. Bei 5 Minuten traten Krämpfe auf, zwischen 6 und 10 Minuten wurde die Atmung schneller, Versuchsperson bewusstlos, von 11 bis 30 Minuten verlangsamte sich die Atmung bis 3 Atemzüge pro Minute, um dann ganz aufzuhören. Zwischendurch trat stärkste Zyanose auf, außerdem Schaum vor dem Mund. Etwa eine halbe Stunde nach Aufhören der Atmung Beginn der Sektion.«

Rascher bedachte Himmler auch mit dem Sektionsbericht. Für diese und weitere Obduktionen hatte er sich etwas besonders Monströses ausgedacht. Er wollte feststellen, wie lange das Herz noch tätig war, wenn die Atmung aufgehört hatte. Der Häftling Neff musste Rascher das EKG-Gerät in die Totenkammer bringen. Rascher schnitt die Brusthöhle auf und schloss das Gerät an das noch schlagende Herz an. Rascher stach das Skalpell in den prall gefüllten Herzbeutel. Eine gelbliche Flüssigkeit spritzte heraus. Der rechte Vorhof des Herzens begann daraufhin wieder kräftig zu arbeiten. Nach 20 Minuten stach Rascher in den rechten Vorhof. Eine Viertelstunde lang sickerte Blut hervor. Das Herz schlug noch immer. Eine Stunde, nachdem die Atmung aufgehört hatte, durchtrennte Rascher völlig das Rückenmark und nahm das Gehirn heraus. Der Herzschlag dauerte nach kurzer Unterbrechung an und hörte nach 8 Minuten ganz auf.

Im Sektionsbericht an Himmler hieß es dann weiter: »Im Hirn fand sich ein schweres subarachnoidales Hirnödem. In den Hirnpartien findet sich reichlich Luft. Außerhalb finden sich in den Herz- und Lebergefäßen massenhaft Luftembolien … Meines Wissens ist der letztgeschilderte Fall der erste beobachtete dieser Art beim Menschen überhaupt. Die Versuche werden weitergeführt und ausgebaut.«

Himmler war von diesem Bericht sehr beeindruckt. Er forderte Rascher auf festzustellen, »ob es nicht möglich ist, bei diesem langen Arbeiten des Herzens derartige Menschen wieder ins Leben zurückzurufen.« Sollte das gelingen, so wiederholte er, sei die Versuchsperson zu lebenslänglichem KZ zu begnadigen.

Himmlers Brief hatte Rascher in Hochstimmung versetzt. Er antwortete ihm: »Ihr produktives Interesse an diesen Forschungen beeinflusst die Arbeitskraft und Einfallsfreudigkeit außerordentlich.«

Nicht so sehr sah dagegen Raschers zeitweiliger Mitarbeiter Dr. Romberg durch solche Versuche seine Arbeitskraft positiv beeinflusst. Dieser zivile Flugzeugingenieur, der das EKG-Gerät bediente, sah zum ersten Mal mit an, dass Rascher zielgerichtet einen Menschen in der Unterdruckkammer tötete, indem er eine Höhe von 21 000 Metern simulierte. Romberg schaute angewidert, aber tatenlos dem Versuch zu. Zwar machte er danach Rascher Vorhaltungen und meldete den Vorfall auch an Dr. Ruff weiter. Aber natürlich geschah nichts, und Romberg selbst hatte wohl auch nicht erwartet, dass sich Rascher an weiteren tödlichen Versuchen hindern ließ. Romberg erlebte danach noch mehrere Todesfälle, sagte sich aber zur

Selbstberuhigung, Rascher, ein Arzt, könne weder moralisch noch juristisch ein Mörder sein.

Raschers Macht als Günstling Himmlers war unantastbar geworden. Das wurde jedem klar, als Himmler am 1. Mai 1942 Rascher mit seinem Besuch beehrte.

Stolz führte Rascher seinen Mäzen zur Unterdruckkammer und ließ ihn einen Höhenversuch von Anfang bis Ende beobachten. Himmler fand den Versuch anscheinend sehr belastend, denn er schickte für die überlebenden Versuchspersonen Bohnenkaffee und Cognac. Doch die sahen nichts davon, daran tat sich das Wachpersonal gütlich. Himmler soll über diese Korruption empört gewesen sein.

Ende Mai 1942 endeten die Höhenversuche. Wahrscheinlich auf Betreiben von Ruff und Romberg wurde die Unterdruckkammer ins Luftwaffen-Institut nach Berlin zurückgebracht.

Im Nürnberger Ärzteprozess nach dem Krieg wurde festgestellt, dass Dr. Rascher, »die treibende Kraft bei den Versuchen unter den brutalsten und sinnlosesten Umständen«, etwa 70 bis 80 Menschen ermordet hatte. Diese Versuche wurden als verbrecherisch und sinnlos bezeichnet, weil sie selbst in der Kriegssituation praktisch bedeutungslos waren.

Im Juli 1942 suchte Dr. Rascher zusammen mit Dr. Romberg Himmler auf, um ihm abschließend über die Höhenversuche zu berichten. Das Ergebnis war mager genug: Die Piloten, so schlug Rascher vor, sollten einen Fallschirm mit barometrisch gesteuerter Eröffnung und ein tragbares Sauerstoffgerät für den Fall eines Absprungs erhalten.

Himmler dagegen war zufrieden, hatte doch die SS den Mut zu unkonventionellen Experimenten bewiesen. Himmler sagte: »Mit den Fliegermedizinern haben wir immer die gleichen Schwierigkeiten. In diesen ›christlichen‹ Ärztekreisen steht man auf dem Standpunkt, dass selbstverständlich ein junger deutscher Flieger sein Leben riskieren darf, dass aber das Leben eines Verbrechers dafür zu heilig ist und man sich nicht mit Menschenversuchen beflecken will. Das sind Hochverräter, Landesverräter! Wobei interessanterweise die Ergebnisse solcher Versuche, die sie nicht selbst gemacht haben, dankbar in Anspruch genommen werden. Sie, Dr. Rascher, haben Bedeutendes für die Kriegführung geleistet.«

»Ich hoffe, Reichsführer«, entgegnete Rascher, »dass ich noch mehr zur wehrwirtschaftlichen Forschung der SS beitragen kann. Noch ist ein weiterer Bereich der Kriegführung weitgehend unerforscht. Wie helfen wir den Piloten, die ins Meer abgestürzt sind? Wie wirkt sich die Eiskälte des Meerwassers auf den menschlichen Organismus aus, wie schützen wir ihn?«

»Für Heer, Marine und Luftwaffe eine lebenswichtige Frage«, bestätigte Himmler.

»Über die es nur völlig untaugliche Tierversuche gibt.«

»Nun, Rascher, dann sollten Sie bald mit solchen Versuchen beginnen. Im KZ Dachau. Ich übernehme die Verantwortung.«

Rascher verbarg den Triumph über seinen Erfolg. Knapp erwiderte er: »Ergebensten Dank, Reichsführer. Ich werde Sie nicht enttäuschen.«

»Sie sagten vorhin, die Auswirkungen des Kaltwassers auf den Menschen seien kaum erforscht. Aber es gibt doch sicher praktische Erfahrungen, etwa bei der Bevölkerung an den Meeresküsten. Wie hat man bisher halberfrorene Schiffbrüchige wieder belebt? Das sollten Sie nicht außer Acht lassen. Das Volk hat oft alterprobte Mittel, etwa Tee aus Heilkräutern. Oder man gibt den Leuten heißen Kaffee oder Grog?«

»Ich werde Ihre wertvollen Anregungen im Auge behalten, Reichsführer.«

Himmler kam ins Schwärmen. Er ließ seiner Phantasie freien Lauf: »Ich könnte mir auch vorstellen, dass sich eine Fischersfrau ihren geretteten Mann einfach mit ins Bett nimmt und an ihrem Körper aufwärmt. Animalische Wärme wirkt vielleicht besser als künstliche?«

»So ist es, Reichsführer.«

»Machen Sie also auch in dieser Richtung Versuche.«

»Mit Vergnügen, Reichsführer.«

Dr. Romberg meldete sich zu Wort. »Verzeihung, wenn ich diese Methode doch etwas in Frage zu stellen wage. Es kommt doch allein darauf an, ob man schnell oder langsam erwärmen muss. Das alles erst langwierig auszuprobieren, kostet unnötig Opfer.«

Betretenes Schweigen folgte Rombergs Einwand.

Rascher suchte die Situation zu retten. »Verzeihung, Reichsführer, dass mein Kollege die Bedeutung Ihrer wertvollen Anregungen noch nicht übersieht –«

Himmler nickte. »Sie sind noch immer überlebten Vorstellungen verhaftet, Romberg. Es ist wohl nicht zu viel verlangt, wenn KZ-Häftlinge, die nicht an der Front kämpfen dürfen, an solchen Versuchen teilnehmen und sich dadurch rehabilitieren. Wer das nicht versteht, hat noch immer nicht begriffen, dass Deutschland einen Krieg um Leben und Tod führt!«

»Jawohl«, murmelte Romberg, »ich habe verstanden.«

»Dann werden Sie Dr. Rascher bei den Kälteversuchen assistieren. Ist das klar?«

»Jawohl, Herr Reichsführer.«

Nach diesem Gespräch hatte Dr. Romberg noch einige schwere Stunden durchzustehen. Rascher beschimpfte ihn, weil er Himmlers Vorschläge bezweifelt hatte. Romberg schwankte zwischen Gehorsam und Pflichtgefühl einerseits und Abscheu gegen Raschers Unmenschlichkeit andererseits. Es gelang ihm schließlich, sich der Teilnahme an den Kälteversuchen zu entziehen.

Die Luftwaffe dagegen stimmte Raschers Plänen bedenkenlos zu. Generalfeldmarschall Milch selbst befürwortete es, dass

Rascher mit den Versuchen im KZ Dachau begann. Wiederum wurde eine »Forschungsgruppe« gebildet, die den Namen »Seenot« erhielt.

Professor Holzlöhner, ein Kieler Physiologe, hatte mit Tierversuchen bereits Vorarbeit geleistet. Unter seiner Leitung sollte Rascher die Versuche durchführen. Zähneknirschend musste Rascher akzeptieren, dass er Holzlöhner unterstellt wurde. Aber das verlangte nun einmal die militärische Hierarchie, schließlich war Rascher noch immer der kleine Stabsarzt. Umso energischer bemühte sich Rascher nun, die Luftwaffe zu verlassen und mit einem höheren Rang als SS-Arzt weiterzuarbeiten. Doch dieser Versuch scheiterte vorerst. Die Luftwaffe wollte ihren skrupellosen Experimentator, von dein auch sie Nutzen hatte, nicht so bald freigeben.

In den folgenden Monaten führten Holzlöhner, Rascher und ein dritter Arzt, Dr. Finke, mehrere hundert Unterkühlungsversuche durch.

Die Opfer mussten sich in voller Fliegeruniform in ein Becken mit eiskaltem Wasser legen. Eine Schwimmweste verhinderte, dass sie untergingen. Nach 5 bis 10 Minuten begann sich die Skelettmuskulatur zu versteifen, die Arme pressten sich, stark angewinkelt, an den Körper an und konnten nicht mehr bewegt werden. Krämpfe schüttelten den Körper. Die Lähmung der Atemmuskulatur erschwerte und verlangsamte die Atmung. Das Bewusstsein trübte sich, bald trat Kältenarkose ein. Sank die Körpertemperatur unter 28 °C, endeten die dadurch bedingten Herzrhythmus-Störungen mit plötzlichem Herzstillstand.

Rascher führte die Kälteversuche bewusst bis zum tödlichen Ende. Danach obduzierte er meistens die Opfer, um die Todesursache festzustellen.

Daneben machte er, wie Himmler gewünscht hatte, eine Reihe von Versuchen, die der »Rettung« aus drohender Todesgefahr dienen sollten. Die Ergebnisse waren von erschreckender Banalität und offenbarten den verbrecherischen Wahnsinn dieses Unternehmens. So schrieb Rascher am 16. Oktober 1942 an Himmler u. a.: »Nach der Bergung aus dem kalten Wasser kann 15 Minuten und länger sich ein weiterer Temperaturabfall vollziehen. Dies gibt eine Erklärungsmöglichkeit für Todesfälle, die nach der Rettung aus Seenot auftreten. Starke Wärmezufuhr von außen schädigt den stark Abgekühlten nie. Als wirksamste therapeutische Maßnahme wird eine aktive massive Wärmebehandlung nachgewiesen, am günstigsten ist das Einbringen in ein heißes Bad. Die Erprobung von Anzügen gegen Wasserkälte zeigte, dass die Überlebensdauer auf über das Doppelte sich steigern lässt.«

Prof. Holzlöhner beteiligte sich persönlich an einer Reihe Unterkühlungsversuche. Auch ihm mag dabei wie Dr. Romberg Raschers Mordlust unheimlich geworden sein. Holzlöhner erklärte im Oktober 1942 offiziell, man wisse nun genug über die Kälteeinwirkung, er werde die Versuche beenden. Das gefiel Rascher durchaus nicht. Er denunzierte Holzlöhners »Humanitätsduselei« bei Himmler und erklärte, er werde die Versuche weiterführen.

Bereits Ende des Monats genehmigte Himmler ihm die Fortsetzung der Kälteversuche. Dabei wies er auf sein Lieblingsprojekt hin, die Rettung durch animalische Wärme. Diese Versuche, die in der Praxis des Seekrieges überhaupt nicht durchführbar und deshalb völlig sinnlos waren, dienten Himmler und Rascher zweifellos dazu, ihre perversen Sexualphantasien zu befriedigen. Denn Himmler selbst begab sich wieder nach Dachau, um einen solchen Versuch mitanzusehen.

Aus dem KZ Ravensbrück waren vier junge Frauen nach Dachau gebracht worden. Sie sollten mit ihrem Körper die »animalische Wärme« liefern. Was sich Himmler bei einem solchen Versuch von Rascher vorführen ließ, soll auszugsweise mit Raschers eigenen Worten aus seinem Geheimprotokoll vom 12. Februar 1943 berichtet werden. Der sachlich-kalte Berichtston lässt trotzdem in jedem Satz das voyeuristische Vergnügen der Zuschauer Himmler und Rascher ahnen:

»Die Versuchspersonen wurden in der üblichen Weise – bekleidet oder unbekleidet – in kaltem Wasser zwischen 4 und 9 Grad abgekühlt. Die Abkühlung auf niedere Werte erfolgte in der üblichen Zeit. Die Herausnahme aus dem Wasser geschah bei 30 Grad Rektal-Temperatur. Bei dieser Temperatur waren die Versuchspersonen stets bewusstlos.

In 8 Fällen kamen die Versuchspersonen zwischen 2 nackte Frauen in ein breites Bett zu liegen. Die Frauen hatten sich möglichst nahe an den abgekühlten Mann anzuschmiegen. Dann wurden die 3 Personen mit Decken zugedeckt. Eine Beschleunigung der Erwärmung durch Lichtbogen oder durch medikamentöse Maßnahmen wurde nicht versucht.

Bei der Temperatur-Messung der Versuchspersonen fiel in jedem Falle auf, dass ein Temperaturnachsturz bis zu 3 Grad eintrat, d. h. ein stärkeres Nachfallen als bei jeder anderen Erwärmungsart.

Es konnte beobachtet werden, dass das Bewusstsein zu einem früheren Zeitpunkt, d. h. schon bei einer niedrigeren Temperatur wieder eintrat als bei andern Erwärmungsarten. Waren die Versuchspersonen erst einmal bei Bewusstsein, so verloren sie dieses nicht mehr, sondern erfassten sehr schnell ihre Situation und schmiegten sich eng an die nackten Frauenkörper an. Der Körpertemperaturanstieg erfolgte dann ungefähr in derselben Geschwindigkeit wie bei Versuchspersonen, welche durch Einhüllung in Decken erwärmt wurden. Eine Ausnahme machten vier Versuchspersonen, welche zwischen 30 und 32 Grad den Beischlaf ausübten. Bei diesen Versuchspersonen trat nach dem Koitus ein sehr schneller Temperaturanstieg ein, welcher verglichen werden kann mit der Erwärmung in heißem Bad.

Die Erwärmung unterkühlter Menschen mit einer Frau zeigt in jedem Fall eine wesentlich schnellere Erwärmung, als diese durch zwei Frauen möglich war. Ich führe dies darauf zurück, dass bei Erwärmung durch eine Frau die persönlichen Hemmungen wegfallen und sich die Frau viel inniger an den Ausgekühlten anschmiegt.

Die Wiederkehr des Bewusstseins trat auch hier auffällig schnell ein, lediglich bei einer Versuchsperson kehrte kein Bewusstsein wieder. Unter den Erscheinungen einer Gehirnblutung kam die Versuchsperson ad exitum.«

Rascher zog als Schlussfolgerung, dass die animalische Erwärmung zu langsam vor sich gehe und ihr deshalb die »massive Erwärmung durch ein heißes Vollbad« vorzuziehen sei.

Für diese »wissenschaftliche Erkenntnis« hatte Rascher Dutzende von Menschen geopfert.

Aber mit solchen sinnlosen und scheußlichen Versuchen hatte Raschers Sadismus noch nicht seinen Höhepunkt erreicht. Noch während der Experimente mit animalischer Wärme kam ihm ein neuer Einfall, wie er sich Himmler unentbehrlich machen und seine Karriere fördern könnte. Unterkühlung im Meereswasser war für Rascher nur ein Sonderfall, der lediglich Piloten und Seeleute betraf, wobei selbst der Wiedererwärmung Grenzen gesetzt waren.

Der Landkrieg dagegen, vor allem in Russland, brachte massenhafte Unterkühlung und Erfrierungen, und zwar, wie Rascher formulierte, durch »trockene Kälte«.

Für diese Versuche kam Rascher zugute, dass der Winter von 1942 zu 1943 besonders hart war. Rascher hatte also auch in Dachau genügend »trockene Kälte« zur Verfügung.

Die für die Versuche bestimmten Häftlinge wurden abends völlig nackt auf einer Trage festgeschnallt und bis zum Morgen dem eisigen Frost ausgesetzt. Jede Stunde wurden sie mit einem Kübel kalten Wassers übergossen. Die Schmerzen der

Opfer waren so schrecklich, dass ihr Gebrüll durch das ganze Lager schallte. Rascher sah sich schließlich gezwungen, bei den weiteren Versuchen die Opfer in Narkose zu versetzen. Einige überlebten nach einem heißen Bad, die meisten starben durch Unterkühlung bei einer Körpertemperatur von 25 Grad.

Als sich der Winter dem Ende zuneigte, fürchtete Rascher auch ein Ende seiner Kälteversuche. Er bat Himmler um Erlaubnis, einen umfangreichen Reihenversuch im KZ Auschwitz durchzuführen, denn, so schrieb er, »Auschwitz ist für einen derartigen Reihenversuch besser geeignet als Dachau, da es dort kälter ist und durch die Größe des Geländes im Lager selbst weniger Aufsehen erregt wird. Die Versuchspersonen brüllen, wenn sie frieren.«

Im Anschluss an die Kälteversuche machte Rascher Menschenversuche mit einem Präparat zur Blutstillung. Zu diesem Zweck ließ er Häftlinge durch Pistolenschüsse verwunden oder töten.

Raschers Aufzeichnungen über diese Versuche kamen zufällig seinem Onkel zu Gesicht. Dieser stellte seinen Neffen entsetzt zur Rede. Es kam, wie dem knappen Bericht des Onkels zu entnehmen ist, zwischen beiden zu einer erregten Auseinandersetzung. Rascher versuchte anfangs, seine Experimente zu rechtfertigen. Als Arzt, so mag er dem Onkel erklärt haben, sei er Teil des nationalsozialistischen Systems, das jetzt einen heroischen Kampf um die Neuordnung der Welt und die Vorherrschaft der germanischen Rasse führe. Zu diesem Kampf müsse er seinen Beitrag leisten, nicht direkt an der Front, sondern sozusagen als biologischer Soldat. Den Vorwurf des Onkels, ein Mörder zu sein, weise er empört zurück. Wenn ich töte, so töte ich unwertes Leben, töte ich die, die ohnehin in den Lagern zum Tode bestimmt sind. Ich ziehe höchstens den Zeitpunkt des Todes etwas vor. Was sind da, lieber Onkel, hundert Tote bei meinen Versuchen, wenn täglich Tausende in den Gaskammern enden?

Es ist vorstellbar, dass der Onkel seinem Neffen vorgeworfen hat, zynisch seine Verbrechen zu verteidigen. Möglicherweise hat er ihm auch bewusst gemacht, dass er einst, nach dem Untergang des Hitlersystems, für seine Handlungen zur Rechenschaft gezogen würde. Jedenfalls gelang es dem Onkel in diesem Gespräch, bis in die tiefste, von Raschers Selbstgerechtigkeit verschüttete Schicht seiner Persönlichkeit vorzudringen und Rascher zum Eingeständnis seiner Schuld zu bringen. Rascher, so berichtete der Onkel, sei zusammengebrochen und habe geschrien: »Ich darf nicht denken, ich darf nicht denken!«

Das Gespräch habe dann die ganze Nacht fortgedauert, bis Rascher zugab, er habe einen falschen Weg beschritten, sehe aber keine Möglichkeit zur Umkehr.

Doch bald hatte Rascher diese Episode wieder vergessen und verdrängt. Seine wissenschaftliche Karriere war ihm wichtiger als alle ethischen Bedenken. Er schrieb eine Habilitationsschrift, in der er die Ergebnisse seiner Menschenversuche verarbeitete. Da diese Ergebnisse jedoch höchster Geheimhaltung unterlagen, konnte er die Arbeit keiner Universität vorlegen, und keine Universität war bereit, ihn ohne Kenntnis seiner Schrift zu habilitieren.

Aber die Verleihung des Kriegsverdienstkreuzes Erster Klasse mit Schwertern und die so lange betriebene Übernahme in die SS im Rang eines Hauptsturmführers trösteten ihn. Er stand noch immer hoch in Himmlers Gunst. Und Anfang 1944 konnte er seinem Gönner berichten, dass seine Frau Nini ihr viertes Kind erwarte.

Von diesem Tage an beendete die Rakete seiner Karriere ihren Höhenflug und stürzte steil in die Tiefe.

Und dem war folgendes vorausgegangen: Im März 1944 suchte die Münchener Kriminalpolizei nach einem entführten Säugling. Sie konnte bald die Entführerin ausfindig machen. Es war Nini Rascher, Gattin des SS-Hauptsturmführers Dr.

Rascher und Freundin des Reichsführers der SS. Das war ein Fall, den die SS unter sich regeln musste. Deshalb nahm der SS-Obergruppenführer und Polizeichef von München sofort selbst die Untersuchung in die Hand.

Die Ermittlung ergab, dass auch die andern 3 Kinder nicht die eigenen Sprösslinge von Rascher und seiner Frau waren. Nini hatte sie über Mittelsleute von andern Müttern gekauft. Sie selbst konnte keine Kinder haben, wollte aber Himmler mit einer Kinderschar als vorbildliche deutsche Mutter imponieren. Deshalb täuschte sie die Schwangerschaften vor.

Nicht einmal Himmler glaubte der Behauptung Ninis, ihr Mann habe von alledem nichts gewusst. Sein Zorn, von seinen Günstlingen so hintergangen worden zu sein, war maßlos. Er verfügte, dass Hauptsturmführer Dr. Rascher aus der SS ausgestoßen und ins KZ Buchenwald eingeliefert wurde. Nini wurde ins KZ Ravensbrück verbracht, wo sie nach einem missglückten Fluchtversuch gehängt wurde.

Die Ironie des Schicksals wollte es, dass der Serienmörder Dr. Rascher dort sein blutiges Ende fand, wo er selbst zahllose Menschen getötet hatte. Er wurde gegen Ende des Krieges aus Buchenwald in das KZ Dachau verlegt und dort am 24. April durch Genickschuss hingerichtet.

Mit dieser von den eigenen SS-Kameraden vollzogenen Hinrichtung kam Dr. Rascher der Todesstrafe zuvor, die der Nürnberger Ärzteprozess 1947 sicher über ihn verhängt hätte. In diesem und in andern Prozessen wurden Hunderte von Ärzten angeklagt, das ärztliche Ethos verraten und vorsätzlich Menschen umgebracht zu haben, gleich, ob sie das als Befehlsgeber oder als Vollstrecker getan hatten.

All diesen Ärzten gab die nationalsozialistische Diktatur das Betätigungsfeld für den ideologisch begründeten und staatspolitisch befohlenen oder geduldeten Massenmord. Wie ein solcher Verfall des ärztlichen Ethos möglich war, warum Ärzte ohne schlechtes Gewissen eigenhändig mordeten und sich dabei noch als Vollstrecker eines gesellschaftlichen Auftrags sahen – das zu erörtern überschritte die Aufgabe eines Kriminaltatsachenberichts.

Der Rascher-Biograph Wolfgang Benz fragte, welche Hintergründe in der Persönlichkeit Raschers ihn zum Psychopathen machten, »aus welchen Ängsten, Entbehrungen, Kränkungen, Nöten seine Obsessionen resultierten«, die den Zwang in ihm entwickelten, zu töten und das Töten zu beobachten. Die Quellen, so Benz, reichten nicht aus, um das zu ergründen.

Das mag für das Individuum Rascher zutreffen. Zugleich aber besaß Rascher auch Eigenschaften, die sich bei allen seinesgleichen wiederfinden. Leute wie Rascher, die zu sadistischen Handlangern und Nutznießern einer politischen Macht wurden, sind in der Regel keine starken Naturen, sondern Charakterschwächlinge, die nur stark sind mit der Macht des Systems im Rücken. Sie erlaubt ihnen, ihre Schwäche durch Gewalttaten zu kompensieren. Alle diese Funktionäre »funktionieren«, denn die Macht, in deren Dienst sie ihre Untaten begehen, gibt ihnen die Sicherheit, straflos zu bleiben, und dazu das gute Gewissen, recht zu handeln.

Rascher wäre ohne das System, das ihn trug und das er trug, wahrscheinlich ein existenzunfähiges Nichts geblieben, wie seine Oberen, der gescheiterte »Kunstmaler« Hitler, der erfolglose Kunstdüngerhändler Himmler und all die andern.

Wer mit Bestürzung die mörderische Laufbahn des Dr. Rascher verfolgt hat, denkt vielleicht, das sei längst Geschichte und für immer vorbei. Aber Rascher personifiziert eine Bedrohung, die der Menschheit seit damals immer deutlicher bewusst wird. Im Nürnberger Ärzteprozess sagte Prof. Ivy aus Chicago als Sachverständiger der Anklage aus. Ivy behauptete im Kreuzverhör der Verteidigung, dass jede Krieg führende Macht das Recht zu solchen Menschenversuchen habe, wie sie in Hitlerdeutschland praktiziert wurden. Als er gefragt wurde, ob das nicht Verrat am hippokratischen Eid sei, entgegnete er, der hippokratische Eid »bezieht sich auf die Funktion des Arztes als Therapeut und nicht als Experimentator. Der Teil, welcher sich auf den Eid des Hippokrates bezieht, ist der, dass er Respekt vor dem Menschenleben haben soll und vor dem Leben seines Patienten.«

Ivy bekannte sich dann – eindeutig, wie er betonte – dazu, dass für den Arzt als Forscher nicht gelte, was für den Arzt als Heiler verbindlich sei.

Die Kommentatoren zum Nürnberger Ärzteprozess, Alexander Mitscherlich und Fred Mielke, bemerkten dazu:

»Damit erkennt Prof. Ivy ohne Zweifel für ärztliches Tun auch andere Leitgedanken an als die der Hilfe. Im Kriegsfall z. B. darf danach der Arzt sein Wissen – um die Leistungszusammenhänge des menschlichen Organismus – der Krieg führenden Partei zur Verfügung stellen. Dies berührt aber im Fundament die ärztliche Freiheit, nämlich über den Parteien stehend den leidenden Menschen seine Hilfe zur Verfügung zu stellen. Man sieht, dass die Trennung von forschendem und praktizierendem Arzt bis in die humanen Grundverpflichtungen hinein die Wirkung des Arzttumes in sich selbst aufhebt; die rechte Hand weiß wirklich nicht mehr, was die linke tut. Der Forscher hilft einer Partei durch sein Wissen, die Menschen der anderen zu schädigen, und der praktizierende Kollege versucht sie dann wieder zu heilen …

Prinzipiell ist also – wie man sieht, nicht nur in Deutschland – die Lage des Arztes, in die er durch die technische Entwicklung und das Entstehen sozialer Riesengebilde wie der modernen Staaten geraten ist, so verwandelt, dass die unveränderte Anwendung der hippokratischen Formel in ihrer archaischen Gültigkeit nicht mehr möglich ist … Solange man eine einende Formel für alle in der Heilkunde Tätigen in unserer Zeit nicht neu gefunden hat, muss man sich darüber klar sein, dass eine Trennung in Forscher und Praktiker mit verschiedenem Moralkodex nicht allein den Begriff des Arzttums sprengt, sondern auch zu zwei verschiedenen Humanitätsbegriffen führt. Denn es ist doch nicht einzusehen, warum dem Forscher erlaubt sein soll, im extremen Fall sogar vorsätzlich zu töten, was dem Arzt unter allen Umständen, nach dem immer noch gültigen christlichen Moralkodex sogar jedermann, verboten ist.«

So stehen wir am Ende dieses Berichtes über mörderische Ärzte vor der beängstigenden Tatsache, dass prinzipiell und überall der hippokratische Eid in seiner ursprünglichen Gestalt vergewaltigt und verraten werden kann Und das nicht nur aus persönlichen egoistischen, sondern auch aus staats- und machtpolitischen Gründen.

Nachbemerkung

Da dieses Buch keine wissenschaftliche Abhandlung, sondern ein Bericht über Verbrechen ist, verzichtet der Verfasser auf detaillierte Quellenhinweise. Er fühlt sich aber einigen Autoren zu Dank verpflichtet, deren Arbeiten oder Forschungen ihm Material für seinen Bericht gaben.

Dazu gehören A. Ries, Emlyn Williams und J. Thorwald für den Fall Dr. Crippen, Prof. Dr. K. Herold für den Fall Dr. Veith, nochmals J. Thorwald für die Fälle Dr. Pommerais, Dr. Lamson und Dr. Buchanan, Sir Sidney Smith für den Fall Dr. Ruxton, M. Jacta für den Fall Dr. Sander, Dick Halvorsen für den Fall Dr. Hadley, M. Kater, W. Benz und A. Mitscherlich für den Fall Dr. Rascher, Mostar und Stemmle für den Fall Dr. Müller.

Einige zitierte Autoren wurden im Bericht direkt genannt.

Dank auch dem Kölner, Bonner und Leipziger Stadtarchiv wie dem *Generalanzeiger*.